第一話

黄泉《よもつ》平《ひら》坂《さか》石《いし》

1

身なりはわるくないが、様子があやしい。

街角にあるしもた屋の陰で、さつきはさっきから、その男に目を凝らしていた。周囲をキョロキョロ見まわすしぐさも不審だし、門札の名を手もとの帳面と照らし合わせている様子も疑わしい。

この近くに交番はなかったかしら、と大急ぎで頭の中を探った。ついでに、隣りでぼんやり立っている秀樹《ひでき》の脇腹を小突いて、思いきり睨《にら》みつけてやった。

「ちゃんと見張りなさいよ。ボケーッとしてるんじゃないわよ」

秀樹はハアアと力なくため息を吐《つ》く。退屈そうだ。ほんとにもう、とさつきはまた舌打ちしたくなった。この同い年のイトコときたら、本を読むかおかしな工作をするか、部屋に引きこもってばかりで溌剌《はつらつ》としたところがない。

そんなんじゃ東京に遊びに来た意味がないでしょ、とあちこち連れまわしているのだが、どこへ行っても反応が薄い。先日は浅草《あさくさ》の見世物小屋に引っ張っていったが、あくびばかりしていた。張り合いのないやつめ、と顔をしかめかけたが、そうだ、こんなことしてる場合じゃないんだ、と気を取り直す。

さつきは近頃、捕物帳に凝っているのだった。明治の御代も二十年を過ぎると、江戸の頃の昔話を懐かしがる風潮が盛り上がった。旧時代を知っている故老が達者なうちに、昔の世の中の様子を記録しておこうというので、聞き書きの書物がずいぶん作られた。大正の時代になってからは、もっとくだけた読み物も出まわった。江戸城の大奥の逸話などがもてはやされたが、同心や目明かしの捕り物話も人気になった。

　兄やその友人たちはそんな読み物をときどき読んでいる。さつきは特に大盗賊の話が好きで、母にははしたないと叱《しか》られるのだが、寝床でこっそり読みふけっていた。

　ところが最近、新聞の三面記事にも俄然《がぜん》、興味を惹《ひ》かれるようになった。東京市内に押し込み強盗が増えているらしい。市外でも、ポツポツ物騒な事件が起きはじめていると、記事は伝えている。物持ちの家が盗みに入られた、居直り強盗に遭った、そんな噂《うわさ》が女学校でもささやかれることが増えた。

　一九一八年の秋まで続いた欧州大戦のおかげで船成金、染料成金、紙成金、急に大金持ちになった事業家が現われたのはいいけれど、物の値段もバカ高くなった。押しなべて生活必需品は五割増しから七割増し、給料が追いつかないから庶民は困っている。

　労働争議が起きたり、米騒動があったり、その一方でとんでもない贅沢《ぜいたく》をする者がいる。お大名みたいにお屋敷を三つもこしらえた話、加藤清正《かとうきよまさ》の虎退治じゃあるまいし、朝鮮に虎狩りに行って、帝国《ていこく》ホテルを借り切って虎肉晩餐会《ばんさんかい》を開いたなんて話もあった。だから泥棒が増えるんだわ、とさつきはプンプンする一方で、泥棒探しに夢中になった。

　外に出かけるときは、あやしいやつはいないか、といつも目を配っている。けれど、そんな間の抜けた泥棒はめったにいないらしかった。ところがきょうは、どうやらやっと獲物が見つかったようだ。よーし、とっ捕まえてやるんだから、とさつきは持っている手提げの紐《ひも》をねじり上げた。

「見なさいよ。あの男、さっきからあそこのお屋敷の周りを歩きまわっているじゃない。ときどき生垣の隙間からのぞき込んだりして。絶対、あやしいよ」

その若い男は紺絣《こんがすり》の着物に小倉袴《こくらばかま》、白いカンカン帽というなりで、兜町《かぶとちょう》の株屋手代のようにも訓導（小学校教師）のようにも見える。ロイド眼鏡に鼻ひげ、帽子を取った頭は油で撫でつけたらしく妙にピカピカしている。箱鞄《はこかばん》のようなものを持ち上げながら、千坪はあろうかという邸宅の様子をうかがっているのだ。男は裏口の木戸にやってくると、閂《かんぬき》状の取っ手をすべらせて中へするりと入り込んだ。ますますあやしい。

さつきの通う紫蘭《しらん》高等女学校には、父親が警視庁の大幹部という友だちがいて、押し込み強盗の手口などを教えてくれる。その友だちがこれは秘密なんだけどね、と声をひそめて言ったところでは、強盗は意外にまともな身なりをしていて、狙いを付けた家には必ず下見をする。だから警視庁は強盗の似顔絵を作って、近々のうちに交番に張り出すのだという。

「きっと下見しているんだわ。あんた、交番に行ってお巡りさん呼んできなさい」

えー、そんなん、ようせんわ、と秀樹がグズグズ言った。この春、京都の高等学校に入ったばかりで、さつきとは年齢ばかりか誕生月までいっしょだが、無口ではっきりしないからつい上手からものを言いたくなってしまう。私が声をかけるから、あんたは後ろにまわって逃げ道を塞ぐの。いい？」

「……そんなん、できひんて。ほんまムチャクチャ言うなあ」

木戸をそっと押して、さつきは戸の隙間に頭を差し込んだ。井戸の向こうに勝手口があり、男はそこの引き戸に手を掛けている。ひょっとすると、強盗じゃなくて空き巣狙いかしら、と思ってグイと身体を乗り出したとき、勝手口がガラガラと開いた。

「おやまあ、昨日の鍵屋さんじゃないの」

割烹着《かっぽうぎ》をつけた四十がらみのおばさんが出てきた。男は帽子を抱えて丁寧に挨拶してから、おもむろに箱鞄を開いて見せている。鞄の底面が銀色に光っているのは、大小さまざまな錠前が納められているせいらしい。おばさんに手招きされて、男はいそいそと勝手口に姿を消した。

「なんや、錠前屋やないか。あほらし」

秀樹がつまらなそうに言う。そうか、泥棒が増えれば錠前屋が儲《もう》かるというわけね。さつきはフーッと溜《た》めていた息を吐いた。でもそれならそれで、もっと商売人らしい格好をしなさいよね、紛らわしい、と秀樹の手前、わざと不機嫌な声で言ったが、頭の隅っこに何か引っかかるものがあって言葉が宙に浮いた。

——あの錠前屋の人、どこかで見たことなかったっけ？

2

夕方五時を過ぎる頃から、訪れる患者は目に見えて少なくなる。燭光《しょっこう》の弱いランプに照らされた待合室を通りかかると、残っているのはひとりだけだった。

ぼくの知っている限り、繁盛している医院ならどこでも(断るまでもないと思うけれど、二十一世紀の、だ)、たいてい四時頃から七時頃まで患者が途切れることはない。これは、ぼくのいた時代とこの時代の生活リズムの違いが大きいのだろう。こんなところにも、世の中の移り行きというのは表われるものなんだなあ、などと感慨にふけっていたら、診察室のドアが開いて、院長先生が顔を出した。少し顔が青い。

「——井筒《いづつ》先生、ちょっと診《み》ていただけませんか。さっきの急患なんですがね」

手招きされて診察室に入ったぼくは、思わず眉をひそめた。ベッドに横たわっている患者さんの表情をひと目見れば、状態がよくないのはあきらかだった。

「高熱と頭痛を訴えているのですが、やや意識混濁しているようです」

看護師の桜井《さくらい》さんがカルテを手渡してくれる。〈体温三八・四度、血圧一一六/七九、脈拍一一二、呼吸数二一〉。

「身体所見には大きな異状はありません。手足の動きは左右差なし」

「病歴は何かありますか?」

「先月、肺炎で入院していました。血圧と呼吸数からみると緊急性はあまりないかもしれませんが」

表情を曇らせたまま、村岡《むらおか》院長はぼくの顔をのぞき込む。院長はまだ五十代半ばだが、パッと見、七十歳くらいに見える。ベッドの患者さんも見たところ八十歳を超えているようだが、カルテには六十二歳とあった。

「入院中はオプトヒンを投与していました。ここはひとまず、ミグレニンで解熱して様子を見ようかと思うのですが、どう思われますか」

オプトヒンもミグレニンも名前を聞いたことはあるけれど、処方したことがない。どう思うかと訊かれても困るのだが、それよりも気にかかったのは、直近に肺炎の既往があるという点だった。

「肺炎球菌による細菌性髄膜炎の疑いがあるかもしれませんね。だとすると半時間ごとに体内の細菌量が倍になる恐れがありますから、標準的な検査をしておいたほうが」

まず血液培養を出して、抗菌薬を投与、頭部CTで脳圧と凝固を確かめてから腰椎穿《ようついせん》刺《し》、細菌の様態を確認したらバンコマイシンとステロイド投与――と脳内で手順をおさらいしたものの、ぼくは結局むにゃむにゃと言葉を濁すしかなかった。検査のどれひとつとして、ここではできないのがわかっていたからだ。

この村岡医院は近在では指折りの大きな医院で、建物や内装もきれいなのだけれど、何といっても設備がいただけない。なにしろ、CT室どころかレントゲン室さえないのだから。だが、そんな設備や備品の乏しさばかりでなく、抗菌薬（このケースだとセフトリアキソンかな）もステロイドも手に入らないのだ。そもそもペニシリンですら、村岡院長はまだ名前も知らないはずだ。フレミングがペニシリンを発見するのが、いまから五年後の一九二八年で（医学史の講義で習ったやつだ）、実用化されたのは第二次世界大戦中なのだから。

「オプトヒンを投与しましょう。それで様子を見てください。そのあとのことは……」

言葉を濁しながら、ぼくは桜井さんに（言い忘れたけれど、ここでは彼女は看護師ではなくて「看護婦」なのだ）静脈血を採取するように頼んだ。

「もし髄膜炎の可能性があるとして、何か打つ手がありましょうか」

村岡院長は少しうつむき加減に言った。親子ほども歳が離れているにもかかわらず、院長はつねにぼくを井筒先生と呼ぶ。だから桜井さんもほかのスタッフも先生と呼んでくれるのだけれど、なぜ院長がそうまで慇懃《いんぎん》な態度でぼくを遇してくれるのか、その秘密は院長とぼくを除けば誰も知らない。というか、知らないはずだ。

「お恥ずかしい限りですが、細菌性髄膜炎ならば私には手に負えない……」

いかにも篤実な老医師らしく、院長はシミひとつない白衣のポケットから、これも下ろし立てらしいハンカチを出して、汗の浮いた額をぬぐった。鉄縁の丸眼鏡を外して、ハンカチで瞼《まぶた》をそっと押さえる。院長は視力が衰えているらしく、細かく目を使う作業が辛《つら》くなっているようだった。

「わかりました。何とか力を尽くしてみましょう」

そう答えるしかなかった。ぼくはまだ専門研修医でさえない駆け出しだけれど、村岡院長の気持ちは痛いほどわかる——少なくともわかるつもりだった。


東京府北豊島郡王子町《きたとよしまぐんおうじまち》というのが、ぼくが現在いるところだった。東京府？　東京なら府じゃなくて都だろうと現代人なら誰でも思うはずだ。その通り、二十一世紀式に表記すると、東京都北区王子となる。だがこっちの「現在」では、東京はまだ京都みたいに「府」と「市」があったし、北区は存在していない。

村岡医院の裏口を出て、いくらか暮れかけた道を北へ急いだ。王子というところは武蔵野《むさしの》台地の突端に当たるので、思いのほか坂道が多い。あちこちに崖もある。江戸時代には王子七滝と呼ばれたくらい滝がたくさんあったのは、そのせいだ。

近くには、桜の名所として名高い飛鳥山《あすかやま》がある。八代将軍の吉宗《よしむね》が花見のために造り、庶民にも開放した公園で、当時は千三百本ほどの桜が植えられたそうだ。標高約二五メートルの、東京でいちばん低い山だ。

全山が桜の木に覆われた飛鳥山を下ると、音無川《おとなしがわ》を挟んで、高台にそびえる王子権現《ごんげん》社《しゃ》がある。ここも台地の外れなので、参道はかなりきつい上り坂になっている。

少し北に歩けば、落語の『王子《おうじ》の狐《きつね》』の舞台となった王子稲荷《いなり》もあって（歌川広重《うたがわひろしげ》の『名所江戸百景《めいしょえどひゃっけい》』に描かれたくらい有名なお稲荷さんだ）、その昔は料理屋や水茶屋が軒を連ねていたらしい。残念ながら、いまでは粋な華やぎは薄らいで、もっと大衆的な飲食店が並んでいた。

だがぼくが向かっていたのは、そんなかつての栄華の巷《ちまた》に背を向けた方角だった。民家の生垣のあいだに畑が広がりはじめ、やがて大きな屋敷森が見えてきた。森は、途方もなく長い、屋根瓦を載せた築地塀《ついじべい》に囲まれている。屋敷は傾斜地に立っているから、お寺のような四足門《よつあしもん》から奥へ行くほど高くせり上がって見える。黒ずんでひび割れた門扉は固く閉ざされているが、脇の耳門《くぐり》は半ば外れかけていた。村岡院長の話によると、ここは代々の大地主が隠居所に建てた別邸だったらしい。いまでは相続のもつれや何かで、誰も住まないまま空き家になっている。

玉砂利が敷いてある坂道が左のほうへ延びていて、その先に母屋の玄関がある。七月の陽射《ひざ》しに焼かれた熱気が、玉砂利のあいだにこもっている気がした。玄関のまえを通り越し、柴垣を抜けて中庭に入る。

中庭などと言うと、裕福な別邸の趣味のいい日本庭園を想像するかもしれないが、人の手が入らなくなってしばらく経《た》つと、植物は爆発的に膨張するもので、そこはほとんど熱帯雨林のジャングルだった。

黄昏《たそがれ》の弱い光がよどんだ庭を、ぼくは覆いかぶさってくる枝葉を押しのけ押しのけ、突き進んだ。いまを盛りの植物のなまなましい精気が、ムッと顔を包んでくる。

――さて、村岡医院を飛び出したぼくが、なぜ放置された他人の屋敷に忍び込み、その荒れ果てた庭を縦断しようとしているのか、ここで説明しておく必要があるだろう。

ことの起こりは、およそ三か月ほどまえのことだ。実際には、まったく〈三か月〉でも〈まえ〉でもなかったのだが、それについてはすぐあとで触れる。

岩手県下閉伊郡の洞窟の中で、不思議な水煙に巻かれたぼくは、黒い渦に吸い込まれるようなめまいに襲われて気絶した。

それからどれくらいの時間が経ったのか、わからなかった。気がついてみると、ぼくは滝つぼのようなところに倒れていた。滝つぼといっても、昔の貴族が庭に岩山を置いてこしらえたような、高さ七、八メートルほどの滝（しかも水はもう涸《か》れている）だから、滝つぼそのものも差し渡し二メートル、深さ一メートルほどの窪《くぼ》みだった。

そのとき、ぼくが思ったのは、ここはあの洞窟の向こう側に違いない、ということだった。どういうわけかわからないが、ぼくは岩壁を突き抜けて、その向こうへ転げ落ちたのだろう、と思ったのだ。しかし、それにしては様子が変だった。背後に十メートルくらいの岩山があるものの、その頂上には、いやに形のいい松の木が一本立っている。もっとも葉（というか針）が伸び放題だから、全体として見得を切っている山賊みたいな感じだったけれど。

もっと変なのは、ぼくが倒れていた滝つぼが池につながっていて、池のまんなかの小島には赤い鳥居があったことだ。小島に渡るための、欄干のついた小さな橋まである。

どう見たって、ここは庭園だった。正確にいうと、かつてはかなり丹精された庭園の、見捨てられた廃墟《はいきょ》に違いない。

滝つぼにうずくまっていたぼくが最初に耳にしたのは、風の音だった。いや正確には、風のいたずらが狭い谷間を運んでくるような、遠くからの三杉の声だった。

「おい、井筒……どこ行った⁉ どうしちゃったんだ、おまえ⁉」

見知らぬ道で迷子になった幼子みたいな、切迫した声が、どこかから微《かす》かに聞こえていた。

「──ここだ、ここにいるよ」

ぼくは、岩壁ににじり寄って、そう叫んだ。三杉の声が岩の奥から聞こえてきたような気がしたからだ。

えッ、と息を呑む気配がして、どこだ、どこなんだよ、と三杉の声がいくらか近くなった。三杉が岩壁にくっつくほど顔を寄せて言葉を発しているのが、ぼくにははっきり感じとれた。なぜなら、ぼく自身も滝の後ろの崖に、その微かな裂けめにおでこを押しつけるようにしていたからだ。そうしていると、まだわずかではあるけれど、あの不思議な水煙が流れ出しているのがわかった。

ぼくがその岩肌に取りついて、何とかそこをすり抜けようと死にもの狂いになったのは、言うまでもない。もう一度ここを通り抜けることさえできれば、もとの洞窟に、三杉のいるあの洞窟にもどれるはずだ。けれど三杉の叫ぶ声に励まされながら、何度も試したあとで、ぼくは、ダメだ、通り抜けられない、と岩に頭を打ちつけるしかなかった。

こう書いてくればわかるだろうが、そのときぼくがいたのは、荒れ果てたお屋敷の奥庭――つまり、いまのぼくがいる、まさにこの場所だったのだ。どうにか池（そこも水はとっくになくなって、落葉が溜まっていた）から這《は》い上がったぼくは、まだ事態の意味がわからず、ほとんど呆然《ぼうぜん》としていた。もちろん恐怖に震え上がっていたと言ってい い。けれど、あまりに理解を超えた現実に、心のどこかが痺《しび》れたように無感覚になっていたのだ。

あの洞窟は神社の後ろにある大きな岩山の中にあったはずだ。それがどうして、こんな庭園につながっているのだろう。

とにかく、ここがどこなのか、確かめなければならなかった。三杉には、ちょっと待っていてくれとだけ告げて、どうにか滝つぼから這い出した。

立ち上がってみると、さいわいケガはなさそうだし、痛めたところもないようだ。何も考えられないまま、ぼくはフラフラと藪《やぶ》の中へと分け入った。なぜなら、どう見てもこの庭は廃園に決まっていたし、見渡す限り、ここには人間がいそうな気配すらなかったからである。自分が墜《お》ち込んだ、このわけのわからない状況を何とか把握して理解するためには、とりあえず誰かに訊くしかないではないか。

いったいここはどこで、あの神社の裏の岩山はどこへ行ってしまったのか。そして、なぜぼくは、こんな不可思議な（理不尽なと言ってもいい）目に遭わなければならないのか。

バラかイラクサか、とにかく何かの棘《とげ》にあちこち引っかかれたり、頭からクモの巣に突っ込んだり、得体の知れない甲虫に襟もとから入り込まれたりしたあげく、やっとのことでぼくは庭ジャングルを抜け、門にたどり着いた。

耳門を開けて表に出たとき、なんだか、昔々の写真の中に紛れ込んでしまったような気がした。空気がセピア色だったせいもあるかもしれない。時刻は午前五時頃だったらしい。道路が舗装されていない土のままで、ぽつりぽつりと見える家々が平屋ばかりだったのだから、うっかり映画のセットにでも闖入《ちんにゅう》してしまったのだろうか、とあせったのも無理はない。

だが何よりも違和感を醸し出していたのは、空の広さだった。高い建物がひとつもない。いくらよくできた映画のセットでも、ここまでリアルな広い空は作れない。そこは広い空と、薄紅に染まった朝雲の美しい町だった。

そのとき、キイッキイッと耳障りな音が近づいてきた。ごつい自転車にまたがり、後ろにリヤカーを引いたお爺《じい》さんが、うさんくさそうにぼくを眺めていた。

リヤカーだって？　そんなもの、昭和時代の古い映像でしか見たことがないぞ。

またまた、非現実性のもやが地面をじわじわと這って、足もとを包み込もうとしている。

リヤカーの上には何かの大きな袋が積んであり、それを汚れた筵《むしろ》が覆っていた。走り去るお爺さんの自転車とリヤカーを見送ったぼくは、ふと道の向こう側で何かが小さく動いているのを見た。側溝というか、早くいえばドブなのだが、その縁からチラチラと見えている白っぽいものがある。

新聞紙だった。クシャクシャに折り畳まれて、雨に打たれたのがまた乾いたのか、ガサガサになってはいたけれど、文字は読めそうだった。横書きの見出しに、こうあった。

〈クスマもにび遊〉

——クスマ？　クスマって何？

文字の下に写真があって、数人の子どもたちがブランコに乗ったり、竹馬で歩いたりしている。ほとんどが膝丈の着物を着ている。しかも男の子はみんなイガグリ頭だ。そして全員が白いマスクを着けている。

——ああ、そうか。クスマじゃなくてマスクなんだ

要するにこの見出しは左から右へ読むのではなくて、右から左へと読めばいい。そう、こんなふうに。〈遊びにもマスク〉

次の一瞬、ぼくが、ああコロナだからな、遊ぶときにもマスクするんだ、とそう錯覚したとしても不思議ではなかった。二年前から大流行しはじめた新型コロナのせいで、マスクが品薄になったり買い占められたり政府があわてて配ったり、落ち着きだした頃には、今度はマスクをどんなタイミングで外すか外さないかで大論争が起こったり、み

んなさんざん振りまわされたのだから。

だがその隣りのもっと大きな記事に目を移したとたん、ぼくは見えない針で頭から爪先までグサリと貫かれたようにその場で硬直していた。その記事の見出しは、こうだった。

〈スペイン風邪の猛威未《いま》だ去らず〉

スペイン風邪は一九一八年から数年間、世界中に蔓延《まんえん》したインフルエンザで、死者は二千万から四千万人といわれるパンデミックだ。日本国内でも五十万人が亡くなったとされる。当時の日本の人口は五千五百万人だから、現代に比定すると百万人を超えていた計算になる。コロナ禍のほぼ百年まえのことだった。

ぼくは恐るおそる新聞を裏に返した。ほとんど真っ二つに破れた紙面の上段に、あわただしく目を走らせる。探していたのは、もちろん日付だ。泥に擦《こす》れてはっきりしなかったけれど、目を凝らすと、それは間違いなくこう読めた。

〈大正十年九月二十六日月曜日〉

それから起こったことは、正直なところ、あんまり人に聞かせたいような話ではないのだが、気がついてみると、ぼくは戸板に乗せられて運ばれているところだった。早い話が、日付のショックが大きすぎて、またまた気絶してしまったというわけだ。なにしろ大正十年なのだから（あとから知ったけれど、この日の正しい日付は大正十二年六月十九日で、新聞は二年近くまえのものだったわけだが）、その辺に担架なんてものはない。救急車なんか論外だ。ケガ人や病人を運ぶのは荷車か戸板に乗っけて、人の手で運ぶのだ。

門灯のついた医院らしき玄関を運ばれながら、ぼくは、あのー、たぶん迷走神経反射だと思うので、そんなに急がないでもよろしいですよ、とか何とかつぶやいた。迷走神経反射というのは、自律神経のひとつである副交感神経がストレスなどの要因で反射的に働いて、めまいや脳貧血を起こす症状だ。よくある例として、学校の朝礼で生徒が急に倒れるケースなどが知られている。

そして黄色っぽい電球の灯《あか》りに照らされた診療室に、ネクタイを締めた白衣姿で現われた院長先生というのが、村岡先生だったのは言うまでもない。高そうなネクタイが目の端に映ったとたん、ぼくは思わず首をもたげて院長の頭のてっぺんから爪先まで眺めまわした。現代では医療従事者のネクタイは、ナースキャップと同じくタブーだからだ。ここでは、細菌をできるだけ増殖させないという常識がないのか？　しかも板張りの床に、土足の男たちが何人も入り込んでいる。これじゃ、破傷風菌がそこら中にあるかもしれないぞ。ぼくは軽くパニックに陥りそうになった。

そして、その日からぼくはずるずると村岡医院に居座り、食客というか居候になったというわけだった。

なぜといって、それ以外、どんな選択ができただろうか。ぼくのいるここがホントに百年も前の東京だとしたら、いったいどこへ行けばいい？　知り合いなんか、もちろんひとりもいない。父や母だって生まれてもいないし、祖父と祖母にしたって無理だろう。曽祖父と曽祖母ならいるだろうが、探しようがないし、見つかったところで何と言えばいいのか。『バック・トゥ・ザ・フューチャー　パート3』でも、先祖のシェイマス爺《じい》さんに出逢《であ》ったマーティは、事実を告げないまま立ち去った。告げたって相手を錯乱させるだけだし、ヘタをすれば頭がおかしいと思われるのが関の山だ。とすれば、当面どうしようもない以上、村岡院長の厚意に甘えるしかないではないか。

村岡院長というのは温容に似合わず相当に鋭い人で、ぼくが居候になってまもなくから、何かおかしいと感じていたらしい。

ドラマなんかでこういう場合によくあるように、ぼくは記憶喪失のふりをしていたのだが、記憶をなくした真似《まね》をするのは、じつはけっこう大変だ。知っていることを隠し続けるのは、思ったよりずっとむずかしい。

それだけではなく、ショックが大き過ぎたせいか、ぼくはやがて抑鬱《よくうつ》状態に陥ってしまった。朝は起きられず、食欲もなく、何をするにも意欲がわかない。かと思うと、突然、このままもとの世界にもどれなかったら、どうすればいいんだ、という強い不安に心が押し潰されそうになる。親しい人もいないし、この時代の教育を受けておらず、常識も知らない。暮らしの手立てすら持っていない。誰からも理解してもらえない、こんな時代で、どうやって生きていけばいいのか。そう思うと、いまにも恐怖で発狂しそうな気さえしてきて、激しい焦燥感に駆られる。晴れ渡った青空を見ても、あかるい陽射しを浴びても、気分は晴れずイライラしてジッとしていられない。

　そんな様子を見ていれば、よほど深刻な事情があるのだろう、と村岡院長が察したのは当然だった。それでも慣れというのは恐ろしいもので、日が経つうちに、ぼくは少しずつこの時代の暮らしに馴染《なじ》んでいった。朝は鶏《にわとり》の鳴き声で目覚め、陽が落ちると雨戸を閉めて、夜は外を歩く人もいない、信じられないくらい静かなここの暮らしに。

　ある日、院長があまりに忙しそうにしていたので、暇を持て余していたぼくは、つい、お手伝いさせてくれませんか、と言ってみた。院長はとても喜んでくれた。もちろん、ごく控えめに桜井さんの助手を務めていたのだが、ある晩、激しく泣いている赤ちゃんを抱いた若い母親が駆け込んできた。

　あいにく院長は往診に出たきり、まだ帰らない。母親は涙ながらに狼狽《ろうばい》し、赤子はびっしり汗をかいて苦しんでいる。見かねて触診してみたら、すぐ腸重積の疑いがあるとわかったから、ここでは高圧浣腸《かんちょう》ができないとわかるや、大学病院への搬送を決めて、先方の医師に申し送りまでしてしまった。

　村岡院長が何かとぼくに診療上の相談を持ちかけるようになったのは、そのあとからだ。なにしろ百年まえの世界ときたら、未知の細菌はウヨウヨあるし、ウイルスなんてものがあることすら、誰も知らない。まだ診立てられない病気がいっぱいあって、当然ながらその治療法もわからない。

名医といわれる大先生でも、現代なら初期研修医の診療マニュアルに載っているような病気を治せない、どころか、そもそもその病気を知らないのだ。村岡院長が、なぜか若輩者のくせに、自分たちよりも進んだ医療知識を持っているらしい若造に興味を持ったのは不思議ではない。

その間にも、ぼくは何度も、廃墟になっているさるお金持ちの元別邸に忍び込んだ。どういう理由かはともかく、百年の時の隔てを飛び越えて、ぼくはこの場所に流れ着いてしまったのだ。つまり、あの岩手県下閉伊郡の洞窟とここのあいだには、何らかのつながりがあると考えていい。だとしたら、もとの世界へもどる鍵もここにあるのではないか。そう考えるのが自然ではないだろうか。そして、その予感はある程度まで当たっていた。ただし、あくまでもある程度まで、だ。

この日（というのは、この節の冒頭で話した、細菌性髄膜炎の疑いがあるお婆さんが担ぎ込まれた日のことだが）、ぼくが荒れた庭にもぐり込んだのは、たぶん六回めか七回めのことだったと思う。

何のために？　もちろん、あのお婆さんを助けるために決まっている。お婆さんの髄膜で起きている（らしい）炎症を抑えるためには、ステロイド剤とバンコマイシンが必要で、大正十二年の世界ではどこを探したって二つとも存在していないのは、わかり切っていた。

ぼくが藪をくぐり抜けて、例の滝つぼにやってきたのは、それを手に入れるためだったのだ。けれど、どうして荒れ果てた廃墟の、しかも水さえ涸れきった滝つぼで、そんなことが可能になるのか。

これはどう言ったらいいのだろう。正直なところ、どこから話せばいいのかと途方に暮れてしまうのだが、ひとつだけ言えるのはこういうことだ。そう、その話をするためには、もうひとつ、別の話をしてみるという手もあるのではないか。

つまり、将棋でもポーカーでも、ボードゲームでもいいのだけれど、あるゲームのルールをわかってもらおうと思ったら、いきなりルールブックをすっかり説明してしまうより、実際にゲームをプレイしながら聞いてもらったほうがわかりやすい。そういうことだ。

というわけで、この時代に来て、ぼくが最初にかかわることになった怪事件——レストラン、ならぬ欧風料理店（お店の看板にそう書いてあるのだ）牡丹亭《ぼたんてい》をめぐる怪事件の話を、とりあえず始めてみることにしよう。

3

牡丹亭は王子神社の近く、音無川の岸辺にある西洋料理店で、村岡医院の患家でもある。患家というのは、家族ぐるみでその医院をかかりつけにしている家をいう。創業は明治の中頃で、国会が開設されたとき名士が集まって祝賀会を開いたというからすごい。

初めて牡丹亭を訪れたのは、こっちへ来てから十日めくらいだったと思う。その頃のぼくはまだ大正十二年ワールドに慣れていないものだから、何を見ても「うわあ……」という感じで、びっくりしてばかりだった。

たとえば、人々の着ているのがほとんど着物だとか（現代だと、お相撲さんか盆踊り大会の踊り手くらいだろう）、トイレ（ご不浄、雪隠《せっちん》などという）はすべて汲《く》み取り式で、シャワートイレどころか水洗式ですらないとか。

だが、牡丹亭は別格だった。ぼくはまえに仲よしの先輩女医さんに『はいからさんが通る』という大正期を舞台にしたラブコメ少女漫画を読まされたことがあるけれど、まさにその世界から抜け出してきたようなすてきな洋館だったのだ。

本館はチョコレート色の木造二階建てで、小屋根のついた翼廊が左右に延びている。青い洋瓦の陸《ろく》屋根の下に、縦長の細い窓がきれいに並んで、窓を囲む白い漆喰《しっくい》がとてもおしゃれだ。銅《あかがね》屋根のある広いファサード（ポーチはマンションのひと部屋分くらいある）から、色大理石を敷きつめた玄関が続く。

館内は飴色《あめいろ》に光る寄木張り、小さな体育館ほどもある空間に、たっぷり距離をとってマホガニーの大きなテーブルがいくつも据えられているのだ。

宮殿みたいなシャンデリアに金襴緞子《きんらんどんす》のカーテン。きりがないからもうやめるけれど、村岡院長の鞄持ちといった格好でついていったぼくは、なぜか住居部分の小玄関ではなく、レストランのほうへと導かれた。午後の往診時間だったから、たぶん二時半過ぎくらいだったのだろう。

　ランチのお客の波はほぼ引いたらしく、まだ埋まっているテーブルは三つだけだった。いずれも身なりのいい中年ないし初老男の女連れで、女は夫人なのか娘なのか、あるいは艶っぽい方面の女性なのか区別がつかない（というのは、この時代には親子ほど年齢の離れた夫婦がめずらしくないし、資力のある男の女遊びはありふれていたからなのだ。そりゃあ平塚《ひらつか》らいてうも怒るよ）。

「いつも診察の前に、ここでお茶とケーキを出してくださるんですよ」

　院長はダークブラウン（この時代だと焦茶というのかな）の夏背広に、銀色の凝ったネクタイを結んでいた。さっきも言ったように、あまり洗わないネクタイが細菌対策の障害になるという意識はないらしい。

　おまけに院長は内ポケットから銀のシガレットケースを出すと、慣れた手つきで煙草《たばこ》を取り出した。おどろいたことにボーイさんがスッと近づいてきて、シュッとマッチを擦る。おいおい、医師が、それもレストランで煙草なんか吸っていいんかい、とツッコみたくなるが、どうにか言葉を呑み込む。この時代はまだ煙草の害は知られていないし、どこの飲食店でも喫煙が許されている。

「ここのご主人は西谷《にしたに》さんとおっしゃってね、お父上が創業された二代めなんですよ。

腕は確かだし人柄もいいからお商売は繁盛しているんだが、悩みがひとつある。というのが、跡継ぎに恵まれないということで」

院長は紫煙のあとを追うように顔を仰向《あおむ》けると、私も十年この方相談に乗っていて、帝大《ていだい》病院の産科を紹介したりしていますがね、とつぶやいた。帝大というのは東京帝国《ていこく》大学だから、つまりいまの東大病院のことだなとぼくはうなずいた。産婦人科は初期研修で三か月勉強しただけだからほとんどわからないが、この時代には不妊治療もないから大変そうだ。

「五つになる男の子がいたんだが、不幸なことにジフテリアで亡くなってね。六年前のことです」

私もできるだけの手は尽くしたんだが、と消え入りそうな声で言う院長に、ぼくはハアとうなずくことしかできなかった。ジフテリアは進行すると死亡率が一割程度ある怖い病気だが、日本では二十世紀末には克服されている。でもワクチンもないこの時代、破傷風などと並んで特に子どもには危険な病気だ。

「そういうわけで、こちらへの往診はおもにご主人の診察と、あとは奥さんの体調管理といったところですな。母体が健康でないとやはりね」

「奥さんはおいくつなんですか」

「女の厄が一昨年だったか、そろそろ懐妊がむずかしくなる年頃ですよ」

女の厄年はたしか数えの三十三だから、おとなの平均寿命が五十歳前後のこの時代の常識では、高齢の出産になる。

英国式のアフタヌーンティー・セット（紅茶と焼きたてスコーン、苺《いちご》ジャム、クロテッドクリーム）は、へええと感心するほどおいしく、とりわけスコーンの薫り高いのにはおどろいた。午後のお茶でこの高品質なら、夜のディナーのレベルは推して知るべしだ。百年まえの欧風料理店、畏《おそ》るべし。

ぼくは残ったスコーンにクリームとジャムをたっぷり載せて口に運びながら、何となく頰《ほお》が熱くなってくるような気がしていた。どう言ったらいいか、ぼくは百年まえの世界に生きている人々が、この人たちはこの人たちなりに一生懸命生きているんだということに（そんなあたりまえのことに）、突然気がついたのだ。医療は嘘《うそ》だろと言いたくなるくらい遅れているし、電力も電化製品も全然足りないし、通信網はないにひとしいし（スマホどころか固定電話だってめったにない）、それでもみんな少しでもこの世の中をよくしようと思って、工夫を凝らしたり、修業に耐えたりして、がんばっているのだろう。そのひとつの結晶が、この香《かぐわ》しい紅茶と絶妙においしいスコーンなのだ。

「奥さんは十二年前に嫁いできて、すぐに男の子を生んでいるのですよ。さっき言ったようにこの子は五歳で夭折《ようせつ》してしまいましたが」

とりとめなくあれこれ思い浮かぶことを追っていると、紙ナプキンで口もとをぬぐいながら、村岡院長が言った。ついでながら、院長はかなりりっぱな鼻ひげを蓄えているので、飲食のあとで必ずこの儀式が欠かせない。

「でも、ほかにお子さんはいないんでしたよね」

「そう。その子がまだ乳飲み子のときに年子ができましてね。ところがそれが流れてしまった。おそらくめずらしくない自然流産でしょう。ところがそれからというもの、まったくお子ができなくなってしまった」

「流産が影響したということはないんですか」

「産科で調べてもらったところでは、その懸念はないようですが」

二年続けて妊娠できたのだから、排卵障害や着床障害の可能性は少ないだろうし、夫側に問題があるわけでもないという。事故に遭ったり大きなケガをしたりということもない。なかなか難問でしょう、これは、などとつぶやきながら、院長は胸もとを探って金時計を取り出す。金鎖の付いた懐中時計を身に着けている人を目にしたのは初めてだったから、ぼくはまじまじと見つめてしまった。シャーロック・ホームズみたいじゃないか。

やがて立ち上がった院長は、いかにも勝手知ったる他人の家という感じで、厨房《ちゅうぼう》に通じる廊下の、そのまた先にあるドアに向かった。どうやらレストランから内廊下を伝って自宅部分と行き来できる造りになっているらしい。

中扉を開くか開かないかのうちに、黒っぽい着物に白い割烹着の若い女性が駆けつけてきた。「お持ちします」と言うなり、ぼくの手から院長の診察鞄を奪うと、少し体を傾けながら(診察鞄はけっこう重いのだ)速足で案内に立つ。昭和半ばまで、お屋敷には必ずいたという女中さんだな、とぼくは彼女の後ろ姿をしげしげ眺めた。

右手に中庭の見えるガラス障子の続く廊下を曲がると、襖《ふすま》を開け放ってある座敷の前で、女中さんが振り返った。早口で北関東訛《なま》りがあるからよくわからないが、お迎えにも出ないで申しわけなかった、主人がお待ちかねです、みたいなことを言っているようだ。

ご主人の西谷さんは五十半ばに見えたが、この時代だとたぶん四十歳ほどなのだろう。短く刈り込んだ髪に、鼈甲《べっこう》の丸眼鏡を掛けている。恰幅《かっぷく》がよくて、コックコートが似合いそうだ。

そこはたぶん客間ではなく、主人夫婦の居間なのだろうが、八畳敷きのしゃれた和室だった。座卓が片寄せられているので、部屋は広く見える。和紙を張った障子を通して、柔らかな光がぼんやりと空気をあかるませていた。ふっくらした座布団が出ているが、和室の作法がわからないので、院長の真似をして膝を進ませる。もちろん正座だ。

型通りの挨拶が済んで、院長がぼくを「しばらく手伝ってもらうことになりました井筒さんです」と紹介する。若いけれどなかなか優秀で、私もずいぶん教えられています、などと持ち上げたものだから西谷さんに「ほう、それはそれは」と見つめられて、ぼくは思わず赤面してしまった。

西谷さんは肝臓がややわるいようで、院長はさっそく問診と触診を始めたが、お座敷で診察風景を見るのは、なんだか妙なものだった。薄縁《うすべり》を敷いた上に、白い敷布を延べて、これが診察台の代わりだろう。けれど、その背景には小さな床の間と違い棚があり、山水画の掛け軸が下がっている。棚にアラジンの魔法の壺みたいな香炉が据えてあった。

壁に額装した色紙が飾られている。和歌らしきものが認《したた》めてあるが、達筆すぎてほとんど読めなかった。きさらぎの、とか、すめる月かも、とかあるから冬の叙景歌だろうか。ぼくが眺めているのに気づいたらしく、西谷さんが仰向けのまま言った。

「家内の手すさびですよ。短歌会の先生に褒められた作品なので、経師屋《きょうじや》に作らせました」

けっこうなご趣味ですね、とありきたりなお愛想を言うと、さてどんなものですか、と西谷さんは皮肉っぽい口調で言った。

「和歌のことは私にはわかりませんが、あまり家内にそういうものに夢中になってほしくはありませんな。吟詠だの何だの、しばしば出かけられては、家内が家外になってしまう」

「それでなくとも、女流歌人などというものは昨今いろいろと――」

院長が意味ありげに言葉を濁す。ま、そういうことですよ、と西谷さんが笑いに紛らしたのが何となく不穏な感じで、そのへんの事情は知らないほうがよさそうだ、とぼくはまた床の間に目をやった。

院長は肝臓の辺りを押さえながら、ここは痛みがないか、ではこちらは、などと訊いている。

妙なものがあるな、とすぐに目を惹かれたのは、石だった。掛け軸の手前、ふつうなら花瓶でも置く場所に、小さな座布団が敷いてあり、そこに奇妙な石が鎮座しているのだ。漆塗りの角盆らしき上に毛氈《もうせん》を敷いて、大きめの漬物石というか、手提げ金庫くらいの大きさの石が載っている。全体に黒灰色で、ところどころ黄色っぽい縞模様《しまもよう》が入り、表面はギザギザしていた。

高校時代に地学準備室でこんなのを見た記憶があるが、花崗岩《かこうがん》の標本に似ている気もする。もしかして西谷さんは岩石マニアなのだろうか。黒曜石とか翡翠《ひすい》とか孔雀石《くじゃくいし》とか、めずらしい石を集める趣味を持つ人がいるのは知っている。しかしこんなに大きな石はふつうコレクションにはしない。するとこれは何かのいわくが付いた名石（そんな言い方があるかどうか知らないが）なのだろうか。弁慶《べんけい》が持ち上げた弁慶石とか、源義家《みなもとのよしいえ》が真二つにした太刀割り石とか、ああいう種類の。ぼくは魅入られたようにその不思議な石を眺めていた。

「こんなことを先生にお尋ねしていいものかどうか、ためらったのですが」

診察が終わると、西谷さんは着物の前を直しながら、少し顔を曇らせてそう言った。

「ほう、何でしょう。どうぞ何なりと」

さっきの女中さんが運んできた洗面器のぬるま湯で、院長はばかにゆっくりと手を洗う。

「私どもが信心に熱心なのはご存じでしょうな」

西谷さんはちょっと照れたような薄い笑いを浮かべた。最初の男の子を亡くしているし、翌年にできた次の子も流産してしまっているので、いつとはなく、あちこちのお寺やら神社やらに願掛け参りをするようになったそうだ。そのうち、子安観音を祀《まつ》るどこぞのお寺の噂が耳に入り、熱心に通うようになった。そこのご住職の書くお札は霊験あらたかだというので、子授かりと安産のお札を書いてもらい、もう何年も毎朝拝んでいる。そう説明して、西谷さんは隣りの部屋を指さした。隣りに仏間があるらしく、半開きになった暗い襖の間から仏壇の扉が見えた。

「私も妻も朝はいちばんにお灯明《とうみょう》を上げて、お茶湯を差し上げましてな。それはもう大切にしておりました。ところがです、どうやらそれが盗まれてしまったらしいのです」

「えっ？ そのお札がですか」

黙って聞いていたぼくは、思わず口を挟んだ。

「そうなのですよ。子授かりと安産のお札がです。二枚ともそっくりなくなっていた」

誰がそんなことをしたものでしょうか、と問わず語りにつぶやく西谷さんに、院長もぼくも返す言葉がなかった。金目のものというわけでもないし、だいいち、この家ならもっとおカネになる品物がいくらでもありそうだ。

「失礼ですが、誰かに恨まれているというようなことは？」

いやがらせではないかという含みで院長が訊いたが、西谷さんは静かに首を横に振る。商売をしていれば多少の軋轢《あつれき》はあるものだが、そこまで恨まれたり憎まれたりする覚えはない。だいたい、他人の家に忍び込んで大切に拝んでいるお札を盗むなどというのは、あまりに陰険すぎるのではないだろうか。西谷さんはそう言うと立ち上がり、隣りの部屋から手文庫を提げてきた。

「しかも、それだけではないのです。二枚のお札の代わりに、こんなものが入っていたのですよ」

小抽斗《こひきだし》から取り出したのは半紙くらいの大きさの白い紙で、さっぱり読めない記号みたいな文字がずらずらと書かれている。

「何ですか、これは」

「呪いの呪文だそうです。呪いをかける相手のたっての望みを断ち切る呪文だそうで」

これを見つけておどろいた西谷さんは、さっそくそのお寺のご住職に見せに行ったのだという。見るなりご住職は怖い顔になり、これはしばらく預からせていただきます、と言った。お寺で呪いの効きめを解くお清めをするというのだった。

「梵字《ぼんじ》というのですか、よくお墓の卒塔婆《そとうば》に書いてあるような、アレの一種だそうです。まあ教本があれば、素人でもこのくらいは書けるそうですがね。それにしても、そこまでやる執念が恐ろしいと思いませんか」

「たしかに」

院長は考え込むようにうなずいた。「ですが、まったくの他人が外から入ってきて、お札とこれをすり替えたというのも、なかなか考えにくいようですが」

「そうなんです。この部屋まで入り込めるのは、私ども家族を別にすれば、女中と店の従業員だけですから。しかし、かれらがそんなことをする理由が思いつきません」

「こういうことは考えられませんか」

ぼくは遠慮しながらまた口を開いた。「誰かがお店の方をうまく騙《だま》して、そのすり替えをやらせたとしたら」

「ほう。それは気がつかなかった」

西谷さんは膝をずらせて、ぼくのほうに向きなおった。「すると、すり替えた本人には悪意がなかった、そういうことになりますな」

「そうですね。たとえばご住職のお使いのふりかなんかして、これは特別にご利益のあるお札だけれど、ご本人が意識すると効きめが薄れてしまうから、とでも言い含めれば」

「なるほど。主人にはわからないようにすり替えてくれ、と持ちかけるわけですか」

ふうむ、と西谷さんは腕組みして考え込んだ。着物の袖からのぞく前腕が、剣道家みたいにたくましい。

「そういえば、最近この辺りにも、例の押し込み騒ぎがあったそうですね」

院長が鼻ひげを撫でながら言った。去年あたりから、東京府のあちこちで資産家をねらった押し込み強盗が増えているという噂がある。深夜だけではなく家人の少ない昼間にも侵入し、現金や有価証券、貴金属だけを奪っていく。住人を緊縛するが傷つけることがないのと、金品の一部を孤児院に投げ込んだりするので、中には義賊などと囃《はや》す向きもあるそうだ。

「さようですな。ウチでも用心のために、住み込みの弟子に柔術でも習わそうかなどと話していますよ」

「だが、生兵法《なまびょうほう》はケガのもとと言いますからね。もっともいまのお話のようなことですと、私ではご相談に与《あずか》れそうにもありませんが」

「ああ、いや、もちろん先生に探偵の真似ごとをお願いするつもりはありません。ただ、医学には精神医学という分野もあるそうですから、こういうことをやる人間の心理というか、心根をどうお考えになるか——そこから犯人の像が割り出せたら、などと思っているのですが。いかがですか」

さあそれは、と言ったきり、院長は黙り込んだ。

「もう少し調べてみたほうがよさそうですね」

ぼくは眉を寄せて考えている院長にささやいた。「伺ったお話だけでは、手札が足りませんよ。何なら、私がお手伝いしましょうか」

言い終わるか終わらないかのうちに、西谷さんが畳に手を突いて、頭を下げた。

「そうしていただければ、願ったり叶ったりです。いえ、何も犯人を捕らえようというのではないのです。ただ、このところ妻の精神状態がやや不安定なものでして。少しでも何かわかれば、あれも落ち着くのではないかと思うのですよ」

「ははあ。では奥さまもその呪いの札のことはご存じで」

「はい。二つ並べておいたお札がひとつしかないとなれば、どうしても目に付きます。朝のお灯明は二人そろって上げていますから」

「でも、そんな縁起でもない呪文をどうして取っておくんですか。いくらお清めしてあるといっても、奥さまがいやがりませんか」

「それが、残すように言い出したのは妻のほうでして。私は焼き捨てようと思ったのですが、いわば証拠なのだから取っておくべきだと言いましてな」

それはまた気丈な、と院長が感心したところへ、まるで出番を見計らっていたかのように、奥さんが廊下から部屋に入ってきた。一昨年、数えの三十三（つまり満三十二歳）を過ぎたと聞いていたけれど、二十一世紀の感覚だと四十代半ばくらいの雰囲気がある。老けているというのではなくて、貫禄《かんろく》があるというか、人間としての重みとか落ち着きとかが挙措から滲《にじ》み出ているのだ。すでに人生の甘美な果実をたっぷり味わい、けれども心の底には暗い水も湛《たた》えている、とでも言えばいいだろうか。これでぼくと七、八歳しか違わないとは信じられない。

そして彼女はかなりの美貌だった。それも大正時代の女人（竹久夢二《たけひさゆめじ》の絵みたいな）というより、あきらかに現代風に近い、くっきりした目鼻立ちの美人だったのだ。

だがそんな奥さんが優美にお辞儀をしたあとで、いきなり着物の襟をゆるめだしたのにはびっくりした。考えてみれば、村岡院長はこの一家の診察に来ているのだから、奥さんが肌を出しても不思議はない。

「足の指のほうはいかがですか」

村岡院長が奥さんに脚を伸ばすように言って、触診を始めた。

「やはり朝起きるとこわばっています。痛みは戴《いただ》いた鎮痛剤のせいか、いくらか和《やわ》らいだようですが」

奥さんは白い額に薄い皺《しわ》を刻んで、悩ましげに答える。院長が、お熱は、と訊き、奥さんは七度と少しあたりでしょうかと額に軽く手を当てた。体が重く感じることもあるという訴えに、院長はふむふむとうなずいている。そのまくるりと振り向いて、

「井筒先生はどう診ますか」

と訊いたから、ぼくは奥さんの足指の関節をもう一度観察した。あきらかに腫れて変形が見られる。

「ご年齢から考えて、おそらくは関節リウマチではないかと思いますが」

院長は然り然り、と様子ぶった態度で扇子を動かした。西谷さんも夫人もホホウという顔でぼくを見つめているところをみると、院長が下した診断も同じだったのだろう。

そのとき、奥さんの胸もとに光を鈍く弾《はじ》くものがあって、ぼくはつい目を惹きつけられた。金色の細い鎖でつながれた石のようなものだ。艶のある黒灰色の中に黄色い斑点《はんてん》が浮かんでいる。視線を感じたのか、奥さんがそのペンダント（と言うのかどうかわからないが）をちょっと持ち上げてみせた。

「これはお守り石なのですよ。わが家の宝物ですから」

嫣然《えんぜん》と微笑《ほほえ》んで、奥さんは流し目をした。視線が指し示した先にあるのは、さっきから気になっていた床の間の石だった。どういうことだろう。ぼくは奥さんの胸もとと床の間に何度か目を走らせた。床の間の石の欠片《かけら》をペンダントに加工して身に着けていると言いたいのだろうか。

「こちらのお若い先生に、御石の由来はもうお話しになって？」

奥さんが顎を引くようにして尋ねると、まだだがね、じきにお話ししようと思っていた、と西谷さんはすぐに応じた。

「もともとは黄泉平坂石《よもつひらさかいし》と言いますが、黄泉平坂というのはご存じの通り、『古事記《こじき》』の伊弉諾《いざなぎ》、伊弉冉《いざなみ》の神の物語に出てくる坂のことですな」

伊弉諾、伊弉冉は日本神話の初めのほうに登場する神さまで、この夫婦の神さまが日本の国を作ったということくらいは、ぼくも知っている。

夫婦はいろいろな自然現象を司る神々も産んだのだが、最後に火の神を産んだときに妻の伊弉冉が死んでしまった。死ぬと黄泉《よみ》の国という地下の国へ行かなくてはならない。愛《いと》しい妻を亡くした伊弉諾は悲しさに耐えきれず、死者の国へ妻を迎えに行く。妻は、では支度をするから待っていてほしい、だが決して自分の姿をのぞいてはならない、と告げて奥に引っ込むのだが、待ちきれなくなった伊弉諾がついのぞいてみると、そこには腐り爛《ただ》れたおぞましい妻の姿があった。

すっかり恐ろしくなった伊弉諾は、あとも見ずに地上へと逃げ帰ろうとする。すると伊弉冉は怒り狂って、鬼どもに跡を追わせる。やっとのことでこの世と黄泉の国との境にある坂――これが黄泉平坂だ――にたどり着いた伊弉諾は、大きな岩で坂を塞いで難を逃れたという物語だった。

「追いかけてきた女の神さまが夫の仕打ちを恨んで『これからは一日に千人を死なせよう』と言うのですな。そこで男の神さまは『それなら私は一日に千五百人ずつ産ませよう』と答える。ですから人間の数は時代とともに増えていった。言うなれば、黄泉平坂の岩は、死者の数を超えて新しい命が増えていく象徴というわけです」

私どもが御石を大事に思う心情はおわかりいただけるでしょう、と西谷さんは恭《うやうや》しげに床の間の石に目を注いだ。

「では、この石がその黄泉平坂の？」

まさかという気持ちでぼくは西谷夫妻を見くらべた。

「さようですよ。出雲《いずも》神話のお話では千曳岩《ちびきのいわ》といって、千人でも曳《ひ》けない大岩だそうですが、それが長い年月のあいだに少しずつ欠けた。わが家の御石は、その欠片のひとつだと伝えられているものです」

「ですから、御石から剝がれ落ちた割れ欠けを、こうして首に巻いているんですわ」

それに伊弉諾の神さまは坂にたどり着いたあと、そこに生えていた桃の実を投げつけて、追手を追い返したんですからね、と奥さんはなぜか高い笑い声を立てた。

「いや、これの名前が桃子《ももこ》というのです。それで——」

西谷さんは、出雲地方に、そこが黄泉平坂だと伝承されている場所が本当にあるのだ、と言い、この御石はその地で発掘されたといわれていると付け加えた。

「結婚のお祝いにお客さまから頂戴したのですわ。たいそうな子福者で、そちらのお宅でも長年大切にお祀りしてこられたとか」

子福の縁を分けてくださったのです、と床の間を振り向いた奥さん——桃子さんは美しい横顔に微笑を刻んでいた。けれど、ぼくはさっきから頭に浮かんでいる思いに、すっかり気を取られていた。

お札をすり替えた犯人は、どうしてこの黄泉平坂石のほうを盗まなかったのだろう?

4

あれっ、と立ち止まったさっきの背中に、ドスンと秀樹がぶつかった。

「ちょっと、ちゃんとまえを見て歩きなさいよね」

秀樹はズレた眼鏡を直しながら、落とした本を拾おうとしている。

「……そっちが急に止まるのがわるい」

「歩きながら本、読むな」

何を読んでいるのかと思えば、いかにもの分厚い学術書で題名が『日本の地層』。開いたページには、岩石の標本写真がずらりと並んでいる。花崗岩、安山岩《あんざん》、泥岩、砂岩、玄武岩、流紋岩……。

「そんなもの読んで、おもしろいわけ？　岩の名前とか覚えるの？」

「べつに、おもしろいから読むわけやない。名前もよう覚えられん」

「じゃあ、なんで読むの」

「言うてもしょうがないやろ」

相変わらず、張り合いのないやつだなあ、と視線をもどすと、老女はさっき見たところからほとんど動いていなかった。なんだか眉間に皺を寄せて、体が変にこわばっている。このお婆さんは久松《ひさまつ》さんといって、町内でも名うての気難し屋だ。お店に入れば商品にケチをつけるわ、店員に小言を喰《く》らわすわ、道を歩けば子どもを叱りつけるわ、いちゃついている男女を見かければ風儀の劣化に憤激するわで、どこへ行っても煙たがられてばかり。

おまけに、先々代の当主が明治維新の功臣だったとかで、今でも広壮なお屋敷に住んでいるので、気位も高下駄をはいて竹馬に乗ったみたいに高い。お能と歌舞伎にくわしいのが自慢で、無教養な庶民を見下している。そんなこんなで、誰もがうっかり機嫌を損じて嚙《か》みつかれては敵《かな》わないと、腫れ物のように扱いたがる。この人に平気でぞんざいな口を利くのは、さつきくらいなものだ。

「久松さーん、どうしたんですか。狸《たぬき》なんか連れちゃって。まさか狸汁にするんじゃないでしょうね」

「失礼な。狸なんぞじゃありませんよ。犬です、犬。狸汁だなんてとんでもない」

顔は険しいままだが、のそのそと近づいてくる。どことなく、助け舟を待っていたという心もとない感じを漂わせている。そもそも動物好きとはとても思えないのに、なぜ犬(?)の散歩などしているのだろう。細い引き綱を手にしているが、眠っている蛇《へび》でも握っているみたいで、いかにも不慣れな様子だ。犬のほうが落ち着いている。茶色の長い毛をした、小さめの洋犬だった。

「預かりものなのよ、この犬」

そばに来ると、久松さんは急に気安げに言った。「とても高級な犬らしいんですって。どこぞのお屋敷で飼われていたらしくて、しつけもよくできているし、物わかりもいいし。よほど大切にされていたんだろうから、めったな家には預けられないと言われるとねえ」

「へえ。だったら、この辺りじゃ久松さんのお宅しかないですもんね。でも預かりのお手当なんかも高いんでしょうね」

「知りませんよ、そんなこと。だいたいこの犬は迷い犬なんだから」

いちいち失礼な子ね、と口を尖《とが》らせた久松さんは、けれどまんざらでもなさそうだった。「えっ、この子、迷い犬なんですか」

犬は毛並みが美しく(久松さんが手入れしているとしても)、顔立ちも整い、どことなく気品すら感じさせる。そこらでゴミ漁《あさ》りしている野良犬と、同じ種族の動物とはとても思えない。

三日まえのこと、久松さんが家のまえで掃除をしていたら、この犬を連れた若い男が通りかかったのだという。困ったようにこちらを眺めているので何となく様子をうかがっていると、

「あのう、すみません。お宅では犬を飼ったことがありますか」

と訊いてきた。妙なことを訊くなと思って事情を尋ねたところ、この犬は上野《うえの》の近くで保護されたのだが、しきりにこの方角に向かいたがるので、きっとこっちに家があるのだろうと連れてきたという話だった。

「でも、来るには来たんですが、どうも犬が家を捜し当てられないらしいんですよ」

「あら、それは困ったわねえ」

「仲間がいま、上野からこの近辺にかけて、警察や役所に問い合わせて飼い主を捜しているんです。でも、見つかるまでのあいだ、預かってくれる先がなくて……」

「まあ、かわいそうね」

久松さんは思わず犬のまえにしゃがみ込んだ。こんなに上品そうな犬だと、野宿させるわけにはいかないだろう。

「もしよかったら、飼い主が見つかるまでのあいだ、預かっていただくわけにはいかないでしょうか」

「えっ、ウチでですか」

声高に話しているのを聞きつけて、近所の人たちが何人か集まってきた。

口々に、かわいそうだから預かってやりたいけれど、ウチは狭いから無理だと言う。

「どう見ても、大事にされているお座敷犬みたいだしねえ」

「そうなると、久松さんのお屋敷しかないわねえ」

などと言われて久松さんも心が動きかけた。もう十年以上も前だが、狆《ちん》を飼っていたことがある。どうしようかと迷っていたら、犬がトコトコ近寄ってきて、つぶらな瞳で見上げてしきりに尻尾《しっぽ》を振る。頭を撫でてやると、いっそう喜んでせがむようにお手をする。

賢い犬だわねえ、久松さんにお世話になりたいと言っているのよ、と周りが囃し立てた。

「そこまで言われちゃうとねえ。連れてきた人も、たぶん数日のことだと思う、こういう外国から輸入した高級犬だから、飼い主も一生懸命に捜しているはずだって言うしね」

そんなわけで、昨日からこうして散歩をさせているのだと、久松さんは得意げに言った。娘夫婦と孫娘が散歩に連れ出そうとしても、いやがるのだという。

「どうもね、私がお供じゃないとダメらしいのね」

でも犬のお供なんて十何年ぶりだから、もう疲れて疲れて、と言いながら、久松さんはゆるゆると家のほうへ向かっていく。犬は久松さんの足に合わせて、先に立つでもなく遅れるでもなく、臭いを嗅ぎまわるわけでもなければ、よその犬に吠《ほ》え立てるわけでもない。

「ほんとのお座敷犬だわね、あの子。人間との付き合い方をよくわかっているんだ」

独り言のつもりでポツリと言うと、人間との付き合い方がよくわかっていない少年の声が、後ろからボソッと言った。

「そやけど、なんで背中の毛だけ、色塗られとるんやろ」

「はア？　背中の毛だけ塗られてる？　あんた、何言ってんのよ」

わけわかんないこと言わないでよ、と睨みつけたさつきに、秀樹は困ったように目を伏せた。

「そやし、首から背中の毛、染料で茶に染めてあるんや。よう見ればわかる」

地面に目を凝らした秀樹は、あ、と小さく叫んでしゃがみ込んだ。もともとやや小柄な体をさらに低くして、這いつくばるようにタンポポの葉陰をのぞき込んでいる。

「これ、よう見てごらん」

摘《つ》まみ上げたのは、動物の体毛だった。小指くらいの長さで、ゆるやかに湾曲している、茶色の毛だ。手渡されたさつきは陽にかざすように見つめたが、すぐに寄せていた眉をゆるめると、「ほんとだ」とつぶやいた。

その茶色の毛は、根元の二、三ミリだけが真っ白だった。

5

いつものように人目のないのを確かめて、ぼくは地主屋敷の耳門をすばやくぐり抜けた。荒れ果てた庭園の薮を、イラクサに引っかかれながら、滝の跡のある崖下に急ぐ。滝つぼをまたぎ越し、崖の上から緞子のように厚く垂れ下がった蔦《つた》の葉を掻《か》き分ける。

岩壁の窪みが深く割れている辺りに顔を寄せると、隠し持ったメモ紙を窪みの奥へ差し入れる。岩の割れめそのものは紙の二、三枚が通るかどうかの幅しかないけれど、どうやらそこが百年後の世界とこの世界とをつなぐポイントになっているらしい。というのも、あの二十一世紀の岩窟に入り込んだぼく自身が、そこからこの大正十二年の東京にワープしてきたとしか思えなかったからだ。

視覚的にはごく狭いその場所を、どうやって人体が通過できたのかは謎《なぞ》のままだったが、ともあれ意識を回復したぼくが最初に目にしたのは、ここの滝つぼの岩組みだった。あとから思い返してみると、二十一世紀側のワープポイントも、見た目は岸壁の細い割れめでしかなかった。不思議な水煙（のようなもの）に包まれる感覚とともに、ぼくは自分の腕が岩を突き抜けていくのをこの目で目撃したのだ。気を失ったのは、みるみるうちにぼくを溶かし込んでいく岩壁に、とうとう鼻先が触れたその瞬間だったと思う。

その経験に照らし合わせると、出口側の構造（というのも変だが）もまた、同じようにできているのではないかと思われるのである。つまり、ぼくはおそらく、時間を超える水煙だか何だかよくわからない物質に包まれて、異世界へと放り出されたのだろう。この滝の裏にある岩壁の、狭い割れめの奥から、百年まえのこの世界へと。（量子力学で言うトンネル効果みたいなものだろうか？）

こちらの世界にワープしてきたあと、何度もこの滝つぼにやってきたことは、前にも触れた通りだ。たしか、三度めに来たときだったと思う。絶望的な気分に捕まえられたまま、それでもひょっとして、タイムトンネルがまた開いているかもしれないという一《いち》縷《る》の希望に、ぼくはすがりついていた。

夜の荒れ庭は、そこら中に闇を凝縮したような影が満ちている。ぼくは怖がりではないが、なるべく周りを見ずに進んだ。鬱蒼とした木々の姿が、襤褸《ぼろ》をまとった物の怪が腕を振り上げているように見えるからだ。

岩壁に近づいていくと、鼓動が激しくなって、アドレナリンの血中濃度が上がるのがわかった。滝つぼに下りて、岩壁の前にひざまずく。マッチの火を蠟燭《ろうそく》に移して照らしてみると、岩肌は亀裂を黒々と浮かび上がらせた。そっと指を伸ばしながら、ぼくは祈っていた。

――神さま、お願いです。どうか、この岩を通り抜けさせてください

もとの時代に帰してもらえるなら、寿命が十年縮んでもかまいません。目をつぶって

指先を岩肌にすべらせると、ジワッと湿気がまとわりついた。あの水煙が洩《も》れ出してい

るのか、と胸がはずむ。

いやいや、あわてるな。夜露が下りているだけかもしれないじゃないか。願いをこめて、岩の割れめに指を押しつけた。頼む、通してくれ。

今にも指先がスッと岩に吸い込まれるのではないか、と気持ちを集中させるが、硬い岩肌は指を冷たく押し返すばかりだった。心臓が喉もとまでせり上がり、吐き気とともにパニックが突き上げてくる。

――なぜなんだ！　どうしてトンネルが開かないんだ！

胸の中で絶叫がこだました。岩に握りこぶしを叩《たた》きつけ、ぼくは呻《うめ》いた。二度、三度と、岩壁を思いきり殴りつける。

そのときだった。声が聞こえた。まえのときと同じように、初めに聞こえてきたのは、曲がりくねった峡谷を渡ってくる風の音だった。その風に運ばれて、動物の唸《うな》り声のようなものが聞こえたかと思うと、じきにそれは人の声になった。ぼくは夢中で岩に向かって叫び返した。

「誰かいるんですか？　誰か！　いるなら、返事してください」

「……井筒？　そこにいるのか、井筒？」

返ってきたのは、間違いなく三杉の声だった。

三日ぶりの再会（おたがいの声を確かめあっただけとはいえ）とあって、三杉の喜びようは大変なものだった。何を言っているのかわからないくらい叫び、矢継ぎ早にまくしたてる質問は、実際よく聞き取れなかった。風に吹き散らされるように、声が近くなったり遠くなったりしたせいもある。ぼくはといえば、喜ぶというより、安堵《あんど》のほうが大きかった。ともあれ、音声だけに限っても、もとの世界との通路がつながっているのがうれしかった。いまのぼくは飛行軌道を外れた宇宙船みたいなもので、かろうじて基地との通信が生きているといった状態なのだ。

どの程度、三杉がぼくの説明に納得したのかわからない。数分して、こんなノイズの多いやりとりを続けていてもしかたがない、と思ったのだろう。

「そうだ、ちょっと待ってくれ。考えていたことがあるんだ」

三杉の声が遠ざかりながら言って、またあわてたようにもどってきた。やがて（ずいぶん長く感じたが、実際は十秒かそこらだったのだろう）岩壁のどことも言えない辺りに、ポッと白いものが浮かんだかと思うと、ヒラリと小さな紙が落ちてくるのが見えた。

急いで拾い上げてみると、見慣れた三杉の筆跡で〈二〇二二年三月二十九日　三杉雄太郎ここに記す〉と走り書きされている。間違いなく、たったいま、三杉自身が書いたメモだった。

「おい、紙きれが出てきたぞ。おまえのサインが入っている」

「やっぱりな。そうじゃないかと思っていたんだ」

ぼくが岩壁に呑み込まれて姿を消すのを見て、三杉は夢中でぼくを捕まえようとしたという。だが、何度、岩に手を差し込もうとしても、爪の先がフッと隠れる感覚があるだけだった。

「だけど、やけくそになって砂を投げつけていたら、妙なことに気がついたんだよ。岩にぶつかった砂の半分くらいが、跳ね返ってこないんだ」

「つまり砂は通過しているってことか」

「そうなんだ。小さな質量のものなら、まだこのタイムトンネルを通り抜けられるんじゃないかな」

だがこの観測は必ずしも正確ではなかったようで、それから、ぼくと三杉は何度もいろいろなものを通過させようと試してみた結果、トンネルの大きさはつねに変化していること、最大になったときでも、太書きのマジックペン程度が限界だということを確かめた。

ではなぜあのとき、ぼくが通過できたのか、そこは謎のまま残ったけれど、少なくとも一度はそれが可能になったのだから、という希望だけは残った。ぼくたちは二人を隔てる時間が九十九年に三か月ほど足りないことを確認して、時刻も五時間程度ズレているらしいので、できるだけ毎日、同じ時刻に連絡を取り合う約束をしたのだった。

けれど興味深いのは、ぼくが時間とともに場所もワープしていたことだった。岩手県下閉伊郡のあの洞窟から、東京府北豊島郡王子町まではざっと六五〇キロはある。その距離をぼくは一瞬で飛び越えていたことになる。

盛岡の実家から通ってくるのは大変だっただろうに、三杉はよく約束を守ってくれた。彼が専門研修先に選んだのが、実家に近い民間病院だったのはとてつもない幸運で、もし三杉が入職するのが東京の病院だったら、こんなやりとりは不可能だっただろう。

そんな具合で、この日も宵闇がすっかり下りた頃、ぼくは人目を忍んでこの滝つぼへ六度めか七度めの潜入を果たしたわけだった。

前に話したように、あの細菌性髄膜炎の疑いのあるお婆さんの場合は、肺炎球菌を仮定すると抗菌薬とバンコマイシン、ステロイドが必要だった。もちろんどれも大正時代には存在しないし、ペニシリンと違って自製できる可能性もゼロだった。だったら、三杉に頼んで現代世界から調達してもらうしかないわけだ。だから、そうした。もっとも三杉は不満タラタラだったけれど、そこはしかたがない（現代では病院の薬剤管理はきわめてシビアだから、医師だからといって勝手に薬品を持ち出したりなんかできない。じゃあ三杉がどうやって手に入れたのかというと、想像はつくが、それについてはやっぱり口をつぐんでおいたほうがいいだろう。うっかり書くと、犯罪教唆になってしまうからだ）。

さて、この晩、ぼくが三杉に頼んでおいた用件は二つあった。ひとつは昨日渡した、いま診ている患者さんの血液標本の検査データをもらうこと、もうひとつはこの王子界隈の民間伝承をリサーチしてもらうことだった。

「クレアチニン5・5、カリウム4・8。病歴と経過からみて、ＡＫＩ（急性腎障害）

の可能性は否定できないようだな」

「やっぱりね。呼吸困難症状が出ているし、下肢の浮腫も強い。あと経静脈怒張《けいじょうみゃくどちょう》」

「腎後性（腎臓からの尿が排泄されず、腎不全を起こす）の判断はできたのか」

「できないよ。腹部超音波も掛けられないんだから。病歴から見て、慢性心不全悪化に伴う腎前性腎不全というのが一応の診断だ」

「なるほど。だろうと思って、静注フロセミドを持ってきた」

ちょっと待ってろ、と三杉の声が小さくなって、まもなくどこからともなく、データ用紙と緩衝材にくるんだバイアル容器（小さなガラスまたはプラスチック製の容器）が現われた。昨夜来診してそのまま入院している患者は、風邪症状のほか、息苦しくておしっこが出づらいと訴えてきた六十歳の女性だった。ふつうの外来診療なら、腎機能数値の推移を確かめて、血液データを取り、超音波検査で水腎（尿の流れが堰《せ》き止められて、腎臓が拡張する症状）があるかどうか調べるという手順なのだが、なにしろこっちの世界では何もできない。利尿剤のフロセミドが効かなければ緊急透析するほかないのだが、とにかくこの世界でできる限りの手を尽くすしかない。

「でも大変だっただろう、血液検査」

「まあな。いずれそのうち、この貸しはたっぷり利息をつけて返してもらうぞ」

「それはいいけど、そのまえにそっちへ帰れるかどうかだよなあ」

「ナニ、おまえが帰って来られないなら来られないで、手はあるんだよ」

え、どういうこと、と訊き返すと、三杉はヒヒヒと世にも邪悪な笑い声を洩らした。

「おまえさ、オレが教えてやるから株を買え。こっちで調べれば、今後どの会社の株が爆上がりするかすぐわかるからさ、そいつをせっせと買ってカネを作れ」

「……何を言ってるんだ。それって不正取引じゃないのか」

「いいや、タイムトリップして株売買してはいけないなんて法律はない。そんなこと言い出したら、百年まえの世界で医療行為することだって不正ってことになる」

それはそうかもしれないけど、と思い惑っているうち、三杉がさらに悪魔的なささやき声でこう言った。

「稼いだところで、そのカネで金塊を買うんだ。そっちじゃ十年もしないうちに戦争が始まって、しまいにゃ大インフレになるからな。間違っても国債なんか買うんじゃないぞ。全部金塊に換えて、どこかの山にでも埋めろ。で、こっちの世界で、オレがそいつを掘り出すってわけだ」

そっちから見れば何十年先でも、オレには明日なんだからなあ、と三杉は理不尽かつ不可解な状況にある友人のことなど忘れ去ったみたいな能天気な声で言ったものだ。

「そうとは限らないかもな。気分を害して、金塊の代わりに瓦を埋めるかもしれないし」

とたんに三杉は、冗談だよ、冗談に決まってるじゃん、とあわてだしたが、ぼくにはわかっていた。まんざら冗談なんかじゃなく、あれが三杉のかなり本音だということが。

「ええと。それで、もうひとつのほうだけれどね」

取ってつけたように三杉が言い、数秒後、また岩崖のどことも知れぬ辺りから、ヒラヒラと白い紙が二枚落ちてきた。

「おまえがいるその場所なんだが、明治の頃、土地の大地主の別邸だったのは本当らしい。そのあと、しばらく放置されていたんだけれど、どこかの事業家が近隣の土地ごと手に入れて、回遊式庭園と料亭を造った。しかし戦災で消滅して、戦後になると一部は宅地に、残りの部分は公園になる——とまあ、これは、その公園の公式ホムぺにある沿革なんだけどな」

「となると、もう少しすると、ここに料亭と庭園ができるわけか」

なるほど、とうなずきながら、ぼくは何となく背中が寒くなったような気がした。もしここが料亭になってしまったら、こんなふうに忍び込むこともできなくなってしまう。そいつはかなりまずい。

「そうなんだ。料亭が開業するのは大正十四年の九月だから、そろそろ建設計画が立ち上がっている頃じゃないかな」

おいおい、ちょっと待ってくれよ。開業があと二年と少しなら、計画どころかもう整地工事が始まるかもしれない。しゃがんでいたぼくは、うろたえたあまりバランスを崩して、岩壁に頭をぶつけてしまった。なんだ、変な音がしたぞ、三杉はさして気にもしない調子で言って、それよりペーパーを読め、とうながした。

「そこに書いてあるように、その公園一帯にまつわる民間伝承ってやつだけどな。なかなか興味深いよ。安政の大地震のあとで、その辺りで三人の子どもが神隠しに遭ったという記録があるんだな、これが。天狗に攫《さら》われたという説もあるらしいが、いずれにせよ、地震のあった安政二年から三年間に起きている」

「神隠しの話って、下閉伊郡の——おまえがいまいるその洞窟にもあったよな」

「あった。あれとよく似ている。ただしこっちの話だと、明治二十九年に長助という男が消えて、寛政九年に江戸で書かれた随筆に、未来から来たらしい男のことが出てくるんだよな。ちなみに明治二十九年は一八九六年、寛政九年は一七九七年だ」

「つまり、長助は九十九年前にワープした……？」

「そうなんだ。で、安政二年すなわち一八五五年の江戸大地震のほうだが、こっちはどうやら九十九年前じゃなくて、九十九年後に関係しているらしい。安政二年の九十九年後だけど、昭和二十九年になる。そして、なんと——いいか、気を確かに持って聞いてくれよ」

「……まさか、神隠しに遭った子どもが現われた、とか？」

「そのまさかだ。ただし、三人のうちのひとりだがな。五歳の女の子が下閉伊郡山田町《やまだまち》で迷子として保護されているんだ。山田町はこの洞窟からそんなに離れていない。どこからやってきたのかまったくわからなくて、当人はしきりに江戸の板橋宿《いたばししゅく》に住んでいたと言っていたらしい。板橋からおまえのいる王子の庭園までなら、子どもの足でも歩いて来られる」

「それで、その子はどうなったんだ」

「保護施設に預けられたんだけど、かわいそうに十一歳のときに疫痢で死んだ。一年ばかりのあいだは江戸の板橋宿の話を何度も繰り返すので、前世の記憶を持っている子どもだと騒がれたらしいが、だんだんしゃべらなくなったそうだ。だがオレの見るところ、その子は前世の記憶を持っていたんじゃなくて――」

「安政二年から九十九後にタイムワープした……」

そういうことだ、と急にトーンを落とした三杉の声を聞き流して、ぼくは自分の中に沈み込むような感覚にとらわれていた。明治二十九年の長助が九十九年前の江戸の街にワープして、安政二年に江戸から消えた幼女は九十九年後の昭和中期に転移した。もしそれが本当なら、令和四年の二〇二二年から大正十二年へ九十九年間、過去へワープしたぼくは、長助と同じパターンを踏んでいるということになる。場所の移動も、岩手県下閉伊郡から東京府王子へ、だ。

「要するに、こういうことか。そっちの洞窟から消えると九十九年遡《さかのぼ》った東京に現われて、こっちの滝つぼから消えた女の子は、九十九年後の下閉伊郡に出現した……そうなんだな」

「いまのところ二つしか例が見つかっていないから、それがパターンと言えるかどうかはわからない。だけど、今回のおまえのケースが長助のといっしょなら、幼女のケースはすごく参考になるはずだ。オレの言っていることの意味はわかるよな」

わかるさ、とぼくはうなずいた。この次に東京に起こる大地震、そのときワープすることができれば、ぼくは無事九十九年後、つまり二〇二二年のあの洞窟にもどれるのだ。

「大正十二年か。……よりによって、とんでもないときに、とんでもない場所にワープしちゃったもんだよなあ」

慰めるような、励ますような調子で三杉は言った。大正十二年九月一日、午前十一時五十八分、東京は未曽有の大地震に見舞われる。東京から南西の相模《さがみ》湾を震源地とする、震度6、マグニチュード7・9の規模の地震だ。世に関東大震災という。

6

「牡丹亭の西谷夫人ですが、体調は相変わらずのようですね」

帝大病院産科主治医からの報告書を読み終えて、ぼくは村岡院長の顔をうかがった。診察室の隣りにある院長室は応接室を兼ねるが、相手が患者であれ院内の者であれ、密談はここで交わされる。

「そうなんですよ。月経周期が長くなる傾きはあるが、ほかにこれといって問題はない。卵巣や卵管、子宮そのものにも重大な疾患が起きている兆候はない、ということですからね。そうかといって、婦人科以外の問題もなさそうだ、と」

卵管閉塞や子宮内膜症、筋腫は排除していいということか（まあ、子宮卵管造影法はないだろうから、この時代の検査基準によれば、ではあるけれど）。ホルモン関係はどうなのだろう。甲状腺とか視床下部、脳下垂体からのホルモン分泌が正常でないと、排卵が正しく行われない。現代なら適正な時期の採血でほぼクリアに判定できるが、さすがに奥さんの血液サンプルを手に入れて三杉に調べてもらっても、本格的なホルモン療法はむずかしすぎるか……。

目を上げると、白麻のカバーを掛けた肘掛け椅子に身を沈めた院長は、探るようにぼくを見つめていた。何かを訴えかけるような、それでいて何かを危惧するような、揺れ動く目で。ぼくと院長のあいだには、何と言ったらいいのか、あるきわめて奇妙な相互依存関係みたいなものが、いつのまにかできあがっていた。

院長はぼくがただの記憶喪失者だとは信じていない——ということを、ぼくが知っていて、それにまた院長が気づいているのは確実だった。この世界に身寄り頼りのないぼくは、院長の庇護を離れてはかなり生きづらくなるが、院長は院長でぼくの医療知識のおかげでそれなりに助けられている。

だからこそ、この時代ではわからないはずの血液データ分析に基づいて、ぼくが診断するのを黙認しているわけだ。初めはどうしてそんなことがわかるんだ、という顔でぼくの診療を見守っていたのが、その後の病態が予測通りに変化するのを目にして、何らかの未知の診断法を持っていると考えたのだろう。この時代には存在しないバンコマイシンやらフロセミドやらをぼくが処方するのに目をつぶっているのも、そのためだ。

ぼくの問診の方法、診断の付け方を院長は驚異の目で見ていたし、自分の知らない薬剤をどこから調達しているのか、恐れるような気持ちで眺めていたに違いない。そこで院長は決意したのだと思う。この不思議で、役に立つ、しかし危険なほど世慣れない若者を、ある時期が来るまでは守ってやろう、と。

「あなたなら、何かほかに調べる手立てを知っているのではないですか」

院長はあまり表情のない声で言ったものの、ちらりと顔に不安がかすめたようだった。西谷夫妻は家族ぐるみの患者で、長年の親しい交わりがある。医院にとって大切な顧客でもあるのだから、夫妻の願いを叶えてやりたい、と院長は切実に思っているのだろう。

ぼくが黙って首を傾《かし》げると、院長はほんの少し肩を落とした。調べることができたとしても、この時代には効果的な不妊治療はほとんどない。

「西谷さん側の、つまり夫側の問題という可能性もありますよね」

不妊の原因は女性側にある場合が約四割、男性側にあるのが二割、双方が三割といわれる。残り一割は二十一世紀においても原因不明だ。

「むろん、可能性はありますがね。だが、それはあまり考える余地がない……」

院長はふいに苦汁を飲み下すように口もとをゆがめると、これは他聞を憚《はばか》りますが、と口を開いた。

「じつは西谷さんには、外にお子があるのです。カフェーの女給に産ませた、二歳になる女の子ですが」

なんとまあ。ぼくは思わず目をパチパチ瞬いてしまった。

「加えて、桃子夫人の年齢のこともありますからね。もう時間はさほど残っていない。このままでは牡丹亭は西谷さんの代で終わってしまいます」

ぼくは黙り込むしかなかった。いやあ、別に子どものいない夫婦なんてザラにいるし、それならそれでいいんじゃないですか、先々レストランを誰かに譲って悠々自適の老後も楽しいですよ、などと言ってはいけないのだろう。この時代に生きる人々の価値観に口を挟んではいけない。それは時間旅行者としてのマナーのひとつだ。

「すると、原因はやはり夫人の側にあるわけですか。それにしても器質的な問題はなさそうだし、更年期にはまだ少し間がありますよね」

黙ってうなずいた院長は、ハンカチを取り出して額と、肉が折り畳まれた顎の辺りを拭った。

「それに、もうひとつ問題があるようでしてね。これはまた別の分野の問題かもしれませんが——いわば精神科的な」

「桃子夫人のですか」

ぼくは息を呑んだ。

「ええ。これは絶対に口外してもらっては困りますが、どうも夫人のほうにもエンブンがあるらしい」

エンブン？　塩分のことか？　塩分過剰摂取とか？　そこでやっと、ああ艶聞か、とぼくは納得した。え、でも人妻に艶聞ってまずくないか。

「といっても、確かなことではありません。幾人かの人の目が、夫人が外で若い男と歩いていたのを見たというだけのことですからな。だが、その噂が西谷さんの耳に入ってしまったとなると、これはいささかやっかいになる」

「でもそれって、精神医療の問題なんでしょうか。いや、ぼくにはそういう女性の心理はよくわかりませんけど、わりとよくある中年クライシス的な……」

口にしたとたん、しまったと思ったが（中年クライシスは発達心理学由来の術語で、一九七〇年代から使われるようになったのだから）、院長はほかの何かに気を取られているらしかった。少し経ってから、半ば閉じていた襖をからりと開けて踏み込んでくるような調子で、強い目を向けてきた。

「西谷さんのおっしゃったことを、そのままお伝えしますがね。奥さんはここ二、三か月、しきりと物思いにふけることが多かったというのですよ。お店の仕事にも家事にもどこか身が入らない、上の空という様子だったと。それは西谷さんの隠しごとが露見したせいではないか――つまり女給に産ませた子のことですよ――とご本人は理解しているのですがね。ところが最近は一転して、何かと用を作っては、しょっちゅう外へ出かけているという。そして、若い男といっしょにいたという話をわざわざ耳擦《みみこす》りするお節介者が現われた」

ふうむ、とぼくは首を傾げた。この話の勘どころはどこにあるのか。まさか夫が外に隠し子をこしらえたから、自分も外に恋人を作ってやるというような話ではないだろうし、現代ならともかく時代は大正なのだ。

「もうひとつ、夫人の寺社参りがいささか熱心すぎる、ともおっしゃっていましたな。もともと信心深いほうではあったのだが、このひと月ばかりは、常軌を逸していると。ほれ、あの何と言ったか、ご夫婦で大事にしているお守りの石。あれも霊力をいっそう盛んにするために、神主を呼んでお清めをしたそうですよ」

へええ、とまた首をひねらざるを得ない。

「もっとも、お清めしたらどうかと勧めたのは九鬼《くき》さんだそうですが」

「九鬼さんといいますと？」

「ああ、そのお守り石を西谷夫妻に譲った人です。レストランの常連客でね、以前はこの近くに住んでいたのでウチの患者さんでもありましたが」

それから院長は声をひそめて、じつはさっき言ったお節介者のひとりがこの九鬼さんなんです、と微かな薄笑いを浮かべた。ね、わかるでしょう、と言わんばかりの共犯者の微笑とでも言うべき不可解な表情に迎えられて、ぼくはたじろいだ。そこで、唐突に思いついた質問をぶつけてみることにした。

「でも、男と出歩いていたというのは、本当なんでしょうか。あるいは、その九鬼さんとやらが見間違えたということだって――」

院長はふいに唇に人差し指を立てると、抜き足差し足といった様子で、ドアに歩み寄った。ドアノブをつかんだ院長は、呼吸を計るようにその場に静止していたが、いきなりドアを開け放った。

あ、という小さな声が飛んで、こら、また立ち聞きなんぞして、という院長の作った濁声《だみごえ》が響いた。

「まったく、聞き分けのない。しようがないやつだ」

「だって、本当なんだもの。見間違えなんかじゃないんだったら」

かん高い声とともに、矢絣の着物に海老茶《えびちゃ》の女袴、結い流しの髪に白いリボン――絵に描いたような女学生が現われた。

「妙な噂をうるさく持ち込んでくるもうひとりというのが、この娘でしてね」

院長は歯の痛みをこらえるような顔で言った。

「あら、この人なの、新しく来た先生って？　こんなに若そうで大丈夫なの」

輪郭の鋭いきれいな目が、ぼくを品定めするように見つめている。キュッとくくったような厚めの唇が、何か言いたそうに開いて、また閉じた。

「ペラペラおしゃべりしていないで、きちんとご挨拶しなさい」

院長に叱られて、女学生が子どもっぽく元気に頭を下げる。

「村岡さつきです。この家の姪《めい》なんですけど、あなた見かけによらず診立てがいいんですってね。でもほんとに医学博士なんですか。まさかニセ博士じゃないでしょうね」

即答しかねるようなことを言いながら、女学生はずかずかと近づいてきた。

7

「上手《うま》いものだわねえ。まるで生きているみたい」

さつきがため息まじりに言うと、野原を見渡すあぜ道で絵を描いていたお姉さんは、はにかんだように小首を傾げた。

「いいえ、私のは我流ですから。ちゃんとした絵のお勉強はしていないんです」

宙に浮かせた指が動き出すと、白い紙の上に、黒鉛筆が魔法みたいにルリタテハ（瑠璃立羽）を描いていく。野薔薇《のばら》の群れの周りを蝶々が舞う、穏やかな風景画だ。野原を挟んで、彼方にお寺の高い屋根と屋敷森が薄く影のように滲んでいる。

「どう？　すてきな絵よねえ」

首を伸ばしてのぞいている秀樹を振り向いたけれど、瞬《まばた》きを繰り返すだけで返事はない。相づちくらい打てないの、と睨みつけてやると、顎を引くようにしてポツリと言った。

「お寺の屋根の角度、違《ちご》うてる。ここからやったら、こうは見えへん」

実景のお寺と絵の中のお寺を指さして、首を横に振っている。

「あ、そうなんです。本物の景色を写生しているんじゃないんです。でも、このほうが薔薇の花との釣り合いが取れているというか」

お姉さんは頬を赤らめて、弁解するように早口になった。

「ええ、気にしないでください。こいつ、絵のことなんか、全然わからない野暮天ですから。そのくせ、つまんないことによく気がついて」

「あら、でも、もしかして三高の生徒さんですか」

白カバーを掛けた帽子の記章でわかったのか、お姉さんが目を丸くした。第三高等学校は京都帝国大学に隣接し、卒業生の多くが京都帝大に進学する。東京の第一高等学校と並び称される名門校だ。しかし秀樹は兄弟にくらべて学業がいまひとつで、父親は専門学校にでも進ませようと考えていたらしい。

「そうなんです。でも夏休み早々、こっちにお嫁に来たお姉さんのお家に転がり込んでいるんですよ。しばらく京都にいたくないんですって」

当人が黙りこくっているので、しかたなく、さつきが話を引き取った。

「まあ、どうしてでしょう」

「それがね、夏休みの終わりに一高と三高の野球の対抗戦があるんです。京都にいると、その応援団の練習に無理やり駆り出されるから、逃げてきたらしくって」

嫌なら断ればいいのにねえ、とさつきが馬鹿《ばか》にした口調で言うと、

「そんなん、何も知らんから言えるんや」

秀樹はボソッとつぶやいた。一高と三高の対抗戦は全校挙げて熱狂するから、なかな

か断れないのだと言う。

そのとき、野原から少し小高くなっている土手道に、人影が浮かび上がった。音無川に架かる橋から土手の上にのぼった通行人かと見ているあいだに、人影は陽の当たるところに出てきて、二人の人間と犬の姿になった。

「あら、久松さんのおばあちゃんだ」

連れているのはこのまえもいっしょだった、あの毛の長い洋犬らしい。まだ預かっているのかしらと見つめていると、先方も気づいたようで手を振っている。気難し屋にしてはめずらしく上機嫌のようだ。連れ立っているのはまだ学生のような若い男だった。一見すると祖母と孫のようだが、久松さんが何度も頭を下げている様子を見れば、そうではないことはすぐわかった。お年寄りに親切な好青年と、気をよくして若やいだ老淑女といったところか。

「……あの学生さん、まえにもこの辺りで見かけたことがありますわ」

絵描きのお姉さんが、パラリパラリと画帳をめくり返す。クロッキーに近いものから細密な写生画までいろいろある中で、ほら、これね、と彼女が捜し出したのは、少女と青年が小さな黒犬と戯れている絵だった。

かなり細かく描き込まれたその絵は、少女と青年の顔立ちや体つきをよくとらえている。

「ああ、なるほどね。似てるわ」

大学予科くらいに見える青年は少し神経質でまじめそうな、新派の俳優みたいな整った顔をしていた。絵の中では後ろ足で立った黒犬をじゃれつかせているその手が、いまは久松さんの犬の頭を撫でていた。

「あの、この女の子は？」

この子もどこか見覚えがあるような気がする。この辺りのご近所さんだろうか。

「あそこの橋のたもとに植木屋さんがあるでしょう。裏庭にたくさん庭木を育てているお店。あのお家の子なの」

本当はあの子とお母さんがワンちゃんといっしょにいたんだけれど、そこへあの彼が通りかかったのね、とお姉さんは腕を伸ばして絵を少し遠ざけながら言った。構図的に小犬を中にして青年と女の子だけのほうがいいと思ったから、と説明を加える。

「ただね、この絵は彩色して仕上げる気になれなくて。だからスケッチのまま、放ってあるんです」

お姉さんが寂しそうに微笑む。

「どうしてですか。とってもいい絵になると思いますけど」

「ここに描いたこのちっちゃなワンちゃん、そのあとでいなくなっちゃったんですって。だから、もう植木屋さんのお家にはいないの。それを聞いたらなんだか悲しくなって……」

そんなことがあったなんて、とさつきはかすれ声でつぶやいた。でも、何なのだろう。

何かが違う、何かが誤っているという気持ちが引っかかっている。この絵のちっちゃな犬が姿を消すなんて、現実はそうあるべきじゃないというような、おかしな幻覚でも見せられている気分というか。

「——ああ、そういうことやったんか」

秀樹があくび混じりみたいに言って、これではっきりしてきたわ、と独り言を言っている。何よ、何がはっきりしたというのよ、そう口にしようとしたとき、

「あらあら、みなさんおそろいで」

近づいて来た久松さんが、上気した頰をニコニコほころばせた。ふだんの仏頂面はどこへやらで、いまにも手提げからキャラメルでも出して配ってくれそうだ。半歩遅れて、役者顔の青年がついてくる。

「ほら、こちらがね、このまえお話しした、ロミオを連れて来てくださった方」
ロ、ロミオっていうの、この犬？　久松さんなら、ロミオとジュリエットより、お軽《かる》勘平《かんぺい》なんじゃないの。おどろいて犬の顔を見つめると、賢げに目を輝かせたロミオは、よろしくというみたいに首を傾げた。さっきが手を出してやると、ペロリと指先を舐める。
青年は照れくさそうにお辞儀すると、シイバといいます、椎《しい》の木の椎に葉っぱの葉です、と静かな声で言った。

「法律学校でお勉強なさっているの、弁護士さんの書生をなさりながら。大変ねえ」

久松さんは親戚の子でも紹介するみたいに言ったが、椎葉青年はいえいえと首を振る。手に持っているのは煮干しで、犬がまとわりついているのはそのせいらしい。ロミオのくせに煮干しを食べるのかと思っていたら、久松さんが、いつも犬の好きそうなおやつを持っていらっしゃるのよ、この方、と歌うように言った。

犬が好きなものですから、つい、と椎葉くんは首すじを掻いている。

「この子の飼い主さん、まだ見つからないんですか」

さつきは犬の背中を撫でながら訊いてみた。

「まだ警察署に届けは出ていないみたいですね。芝《しば》や麻布《あざぶ》のほうまで、交番に頼んで迷い犬のポスターを張り出しているんですが」

椎葉君が申しわけなさそうに答える。

「でもねえ、だんだん情が移ってくると、このまま見つからなければいいなんて気もしてくるのよ。ロミオの幸せのためには、見つかったほうがいいのでしょうけれど」

久松さんがそう言うと、ロミオはまるでその言葉がわかるかのように、フサフサの尻尾をいっそう振って、久松さんと椎葉くんを交互に見上げた。

「ほんとに賢い子ねえ。この方が一日おきに様子を見に来てくださるのも、ちゃんとわかっているんだから」

別人みたいに上機嫌を振りまいて久松さんが行ってしまったあとで、お姉さんが感心したように言った。

「あの書生さん、よっぽどワンちゃんが好きなのね。よその子なのに、あんなに可愛《かわい》がるなんて」

ほんとにそうならいいんだけれど、と口の中でつぶやいて、さつきは秀樹にだけ見えるように手のひらを差し出してみせた。さっきロミオの背を撫でた人差し指と中指に、うっすらと茶色い染みがついていた。

「……な、言うた通りやろ」

秀樹が目を細くして、遠ざかっていく久松さんと椎葉くんの後ろ姿を眺めている。指先を嗅いでみると、わずかだが膠《にかわ》の臭いがした。岩絵具か水干《すいひ》絵具だろうか。どちらも日本画の絵具で、岩や土の原料を砕いて膠に溶いて使う。指に移ったところをみると、まだ塗ってから定着するだけの間がなかったということになる。つまり、塗ったのはつい今しがたと断定していいだろう。

だいたい、法律学校に通いながら弁護士の助手をしている者が、一日おきによその犬の様子を見に来るだろうか。しかも昼日中に。そんな暇があるわけがない。

「何かあやしいよね、あいつ。絶対、嘘ついてる」

川のほうへ歩きながら、さつきは芽生えたばかりの考えを追っていた。すっかり椎葉を信じ切っている久松さんは、椎葉が犬を可愛いがるために訪ねてくるのだと思い込んでいる。でも、何のためによその迷い犬の背中にわざわざ色を塗るのだろう。それも、色が薄れそうになる頃合いに、ああやって塗りなおしにやってくるなんて。

「ねえ、どうしたらいいと思う？　久松さんにほんとのことを教えたほうがいいのかな」

つまらなそうについてくる秀樹に尋ねたが、わからん、と返されただけだった。こいつに相談してもしようがなかった、とまた考えに沈む。

「電話かけたらええんやないかなあ」

「電話？　誰によ」

「女学校の友だち、おらんのか。芝とか麻布のほうに」

「いるよ。いるけど、電話かけてどうするのよ」

「そやし、交番行ってポスター見てもらうんや。ほんまに出とるかどうか」

あ、そうか。さつきはまじまじと秀樹の顔を振り返った。そうなんだ。もし本当に迷い犬のポスターが張り出されていたら、椎葉くんの話は少なくとも半分は信じてもいい。もしそんなものはどこにもなかったら、あいつの言っていることはすべて嘘っぱちだ。すぐにも久松さんのお家に駆けつけて、あの男とは金輪際会わないほうがいい、と説得してあげなければ。

そうだ、そうしよう、と拳を握るような気持ちになる一方で、さつきは友だちの中から芝か麻布に住んでいる子の名前を思い出そうとしていた。

8

午後の往診がこの日は二件しかなかったので、暇をもらったぼくが部屋で寝転んでいると、カキ氷でも食べに行こうとさつきが誘いに来た。

外へ出てみたら、門柱に寄りかかっていた中学生が、白い学帽を取ってペコリとお辞儀をする。イトコの秀樹と紹介された少年は、あまり気が乗らなそうだったが、それでも甘いものは食べたいらしい。黙って、さつきとぼくの後ろからついてきた。

さつきの行きつけのお店は、上野の広小路《ひろこうじ》にあった。現代でいうと、松坂屋《まつざかや》のある辺りだろうか。もとは上野寛永寺《かんえいじ》の参道だった道を南へ少し下ると、右手に不忍池《しのばずのいけ》が見える。池を望む道の両側の、料理屋や喫茶店が立ち並んだ中ほどに、萩之屋《はぎのや》というその店はあった。

こういうタイプの甘味屋さんって、いかにも昭和レトロだよなあと口にしかけて、あ、まだ大正なんだっけ、とぼくは首をすくめた。この人たちはあと三年ばかりで大正が終わり、昭和という新しい時代がやってくることを知らないのだ。

若草色の染め暖簾《のれん》に千社札みたいな模様が散っていて、そこにおしることか、おだんごとか赤い文字で書かれている。上半分だけ透明のガラス引戸を開けると、緋毛氈《ひ》を敷いた長椅子があって、これは待合用だが、テーブル席の椅子にも市松模様（『鬼滅《きめつ》の刃《やいば》』で炭治郎《たんじろう》が着ている羽織の模様だ）の小ざぶとんがちんまりと載っている。

広くないお店の中は半分ほど埋まっていて、女の人がほとんどだった。お稽古ごとの帰りなのか、巾着袋を提げた娘さんのグループ、老婦人の二人連れ、幼子を抱いた家族連れもいる。黄粉餅《きなこもち》にかぶりついている三つくらいの男の子を眺めているうち、ぼくはふとあることに思い当たって、お茶にむせそうになった。

あと八年すると満州事変が起こり、十四年経つと日中戦争が、そして十八年後には太平洋戦争が始まる。そのとき、この子は二十歳を超えているだろう。やがて徴兵されるこの子は、三百万人が亡くなる過酷な時代を生き抜けるのだろうか。この若いお母さんも、息子の安否を気遣って眠れない夜を送ることになる……。

「あ、来た来た。ここの冷やしあんみつ、すごくおいしいんだよ」

さつきの能天気な声で、いきなり物思いが破られた。でかいワイングラスみたいなガラス容器に、寒天とあんこと赤えんどう豆、白玉がぎっしり詰まっている。

「あんたさあ、こんな暑い日に、よく磯辺巻きなんか食べるわね」

さつきが言うと、連れの中学生、もとい高校一年生は、そんなん勝手やろ、ともそもそ餅を噛んでいる。さつきとは同い年になるらしいが、京都の三高に入ったばかりというから秀才ではあるのだろう。三高は現代では京大の教養課程に当たる。

「きみは体育会系には見えないから、文学青年のほうですか」

初対面の緊張をほぐそうと、ぼくはくだけた調子で尋ねてみた。

「小説はあまり読まん」

「ははあ。じゃあ芸術系かな。美術とか音楽とか」

「芸術はよくわからん」

「すると得意な学科は何です」

「……数学は好きなんやけど」

おお、理科系か。色白でちょっと線が細そうだから芸術家タイプかと思ったけれど、数学少年なんだ。それなら気が合いそうだ。で、数学ではどの単元が好きですか、と訊こうと思ったが、そこでハタと思案してしまう。百年まえの高校生って、どんなことを習っていたんだろう。

「でね、さっきの話の続きなんだけどさ」

黙ってあんみつに取りかかっていたさつきが顔を上げた。唇の周りにあんこを付けたまま、もう辛抱できないとばかりにしゃべりはじめる。

「そのロミオって犬の首の後ろから背中の辺りに、茶色の顔料が塗ってあったわけよ。もともとの色を隠すためなんだろうけど、なんでそんなことをしたんだと思う?」

「しかし、さつきちゃん、よく気がついたね。なんでわかったの?」

質問を投げ返してやると、さつきは一瞬興ざめした顔になったが、気づいたのはこいつだけどね、と咀嚼《そしゃく》に忙しいイトコを突っついた。

「よう似せてあったんやけど、塗ったとこだけ、少し色が濃すぎたんや」

お餅を呑み込んで、秀樹がもそもそ言った。「膠で毛がくっついてるとこもあったし」

「へえ、そりゃ大したものだ。それで二度めにその犬に会ったとき、確かめたわけか」

「そう。それから麻布に住んでる友だちを思い出したから、電話をかけたの。その子のお家はお金持ちだから、女中さんが三人もいるのよ。で、すぐ女中さんに交番に見に行ってもらったんだって。ところがね、どうせ椎葉くんが嘘ついてるんだろうと思ってたら、迷い犬のポスター、ほんとにあったのよ。ちゃんと犬の大きさとか特徴とか、何か知らせてくれた人には懸賞金進呈とかまで書いてあって」

「ふうん。じゃあ迷い犬の飼い主捜しはマジメにやっていたんだ」

「そうなんだよね。てっきり、ただの犬泥棒なのかと思っていたんだけど」

「犬泥棒なら、知らないよその人に預けたりしないいんじゃない？」

「そう思うでしょ？　それがギッチョンチョン」

　さつきはピンクの舌先を伸ばして、ペロリと口の周りのあんこを舐めとった。何なんだ、そのヘンテコなギャグは。

「ところが、そのポスターにひとつだけ、違うところがあったわけ。犬の毛色。全身に茶色なるも首より背に至る部分は白く帯状を成す、とこうだって」

　これで何かピンとこない？　と言われれば、ぼくだって答え方くらいわかる。

「つまり、ロミオの背中に絵具を塗ったのは、その帯状の白い毛を隠すため？」

「ご名答。だけど、そこまでは誰でもわかるよね。では、椎葉くんはなぜそんなことをしたのでしょうか」

「えっ、ちょっと待って。飼い主に向けては正確な情報を提供しているんだから、飼い主捜しはちゃんとやっているわけだよね。なのに、預け先には毛色をわざわざ変えて預けている……」

一分間ほど考えたあげく、わからないな、とぼくは降参した。どういうことなの、と秀樹の顔を見ると、

「逆さまに考えればええんです。飼い主を捜しとるんやなくて、捜しとるのは犬のほうなんです」

「はあ？　だって犬はもう預かってもらっているじゃないですか」

何を言っているんだ、この一年坊主は。ぼくは呆《あき》れて、秀樹の茫洋《ぼうよう》とした顔を見返した。

「だからね、やっぱり犬泥棒なのよ、椎葉君は。どっかのお金持ちの家からロミオを盗んできて、毛を塗り替えて久松さんに預かってもらった。で、何食わぬ顔でお金持ちに犬捜しを請負いましょうかと持ちかける。迷い犬のポスターは、飼い主さんにちゃんと捜してますよと見せかけるための小道具というわけ」

得意そうにまくしたてるさつきの横顔に、それ、ぼくが言うたんやないか、と秀樹がぼやいている。渋茶をひとくち含んで、ぼくは秀樹に尋ねた。

「だとすると、毛色を変えたのは何のためだろうね」

「ひょっとしたら、犬を預かった人やその周りの人が、ポスターを見るかもしれへんし」

なるほど。正体がバレないように、特徴的な部分だけ染めたのか。しかし何が目的でそんなめんどうなことをするのだろう。犬捜しの報酬目当てか、懸賞金目当て？

「たぶん、それでしょうね。懸賞金だって五百円だというし、よっぽどその愛犬を大切にしてるのよ」

「五百円？　五万円じゃなくて？」

「馬鹿じゃないの。五万円もあったら犬屋の店が開けるよ」

だよねえ、アハハ、と冗談に紛らしたが、さつきと秀樹が一瞬見交わした日には、こいつ大丈夫かという危惧がはっきり表われていた。あぶない、あぶない。ぼくはお茶のおかわりをもらって、その隙におしるこやらあんみつやらのメニュー表をチラ見した。おしるこが一円二十銭、あんみつが一円、ここから雑に推理すると、この時代と現代の価格差は約五百倍見当かな。つまり、ロミオの懸賞金は……二十五万円？

「書生のお小遣いとしたら十分すぎるね、五百円なら。動機にはなる」

街で見かける書生の質素な姿を思い浮かべてそう言ったが、秀樹は浮かない顔でブツブツ何か言っている。あんた、言いたいことがあるならはっきり言いなさいよ、とさつきは肘で秀樹の二の腕を突っつく。

秀樹はムウウと不満の声を洩らしてから、考え考えこう言った。

「ほんまに書生やろか、あの男。あいつの顔にカツラ被せて、丸眼鏡掛けさせて、付けひげくっつけたらどないなる？」

「……どないなるって、どうなるのよ」

さつきが箸《はし》を空中に止めて言った。

「十歳老けさせたら、あの錠前屋にそっくりやないか」

「――あっ、そうか。なんか、まえから誰かに似てるような気がしてたんだ」

さつきと秀樹は、その男がしきりにあるお屋敷の様子をうかがっているのを目撃したという。捕物帳に夢中になっているさつきは、その男を押し込み強盗の一味と思い込んだ。近頃、強盗や空き巣狙いが増え、そうした一味は下見をすると聞いていたからである。

結局その場は、男は錠前を売り歩いている商売人だとわかったのだが――。

「こうなると、錠前屋だっていうのも、ほんとかどうかわからないわね」

さつきは、妙におとなびた調子で言った。

ぼくたちのテーブルは、通路を挟んで上がり座敷と並び合っていた。畳を敷いた上がり座敷には四人用の座卓が三つ据えられ、浮世絵を貼り交ぜにした色っぽい衝立《ついたて》で仕切られている。遊び慣れた雰囲気の中年男と、水商売風の垢《あか》ぬけた女が、いつのまにか座卓に向かい合っていた。

男は洋行（留学・海外勤務）帰りなのか、灰色のしゃれた夏上着に懐中時計の金鎖を垂らしていた。白いパナマ帽を膝の上に載せている。女のほうはきれいに結った日本髪に、翡翠《ひすい》らしい簪《かんざし》を挿していた。赤と紺の、鮮やかな細かいボーダー柄（さつきに訊くと唐桟《とうざん》柄というものらしい）の着物と紫色の帯を合わせているから、パッと人目を引く。いかにも大正ロマン風の、うりざね顔の美人だ。女がうれしそうにぜんざいを食べているのを、男は煙草を吹かしながら眺めている。座卓の上に手をつけられないまま、ところてんの小鉢が出ていた。

馴染みの芸者を、飛鳥山辺りに連れ出した旦那というところかな。ふと隣りの男女の声が耳に入ったのは、椎葉くんをめぐる議論がいち段落して、さつきと秀樹がおかわりのアイスクリームに取りかかったからだった。

「白蓮《びゃくれん》の場合はまた別さ。あれは封建主義の犠牲者のようなものだからね」

長めの髪をオールバックに撫でつけた男が、柔らかな口調で言っている。

「そうかしら。私から見ると、いい気なものだと思いますけどね。いいところのお嬢さまがお金持ちに嫁いで、何不自由なくお暮らしになっていたのでしょ。お家のことは女中にまかせて、ご自分はもっぱら敷島の道だなんて、それで何が不満なんです。贅沢ですよ」

え？　ぼくは思わず耳をそばだてた。敷島の道って、たしか和歌のことを言うんじゃなかったっけ。歌詠みで白蓮といったら、まさか柳原《やなぎわら》白蓮のこと？

「ご実家は伯爵家で、御上のご生母さまの御家柄なんでしょう？　華族女学校をお出になって子爵さまに嫁がれて……うらやましい限りですわ。それなのにすぐにお別れになって、今度は九州の炭鉱王の奥さまにおなりになって。恵まれた星の下にお生まれになった方は、どこまでもお幸せなのね」

女はぜんざいを掬《すく》う手も止めて、光の強い目で男を見つめている。男は長い顔を困ったように傾けて苦笑しているようだ。間違いない。二人は夫を捨てて若い男と駆け落ちした、柳原白蓮の話をしているのだ。大正天皇の生母、柳原愛子《なるこ》の姪で、大正三美人のひとりと謳われた閨秀《けいしゅう》歌人。二度めの結婚をしていたとき、付き合いのあった雑誌社の記者と恋愛に陥り、駆け落ちした事件は大変なスキャンダルとなった。雑誌の記事によると、それが大正十年の秋だから一昨年のことだ。

この時代は姦通《かんつう》罪というものがあって、配偶者を持つ女性の不倫は処罰される（夫が愛人を持つのは「男の甲斐性《かいしょう》」でむしろ褒《ほ》められるのだから、まあ何と言うか大変だ）。おまけに白蓮は皇室につながる伯爵家の出身だったから、世論が沸騰したのも当然かもしれない。

ちなみにどうしてぼくがこの事件にくわしいかというと、村岡院長の書斎にある古新聞や古雑誌を読み漁ったからだった。なにしろ日常会話に出てくる事柄とか言葉がわからないと、これは相当にやっかいだ。現代みたいにスマホで検索なんてわけにはいかないし、この時代の人は一般に詮索《せんさく》好きなのだから。そこで、暇を見ては新聞と雑誌で情報収集したおかげで、白蓮事件についてもそれなりに知識をたくわえたのだ。

「しかしね、彼女の最初の結婚は家の都合で無理強いされたものだし、二度めのも政略結婚みたいなものだよ。気の毒じゃないか」

「とんでもありませんよ。好きな相手といっしょになれる女なんて、この世間にどれほどいると思うんですか。周りが決めた相手と所帯を持たされている女ばかりですよ。しかもあの人は旦那さまへの絶縁状を新聞に載せたんですからね。そんな後ろ足で砂を掛けるような真似まですることはないじゃありませんか」

「だがね、亭主の庇護《ひご》の下で安定に甘んじている女ほど、危険な匂いのする男に惹かれるものだ。白蓮の相手の男はなかなか過激な社会運動家だそうだね」

「だから、それがお金持ちの奥さまの火遊びだというのですよ。それほどどりっぱな意見をお持ちなら、お金に物を言わせる男なんぞ、キッパリ断ればよかったじゃないですか」

「まあ、それはそうかもしれんがね。恋愛というものは障害があるほど燃えるので、いわば破滅か死に向かっていくことでエネルギーが高まるのさ。だから純粋な恋愛ほど最後は心中になる。そこに世間の人間は、運命的な悲劇と美を見出《みいだ》すのだな」

「何が悲劇と美ですか。いい気なものだわ」

　中年男は女の剣幕を持て余したように、だが意外なものだな、と煙を追って目を天井に遊ばせている。

「何が意外なんです」

「世間では男のほうが白蓮に同情的で、女のほうがきびしいと言われていることだよ。白蓮のような不幸な家庭生活に苦しむ女は多いはずなんだが」

世間の女は理不尽に耐えながら、他人のせいにはしないで働いているんですよ、と相手の女は言い返したが、芸者らしい女が言うと、言葉に重みがあった。けれど、ぼくの注意を引き付けたのはそのときの女のセリフよりも、何かを思い出したように中年男がポツリと洩らしたつぶやきのほうだった。

「よほど鬱屈したものがあったのだよ。鬱屈があると、とりわけ女は体に変調が出るものだ。するとそれがまた憂鬱のタネになる。もともと人間は悲しい生き物さ。ことに近代の日本人はね」

「まあ、また出ましたよ。先生の日本人嫌い」

女はわざとらしく笑い声を上げた。「どうせフランスでは、とかおっしゃるんでしょ。フランスには人間の意思の自由がある、とか何とか」

「おいおい、それは『ふらんす物語《ものがたり》』だろう。十数年も前の作物じゃないか。近作も読んでもらいたいものだな」

「『おかめ笹《ざさ》』ですか。あれに出てくる洲崎《すさき》に出ていた元花魁《おいらん》って、まさか私のことではないでしょうね」

ぼくは耳を疑って、隣りの中年男の顔を見た。大正十二年、芸妓《げいぎ》らしい女を連れた四十がらみの〈先生〉、『ふらんす物語』に『おかめ笹』――。

大学受験の頃に詰め込んだ、日本文学史を記憶の奥から掘り起こす。永井荷風《ながいかふう》、という名前が、川底から立ち上るささ濁りのように浮かび上がった。

「井筒先生、こないだ、伯父さんと牡丹亭の奥さんの話をしていたでしょ。外で誰かと会っているとか何とか」

さつきの声がふいにそう言った。上がり座敷の男女はもう席を立っている。帳場で勘定をしながら、連れの女と冗談を言い合って肩を小突かれている男。あれが永井荷風なのか。名作『濹東綺譚《ぼくとうきだん》』（二度映画化され、後継作？として滝田《たきだ》ゆうの漫画『寺島町奇譚《てらじままちきたん》』がある）を書いて、歴史に名をとどめた文豪――いや、それは昭和になって、世の中がきな臭くなった頃の作品なのだが。

「あれ、本当なんだからね。不忍池の茶店でラムネ飲んでたら、牡丹亭の奥さん――桃子さんが通りかかったのを見たんだもの。若い男と仲よさそうに歩いてた」

ちょうど柳原白蓮の話から西谷夫人のことに連想が動いたところだったので、ぼくもつい応じてしまった。

「仲よさそうって、それはさつきちゃんの印象じゃないの。ただ並んで歩いていただけかもしれないし」

「違うってば」

たちまち、さつきは白熱した顔になって睨みつけてきた。「そのあと、連れ立ってお茶屋さんのほうへ行ったんだよ」

ちょ、ちょっと待てよ、とぼくはうろたえて、秀樹の顔をうかがった。お茶屋というのはこの場合、お茶を販売するそれではなくて、男女（とは限らないが）の密会に使われる待合（現代ならラブホテル）のことだ。秀樹はうつむいて、すっかり空になったお皿の上で、食べ残したウエハースの欠片を箸で寄せたりまた散らしたりしている。とっさにこんな少年の前でそんな話をしていいのかと思ったが、考えてみたらさつきと秀樹は同い年なのだ。

「だったら、あのとき院長先生にそう言えばよかったじゃないの」

「言おうとしたわよ。でも、伯父さんったら、井筒先生の前だからっていきなり雷を落とすんだもの。どうせ話したって、私のことを子ども扱いしてるから、取り合わないに決まってるしね」

さつきは唇を尖らせた。

「どうしてかな。さつきちゃんは見た目が可愛いわりに、中身はずっとおとなだと思うけれどね」

まんざらお世辞でもなくそう言うと、さつきは大きく目を開いて見返すだけで、何も言わない。こういうときは冗談で切り返すのが定石だが、とまどっているらしい。

「まあ、それはそれとしても、お茶屋のほうに歩いていったというだけではね。決めつけるわけにはいかないよ」

　言い聞かせるように言葉を継いだとき、秀樹が顔を上げた。

「そないゆうても、その男、王子の辺りをまわっている錠前屋なんやけど」

「えっ、どういうこと」

「私たちが錠前屋をまえにも見た話はしたでしょ。そのときは気がつかなかったけど、あとで思い出したのよ。あのとき、池之端《いけのはた》を桃子さんと歩いていた男じゃないかって」

「それ、いつ頃の話なの」

「夏休みに入って間もなかったから、一週間くらいまえかな」

「近所で錠前屋を見かけたのは？」

「その翌々日くらい。だよね？」

　さつきにうながされて、秀樹はうん、とだけ答えた。

「その錠前屋はね、牡丹亭にも来ていたんだって。お店じゃなくて西谷さんのお家のほうにね。小春《こはる》さんがそう言ってたから」

　小春さんとは誰かと尋ねると、西谷さんのところの女中さんだという。往診したときに案内してくれた、あの若い女中さんのことだ。

「あのさ、さつきちゃんは小春さんと仲がいいの？　内緒の頼みごととかできるくらい親しい？」

「まあね。でも、奥さんの秘密を調べるから、日記を盗んでこいとかはちょっと無理だと思う」

「そんなこと頼むわけないだろ」

ぼくはさつきに顔を寄せるように指で合図して、頼みごとを耳打ちした。

「床の間の石って何のこと？」

「そう言えば小春さんにはわかるから」

怪訝《けげん》そうに眉をひそめたさつきに軽く言ったものの、これから確かめなければならないこと、予測されるその答えを思い浮かべると、ぼくは重く沈むような気分になった。

子を成したことのある牡丹亭の奥さん、桃子夫人がなぜここ数年来不妊症に悩むようになってしまったのか、そして人変わりしたように急に〈火遊び〉なんぞ始めたのか――おぼろげながら仮説のようなものがつかめた気がしたからだ。だが、その結論は、何とも苦いものだった。

9

「西谷さんにお譲りした石というと、黄泉平坂石のことですかな。お聞き及びでしょうが、あれはたいそう縁起のいいものですよ」

大きな福耳の後ろに手のひらを立てながらぼくの話を聞いていた九鬼老人は、こちらがおどろくほどの大きな声で言った。耳が遠いほかは元気だというだけあって、矍鑠《かくしゃく》としたものだ。九鬼家は元幕臣で、老人は少年期に幕末の動乱に遭遇した。最後の将軍、徳川慶喜《とくがわよしのぶ》が江戸城を引き払う行列を涙ながらに見送ったと言い、上野の彰義隊《しょうぎたい》と官軍の戦いをその目で見たとも言う。その後、工科学校を出て、鉄道院の技官になった。

鉄道の仕事で全国を旅してまわったので、各地の名物やら縁起物やらを集めるのが趣味になった。黄泉平坂石はそのコレクションのひとつだったらしい。

「あれは実際に、出雲地方で手に入れられたのですか。つまり、黄泉平坂だと伝承されている場所で、という意味ですが」

ぼくがさつきにまず頼んだのは、黄泉平坂石を西谷夫妻に譲った人物の名を小春さんに確認してもらうことだった。これは院長からも聞いていたことだが、難なく確かめられた。九鬼老人は牡丹亭のお馴染みさんだったし、西谷夫妻とは家族ぐるみの付き合いだったからだ。問題の石についての来歴も、小春さん自身、耳に胼胝《たこ》ができるくらい聞かされたという。

「そう正面切ってお尋ねになられると、どうも汗顔の至りですな」

九鬼さんは薄くなった白髪を撫でつけて、じつはですな、と顔をくしゃくしゃにした。

「ここが黄泉の国への入り口だと伝えられる場所は、いくつもあるらしいのですよ。なにしろ話のもとは神代のことですからな。誰も本当に見た者はおりませんでな」

「それはそうでしょうね。日向《ひゅうが》の高千穂峡《たかちほきょう》には、ここが天岩戸《あまのいわと》だといわれる洞窟があるそうですし」

「それですよ。そういうわけで、西谷さんに差し上げたあの黄泉平坂石は、言い伝えによると出雲から出たのですが、じつは鳥取か岡山の山奥で見つかったものだったようです」

「鳥取か岡山というと、中国山地の県境辺りということになりますか」

ぼくは血がたぎるような思いで尋ねた。

「さようです。私に譲ってくれた方の話では、岡山県の津山《つやま》から鳥取県の倉吉《くらよし》に通じる津山街道に打札越《うちふだごえ》という峠があって、その辺りで古くから採石がされていたそうですな」

やっぱりそうか。思わず、手を握りしめる。ふだんならVサインのひとつも出したいところだが、大正の世ではじゃんけんのチョキとしか思われないだろう。

翌日の午後、ぼくは荒れ屋敷の耳門をくぐった。

陽のあるうちにここを訪れるのは初めてだったから、怪しまれないように汚れた麦わら帽子をかぶり、着古した作業衣に身を固めていた。足もとは地下足袋だ。どれも村岡院長が庭仕事をするときの身ごしらえで、裏庭の物置小屋から拝借してきたものだった。このなりなら、誰かに見られても庭を片づけに来た植木職人と思われるはずだ。

夏になって庭園の荒れようはいっそうひどくなっていた。緑の炎みたいな蔓草《つるくさ》がそこらじゅうの樹木や竹にからみついて、枝を低くしならせている。

滝つぼに降りると、ぼくは三杉雄太郎が昨夜送ってよこしたメモを拾い上げた。

〈明日、朝イチでまたメモを送る。といっても十一時頃だけどな。でも人使いが荒いのも、たいがいにしとけよ〉

こちらの世界とあちらの時間差は約五時間だから、連絡がつくのは夕刻になる。まだ少し間があるので、ぼくは滝の落ち口になっていた崖に登り、その辺りの虎杖《いたどり》を抜いたり蔓草を刈ったりした。上から垂れ下がってくる草のせいで、滝の後ろの岩肌に近づくのがむずかしくなっていたからだ。

ヤブ蚊を追い払い、生意気にカマを振り上げる蟷螂《かまきり》とバトルしていると、四時過ぎ、岩壁の向こうから、音程のズレた猫の鳴き声が聞こえてきた。

「ここにいるぞ」

低い声で言うと、「おっ、もう来てるんだ」と少し割れた三杉の声が届いた。猫の声真似はおたがいの存在を確かめる合言葉のようなものだ。

「それで、どうだった」

息せき切って訊く。

「ほぼ、おまえの予想通りだった。待ってろ、いま、ペーパーを送ってみる」

ジリジリして待つうち、壁面にぼんやりした白い染みが浮かんだかと思うと、短冊くらいの薄い紙がハラリと落ちてきた。初めのあいだは場合によってはルーズリーフ大でも送れたのだが、タイムトンネルがだんだんミニマム化しているらしく、いまではこの大きさがやっとなのだった。

「花崗岩をメインにした変成岩なのは間違いないが、質量分析はまあいいとして、放射性物質は三種類含まれている。コバルト、トリウム、ウラン」

「放射線量はどのくらいだ」

「概算だが、時間単位で二五〇〇ないし二八〇〇マイクロシーベルト」

なんてことだ——。ぼくは絶句するしかなかった。宇宙線や地表、食物などから日常生活で受ける放射線量は、年間で二四〇〇マイクロシーベルトといわれる。インドなどにある高自然放射線地域でも、およそ約年間一〇ミリ、つまり一〇〇〇〇マイクロだ。通常一年間で被曝《ひばく》する放射線量（インドの例にくらべても三か月分）を、一時間単位で受けていたとしたら——。

じつは、さつきを介して小春さんにお願いしたことの二つめは、黄泉平坂石の欠片を手に入れてもらうことだった。小春さんはご主人夫妻が大切にしている御石に手を掛けるなんてとんでもない、と怖気《おじけ》を震ったが、奥さんも欠片をペンダントにしているのだし、お二人のためになることだから、とさつきがどうにか口説き落としたらしい。

ぼくはその欠片をさらに砕いて砂礫にして、昨夜のうちにメモを添えて三杉に送っておいたのだ。この試料に放射性物質が含まれている可能性があるから、放射線量を測定してほしい、と。

「すると、この試料のもとが例のヨモツ何とか石なんだな。レストランの夫婦がありがたがっているとかいう」

「そう、黄泉平坂石だよ。日本神話では、生者の国と死者の国の境にある石で、新しい命が生まれる源だということになっている」

「それがじつは放射性物質の塊だったって……。何とも皮肉な話だな」

一定量以上の放射線が不妊症を引き起こすことは、よく知られている。医療関係者なら、循環器内科医や消化器内科医が、治療の必要上から放射線を浴びやすいのは常識だ。ぼくも三杉も、ＥＲＣＰ（内視鏡的逆行性胆管膵管《すいかん》造影）を行うときなどは、上級医から繰り返し注意される。

ちなみに消化器内科に女性医師が少ないのは、女医の実効線量限度（被曝量を管理するための基準値）が、三か月で五ミリシーベルト以内と定められているからである。男性医師は一年で五〇ミリシーベルト。女性医師を手厚く保護するのは、もちろん不妊を防ぐためだ。男性医師の場合は女性ほど直接的な影響はないとされるが、Ｙ染色体がダメージを受けやすいせいで、女の子のパパが多いといわれる（これは都市伝説じゃないかとぼくは思っているけれどね。ついでに言っておくと、Ｙ染色体というのは父親から息子にだけ受け継がれるものだから、これが損傷していれば、生まれる子どもは女の子になるわけだ）。

「でも、どうしてわかった？」

三杉の声にザラザラした雑音が被さる。まさか、タイムトンネルに異変が起きているないだろうな、と背中に氷を押し当てられたような気になる。もしこの秘かな通い路が閉じてしまったら、ぼくは百年まえの世界という絶海の孤島に島流しされるしかない。

「西谷さんの黄泉平坂石が発掘されたのが、中国山地のある峠らしいと聞いたからさ」

「ん？　どういうこと？」

「津山から倉吉に通じる津山街道というのがあるんだ。その街道が山地の脊梁《せきりよう》を越える峠なんだけどね。名前を言えば、おまえもすぐピンとくるはず――」

「ちょっ、ちょっと待て。それって、まさか」

三杉が唾を飲みそこねたように、咳《せ》き込んだ。「人形峠《にんぎようとうげ》――？」

「だと思うよ。あの辺りで天然ウランが発掘されるとしたら、そこしかない」

人形峠は、昔は別の名で呼ばれていたそうだが、九鬼さんの言う打札越がそれらしい。この峠でウラン鉱石が見つかるのは戦後になってからで、昭和三十年のことだ。付近のウラン鉱は場所によっては、地表に露出したままだったというから、峠を行き来していた旅人によって持ち運ばれることもありえたのだろう。九鬼さんが西谷さんに贈った〈黄泉平坂石〉は、黒灰色の地に金色をまじえた黄色の帯が走り、神秘的な美しさがある。遠い時代のいつか、峠で拾われたそれが、不思議な力を秘める霊石として世に伝えられ……西谷夫妻に思いもかけぬ災厄をもたらしたのだ。

「しかし、そんなことをどう伝えるんだ。おまえのいる時代の人に、もう子どもはできないと言うのは、かなりきついぞ」

　末期がんの余命宣告みたいなものじゃないのか、三杉が苦しげに言った。ああ、そうだろうな、とぼくは静かな声で答える。医師をやっていれば、患者さんの人生のもっとも辛い瞬間に立ち合わなくてはならないことがしばしばある。医療従事者の宿命だ。ことに西谷さんの場合は、あのままにしていたら、それこそ発がんの危険さえあるのだ。どうしても伝えなくてはならないが、伝えればそれがまた桃子夫人を苦悩に突き落とす。おまえも……いろいろ……大変だよなあ、途切れ途切れに聞こえていた三杉の声が、ノイズのうねりに呑み込まれるように消えていこうとしていた。


　診察室ではなく院長室に招き入れられた西谷さんは、そこにいるさつきの姿を見て、ますます意外そうな顔になった。それも当然だった。奥さんの不妊症と最近の不可解な行状についてお話がある、と言われて来てみたら、親しい間柄とはいえ女学生がさも医療関係者然と席に着いていたのだから。しかも院長の隣りの肘掛け椅子に、助手（ぼくのことだ）を従えるみたいに偉そうに腕組みなんかして。

　これについては、当然のようにひと悶着《もんちゃく》があった。

「西谷さんを呼んで、奥さんの不妊の理由を説明しておく必要があります。それにあの石をそのままにしておくと、奥さん自身の命にかかわるかもしれませんよ」

　熱心にそう説いたのだが、院長はあきらかに困惑した表情で、考え込んだ。

「しかし、あれだけ信心しているものをねえ」

話のこじれそうなことに怯《ひる》んだのか院長が決断しかねているところへ、またもや立ち聞きしていたさつきが乱入してきたのだった。さつきの言い分によると、彼女は桃子夫人の秘密に関して重大な事実（浮気の現場を目撃したことを言っているらしい）を知っているのだから、その場に立ち合う義務があるというのである。

院長は何を馬鹿な、と叱りつけたのだけれど、さつきはそんなことくらいで引っ込むようなタマでは全然ない。ああだこうだと揉《も》めているうち、当の西谷さんがやってきてしまったのだから、もうどうしようもないではないか。

うさんくさそうに院長とぼく、そしてさつきの顔を眺めまわしていた西谷さんは、けれど、ぼくが黄泉平坂石のことを話しはじめると、瞬きも忘れて聞き入っていた。話が結論に近づいたとき、西谷さんの顔には何とも言えない奇妙な表情が浮かびはじめた。

ちょっと見ると薄笑いのようにも見える――実際、ぼくの説明していたのは、他人ごととして聞けばバカバカしい、滑稽と言うしかないみたいな話だったし――口もとが締まりなくゆるみかけた表情だった。だがその弱々しい笑いは、ほんのちょっと突っつけば、たちまち泣き笑いになりそうに見えた。たしかにそのとき、ぼくは、急いで瞬きを繰り返す西谷さんの目が、涙に潤むのを見たのだった。

「……そういうわけで、桃子さんが不妊症になられた理由のひとつは、黄泉平坂石から放出されている放射線だったと思われます。つまり黄泉平坂石は、かなり強い放射能を持っていたのです。放射能という言葉は、二十年前にノーベル物理学賞を受けたキューリー夫人がつけたものですが、不妊症を引き起こすことが知られています」

桃子夫人の不妊症の原因にぼくが思い至ったのは、ほかでもない。タイムトンネルをくぐるまえ、ぼくと三杉は東日本大震災の爪痕を未だに残す現場を旅していたからだ。大震災の何日かあと、ぼくは避難所からの中継放送を見ていて、ひとりの女子高生が専門家にこう質問している場面に、ハッと胸を衝《つ》かれたものだ。

——私は将来、子どもを産めないのですか？

専門家がそのとき、どう答えたかは覚えていない。けれど、未来にいっぱい夢を描いていたに違いない若い女の子に、そこまで深刻な悩みを与えてしまった放射性物質の怖さは、そのときぼくの身に染みたのだ。それだけに、西谷さんの動揺と戦慄の思いはよくわかった。全員がジッと体を硬くしているような時間が過ぎて、西谷さんがお茶をひとくち口に含んでから言った。

「あの御石は守り神だと思っていたのに、祟《たた》り神だった……というわけですね」

ぼくはあらためて西谷さんに向きなおった。

「奥さんは長らく不妊に悩まれて、それがもとになって抑鬱状態に陥られたのだと思います。それがしばらくのあいだ、奥さんが無気力に見えたり、ものに集中できなかったりした理由でしょう。そこへさらに何らかのよからぬ事態が起きて、心に負担がかかった」

「私のせいですな。一時の気の迷いで外の女に子どもを産ませてしまった」

ひょっとしたら自分のほうに不妊の原因があるのではないかと思って、検査もしてもらった、その結果、自分のほうに問題はないと言われたのだが、もうひとつ自信が持てなくて——と西谷さんは苦しそうに言い、そちらの女のほうには十分なものを渡して始末をつけてあります、と言いわけするように言った。

「なんだか、勝手な言いぐさだなあ。あっちもこっちも迷惑かけられるのは女だし」

椅子の上で膝を抱えながら、さつきが放り出すように言ったものだから、その場が凍りついた(女学生仕様の袴を穿《は》いていたから、裾が乱れることはなかったが)。こんな具合に思ったことは斟酌《しんしゃく》なしに口にするところが、まだ子どもなのだ、とぼくは目をつむりたくなった。院長が呻《うな》り声で叱責し、西谷さんは面目なさそうに頭に手をやって苦笑している。

「奥さんは足の関節リウマチに罹《かか》っておられますね。リウマチのような炎症を持っていると、鬱症状になる確率は有意的に増えるといわれています」

「そうなんですか。すると、足の指の痛みで気が滅入る……」

「いや、鬱病の苦しさは気が滅入るなどといったものではありません。やる気が出ないとか、何を見てもおもしろくないとかいうのは初期症状で、病気が進むと端的に苦しいのです。重い症状の患者さんは、こんなふうに言いますよ。一日じゅう重いものを背中と両手に括《くく》りつけられて、下ろすこともできない状態とか、ほんの少し上部に空間を残した密室に水を満たして、そこで立ち泳ぎさせられている気分とか」

「妻はそこまで苦しんでいたのですか……」

「鬱病の患者さんの血液を調べると、好中球と単球というものが増えていることがよくあります。どちらも免疫細胞ですから、炎症ができて免疫反応が起きているときに増えます。だからざっくり言えば、脳内で炎症が起きて、それが神経細胞の働きを妨げているのが鬱病だと考えられるのです。その炎症がどうして起きるのかといえば、一定の期間、ストレス――外から過剰な負担がかかったときの心身の反応ですが――を受け続けることによります」

　西谷さんには何のことやらチンプンカンプンだっただろうが、村岡院長もポカンとした顔でひとことも言葉を発しなかった。この時代、精神医療は脳科学の裏付けのまったくない、対症療法だけだったのだからしかたがない。

「ところが、この病気の症状はとても多様で、一見すると相反するような形をとることもあります。落ち込んだあまり何に対しても無反応だったり、ひどくイライラしやすくなって怒りっぽくなったりとか」

　西谷さんが小さくうなずきながら、体を乗り出してくる。

「焦燥感に駆られて、ジッとしていられなくなる場合もあります。これは同じ行為を繰り返してしまうこともあるし、むやみに外へ出かけたがることもある。異性関係がからむと、まるで人変わりしたように相手に執着して追いかけまわしたりすることも」

西谷さんの肩がビクリと動くのがわかった。それですよ。とかすれた声が言う。

「最近の桃子は、まさにそれなんです。歌会だのお茶の集まりだの言って、じつは若い男を追いかけている。何とも浅ましい限りです。情けない」

九鬼さんから夫人の密会を知らされて、信じがたい思いから人を使って調べさせた、と西谷さんは口に飛び込んだ虫を吐き出すように言う。

「いや、別に浅ましい話ではないんですよ。奥さんを衝き動かしているのは、本物の恋愛感情ではなくて、いわば疑似恋愛のようなものです。ただもう、ジッとしていられない衝動に背を押されているだけなんです。極端なことを言えば、相手は誰でもいい、いまの境遇から自分を連れ出してくれそうな相手ならね」

「そうか！　だから錠前屋だったのね」

さつきが叫んだ。えっ、と院長の声と西谷さんの声が二重唱になる。

「妻の相手というのは、錠前屋なのですか。どうしてそれを、あなたが？」

西谷さんが一人前のおとなに対するように応じたので、さつきは気をよくしたらしかった。

「だって、この目で見たんですもの。池之端の――」

さすがに待合茶屋とか連れ込み旅館とか、生々しい言葉は呑み込んだものの、錠前屋がとある邸宅で押しかけ商売をしているのを見て、じきにそのときの男とわかったのだと得意そうに言う。若くてキリッとしていて、おじさまたちよりずっといなせな男よ、とまで言われては、西谷さんも院長も失笑するしかなかった。

「そう言えば、お宅にも、押しかけ売りする錠前屋が来たことはありませんか」

ぼくが尋ねると、西谷さんはしばらく考えたあとで、言われてみると、と何か思い当たった顔になった。

「勝手口の錠前を新しくしたとか言っておりましたな。ちょうど、仏壇から子授かりのお札が盗まれたばかりだったので、女中が怖がっていたそうで」

なるほど、とぼくはうなずきながら、さつきの顔に目を走らせた。さつきはちょっと上向いた鼻をますます上向かせて、自慢そうに見返してくる。彼女を通して小春さんに確かめた三つめの依頼は、錠前屋が訪ねてきたことがなかったかどうかだったからだ。

西谷さんは、照れ笑いのような顔になると、

「それで、妻の鬱症状とやらは治るのでしょうか」と訊いた。

「薬を処方して行動療法を続ければ、いずれは治ります。しかしストレスの源になっているものを遠ざけないと、時間がかかります。まずは奥さんの、跡継ぎを作らなければ、という強迫観念を取り除いてさし上げることでしょうね」

ははあ、と西谷さんは気弱げに首を振っている。そんなことができるなら苦労はしない、という顔だった。

「牡丹亭を会社にするのはいかがでしょうか」

よけいなお節介ですが、とぼくは言葉を継いだ。この時代、大会社は別として、商店

はまだ個人所有の家族経営が多かったはずだ。

「個人商店から会社組織に替えて、西谷さんご夫妻は会社の所有者兼経営者になられればいいのです。そうすれば、いずれご夫妻がお店の第一線から離れても、牡丹亭はずっとご夫妻のものですし、お店そのものは遥《はる》か後の世まで続いていきますよ」

「なるほど、家を残そうとするのではなく、お店を末永く残すのですな」

院長が思慮深そうにうなずいて言った。家ではなく、店を残す……つぶやきながら、西谷さんは考え込んでいる。

「でも、錠前屋はどうするの？　放っておいていいの」

さつきがひどく真剣な顔で訊いたので、ぼくもわざとまじめな顔を作って答えた。

「放っておいていいと思うよ。まもなく桃子さんの前から消えるはずだからね」

えー、なんでよ、さつきが噛みつきそうにさらに尋ねるのを受け流して、まだ思案顔の西谷さんにぼくは言った。

「勝手口の錠前ですが、もう一度、新しいものと取り替えたほうがいいでしょう。今度は馴染みの大工さんにでもお願いすることです」

それともうひとつ、あの子授かりのお札を盗んだのは、ひょっとすると桃子夫人自身だったかもしれません――けれど、これは胸の内でささやいただけで、口にはしなかった。子どもができないことを負い目に感じていた桃子夫人が、西谷さんの手前、何らかのエクスキューズを求めたとしても、そこは責められないのではあるまいか。何というか、あのお札が盗まれて、代わりに呪いの札が仕込まれていたと知って、それじゃ子ができなくてもしかたがないか——わずかなあいだでもそう西谷さんが思ってくれたなら。そんなふうに夢想した瞬間が、桃子さんにあったとしてもいいんじゃないだろうか。

荒れ屋敷の耳門は、いつのまにか長い板がぶっ違いに打ちつけられて、立入禁止になっていた。しかたなく塀を乗り越えて庭に入り込んだぼくは、あれだけ生い茂っていた蔓草がかなり引き抜かれているのを見て愕然《がくぜん》とした。あきらかに、人の手が入っている。このまま三杉が言っていたように、誰かがここを手に入れて、造り替えようとしているのだ。

これからは、今までのように、三杉と連絡を取り合うわけにいかないかもしれない。氷壁を登攀《とうはん》している最中にザイルが切れかかっているのを見つけたクライマーみたいに、ぼくは全身がゾッとした。この荒れ放題の庭だけが、百年後のぼくの時代とつながる、たったひとつの細い、細い命綱なのに。

目当てのものは、そこはまだ手付かずになっている、鬱然と繁った滝の崖の蔓草に搦《から》めとられていた。小さい紙片を次々に、暮れかかる黄昏の明かりにかざしてみる。あまり鮮明とは言えない、虫の這ったみたいな古くさい活字がびっしりと並んでいる。

これを探し出すのにどれだけ苦労したか、わかってるのかよ——不満が吹きこぼれそうな三杉の声が聞こえるようだ。

わかった、わかった、この借りはきっと返すって。心に浮かんだ三杉の幻影をそうなだめながら、ぼくは古い新聞紙のコピー（それも紙きれ一枚に数行ずつの細切れだった）に急いで目を通した。記事の載った新聞の発行日は、大正十二年八月二十七日。ぼくのいる、この〈現在〉からは、まだひと月以上先の日付になる。

やっぱりそうだったのか。

ちょっとホッとするような、目をつむってしばし波立った心が静まるのを待ちたいような気持ちで、ぼくは滝つぼの中に坐《すわ》っていた。それから立ち上がって伸びをすると、石組みを乗り越え、藪を突っ切って、塀をよじ登った。

そして道路に飛び降りようとしたとき、薄れていく夕焼けを背にして、低い家並みのあいだを歩いてくる人影に気がついた。同じくらいの背丈の二人と、その足もとに動いている小さな影。

築地塀の陰に張りつくように立っていたので、二人はぼくの姿にまるで気づかなかったらしい。

「こんな時刻に、おそろいでどこへ行くのかな」

声をかけると、さつきはものも言わず道の向こう端まで飛び退《すさ》ったが、秀樹はおどろきの声を上げたものの、その場にのっそり立ったままだ。

「びっくりするじゃないの。だいたい、こんなところで何やってるのよ」

さつきはよく光る目を険しくして、まくしたてた。

「そっちこそ、何してるの。暗くなってから、若い娘がフラフラ出歩くものじゃないって、いつも院長先生がおっしゃっているじゃないか」

わざと院長の口癖を真似してやると、たちまちむきになって答えようとする。

「フラフラじゃないわよ。久松さんのところに、この子を届けてあげるんだから」

「この狸みたいなのを？」

さつきの足もとには、浴衣の紐みたいなものを首輪にして、荒縄につながれた茶色い動物がうずくまっていた。丸い目でとんがった口をしている。

「いやね。雑種だけどりっぱな犬なんだってば」

「え？　でも、久松さんのところにはロミオがいるじゃないか」

「ロミオは、もとの飼い主さんがお迎えに来ちゃったの」

「へええ、そうなんだ」

さつきから迷い犬のポスターのことを訊かれた友だちが、よく似たロミオの話を麻布の警察署に届けたので、それが飼い主さんの耳に入った。さっそく久松さんを訪ねてきた飼い主さんにロミオ（もともとの名前は、与五郎《よごろう》というのだそうだが）は狂喜乱舞したけれど、久松さんのガッカリぶりは大変なものだったという。せっかく久松家の生活に慣れてくれ、情がすっかり移ったところで、降ってわいたような突然の別れだ。もとの家に帰るのがロミオ、ではなく与五郎の幸せだとわかっていても、寂しさは募るばかり。

ロミオを見送ったあと、久松さんは食欲がなくなり持病の貧血も進んで、幽鬼のような顔で床に臥《ふ》しているという。

「あんまり気の毒だからさ、代わりの犬を探してきてあげたんだ。この子、ロミオにちょっと似てるでしょう」

狸顔の犬はロミオよりひと回り小さいが、よく見ると毛並みや全体の感じはたしかに似ているようだ。目が丸くてキラキラしているところも、ポイントが高い。

「ほら久松さんってもうお年だから、子犬から育てるのは骨が折れるじゃない？　子犬って底なしに元気だし、しつけるには根気がいるし。だから、魚屋さんで飼われていた十歳の子を預かってきたの」

「でも、よく手放す気になったね、魚屋さん」

「この子、もう三回も子犬産んで、ずうっと若犬と暮らしてきたから、余生は静かなところで過ごさせてあげたいと思っていたんだって。それなら久松さんのお家、ぴったりじゃないの」

なるほど。ぼくはさつきの着想と行動力に素直に感心した。この子をもらってくれたら、餌《えさ》にする魚の切り落としを毎日、届けるんだってさ、とさつきはわざと涼しい顔をしている。餌付きなら久松さんも断る理由がないな、と冗談めかして言うと、

「あの人、自分が周りから煙たがられているの、よく知っているのよ。だから、まっすぐに心を開いてくれたロミオに救われたんだわ」

さつきは妙におとなびたことを言って、肩をすくめた。

「そやけど、あの椎葉いう男、ほんまに犬泥棒やったんかな」

秀樹が嫌いなものを無理やり飲み下すみたいな顔で言った。

「それは間違いないな。だけど犬を盗むのは単なる手段で、たぶん本当の目的じゃない」

「じゃあ、本当の目的って？」

「椎葉くんは犬捜しの書生と、錠前屋を演じ分けていただろう？　あれはどっちも下準備だったんだよ」

「準備って？　何の？」

「もちろん、押し込み強盗のさ」

そんな、とさつきが叫んだ。秀樹は表情がすべて抜け落ちたようにぼんやりしていたが、やがて顔の内側に灯りがともったみたいに目を見開いた。

「そうか。そういうことやったんか」

何、何、どういうことよ、とわめくさつきを抑えて、ぼくは言った。

「錠前屋は押し込み事件で不安になっている家に、新しい堅牢な錠前を売りつける。でも、その錠前がじつは紛い物で、ある道具を使えば簡単に開く仕掛けになっていたら、どうなると思う？」

あっ、とさつきが口を開く。

「トロイの木馬みたいなもんやなあ。ええもんが手に入った思うたら、敵の罠《わな》やったんや」

秀樹の顔が夕陽のわずかな残照を浴びて、生き生きして見える。

「だったら、犬を盗んだのも押し込みのためだったっていうの」

「そうだろうね。その家に押し入って、座敷に飼われている犬を吠えさせないでおくのは、むずかしい。だから、前もって盗んでおくんだ。椎葉くんは何か、犬に好かれるコツを身につけていたんじゃないかな」

「でもさ、犬を捜してるふりしてたじゃない。ポスターまでこしらえたりして」

「そこが工夫なんだよ。いきなり犬がいなくなったら、家族は不安になるよね。そこへ迷い犬を捜しましょうかと椎葉くんが現われたら、この人は信頼できると思い込む。愛犬の情報をやりとりしながら、その家の家族の行動とか習慣、建物の構造なんかも探ることができる。最終的には犬が見つかったと喜ばせておいて、押し込みに入るわけさ」

「……信じられないよ。あの椎葉くんが強盗だったなんて」

「ああ、それは違うんだ。椎葉くんは押し込みの対象になる家の情報を集めてくる、いわば偵察要員だよ。インチキな錠前を取り付ける工作員でもあるけれど」

「どうして、そんなことわかるの」

「そりゃ、椎葉くんがいっしょに強盗に入るのは、リスクが高すぎるもの。いくら覆面していても、体つきとか歩き方とか特徴は隠せないからね。たとえ声を出さなくたって、咳払いひとつでも鋭い人にはピンとくるかもしれない。そして椎葉くんにいったん疑いがかかれば、強盗事件のからくりを見破るのは、あんがいたやすいと思うよ」

「すごいね、井筒先生」

「まるで目のまえですっかり見とったみたいやな」

まじまじと見つめてくるさつきと秀樹の瞳がまぶしかった。

いやまあ、そんなところじゃないかと思っただけなんだ、とぼくは足もとでうずくまる犬の耳をそっと撫でた。それから照れ隠しに少し声を大きくして言った。

「さあ、遅くならないうちに、こいつを久松さんに届けてあげようか」

足を弾ませて歩き出した若い二人と、一生懸命あとを追う小さな犬の影を、ぼくもまた追いかけた。苦笑を唇に浮かべながら、ポケットにしのばせた紙片をつまんでみる。

ごめんね。いま、ぼくが言ったのは推理でも想像でもなくて、実際に確かめてみた未来の事実なんだ。大正十二年八月二十七日には、君たちもそれを知ることになる。

〈帝都を騒がす強盗団、一網打尽《ばく》──去る昨秋より、屢々《しばしば》帝都良民の心胆を寒からしめたる強盗団の一味が、遂に縛に就くに至つた。一味は周到なる準備の下に、錠前交換業者或《ある》いは迷い犬捜し人などに扮《ふん》する手引きの者を使い、富家の住民に取り入り……〉

何も知らないさつきと秀樹は、少し老いた犬をいたわりながら、老女のもとへと急いでいる。

いい子なんだな、二人とも。素直で、気持ちがまっすぐで。

突然、何かが静かに、ちょうど山奥の泉が水を満たしてひたひたと溢《あふ》れてくるように、ぼくの胸の中にいっぱいになった。本当はぼくの祖父母、ひょっとすると曽祖父母の世代かもしれないかれらの後ろ姿を、ぼくは何とも愛しいような、それでいてとても切ない気持ちで眺めていた。

つい先日、上野広小路の甘味屋で見かけた人々のことを、あれからぼくはときどき思い出していた。荷風先生は二十二年後、昭和二十年の帝都大空襲で、偏奇館《へんきかん》と名付けて愛した住まいを焼かれてしまう。あの徴兵されるだろう小さな男の子は、無事に戦地から帰って来られるのだろうか。親子連れの家族は、習いごと帰りの娘さんたちは、戦争と窮乏の時代を生き延びられるのか。

そして戦争だけではなく、さつきと秀樹も含めたかれらの行く手には、間近に迫った大震災もあるのだ。

いつまで、ぼくがここにいる運命なのか、それは誰にもわからない。でも、とぼくは唐突に、けれど繰り返し繰り返し、強く思ったのだった。

この時代にいる限り、二人のそばにいられる限り、ぼくは力の限りかれらを守ってあげよう。この先、かなりきびしい、大変な時代を生きていかなくてはならない二人が、せめて屈託のない、のびやかな青春を一日でも長くその手に抱きしめていられるように。

第二話

とりかえばや事件

1

ぼくは鉄ちゃん（鉄道オタク）というほどではないのだが、それでも長距離列車に乗るとなんだか変にテンションが上がって、ついソワソワしてしまう。もちろん、いい年をしてそんなことで舞い上がっているのかと思われては恥ずかしいから、できるだけ淡々と、これくらい何でもないぞというふりはしている。でも、いざ四人掛けのボックス席に腰を下ろし、お弁当の包みやら水筒やら、おやつで膨れ上がった紙袋やらを持たされると、気分はもう遠足に出発する小学生と変わらない。

それも、先頭で列車を牽《ひ》くのが、本物の煙を吐く蒸気機関車なのだからえらいことだ。村岡院長から最初に、大阪まで行ってもらうわけにはいかないだろうか、と切り出されたとき、ぼくは「ああ大阪ですか。ええ、かまいませんよ」などといたって気楽に答えたものだ。そのときは無意識に、大阪なら日帰りかせいぜい一泊二日だなと考えていたのだと思う。だって、のぞみ号なら三時間かからないのだから。

ところが、この大正十二年ときたら、まず東京駅まで行くのがひと苦労なのだ。王子駅から地下鉄南北《なんぼく》線で後楽園《こうらくえん》駅に出て、丸ノ内《まるのうち》線に乗り換える？　とんでもない。地下鉄なんかまだ片鱗《へんりん》もないし、いまの京浜東北《けいひんとうほく》線もない。東京の交通機関は、鉄道省（後の国有鉄道）と市電（同じく都電）しかなく、市内を連絡するバスすらもないのだ。鉄道は東京、上野、万世橋《まんせいばし》、両国橋《りょうごくばし》といった駅がターミナル（文字通りの終着・始発駅）で、路線の乗り入れはない。

どうにか東京駅に着くと、薄っぺらい杉の折箱に入った幕の内弁当を買う。でなければ、おにぎりか海苔《のり》巻きの三択だ。ハンバーグ弁当だのサンドイッチだのはどこを探したって、売っていない。さすがに幕の内弁当はいまとそんなに変わらなくて、黒ゴマを振りかけた白米に、焼き魚、玉子焼き、焼きかまぼこ、ごぼうと人参の煮つけ、ふきの芥子《からし》和え、栗きんとんといった和風総菜の詰め合わせである。

ぼくは和食がけっこう好きなほうだ。高校くらいまでお正月のおせちなんかは好きなものを元旦にみんな食べちゃって、よく母に叱られていたほどだ。ただ好きと言っても程度問題なので、村岡院長のお宅で出される食事が、毎度和食なのにはちょっと参っていた。

でもまあ、野外で食べると塩むすびだっておいしいわけで、お弁当を平らげ、さつきが手提げ袋から取り出したかりんとうだの、ミルククッキーだの、のし昆布だのを摘まんでいるうち、東海道《とうかいどう》本線急行列車は、戸塚《とつか》を過ぎてようやく鎌倉《かまくら》駅に近づいていた。ここまででもけっこうな小旅行だったと言えば、新横浜《しんよこはま》まで二十分で行ける時代の人々は笑うだろう。けれど、これは嘘偽りないぼくの実感だった。

村岡院長から「私の姪に珠緒《たまお》という者がいて、大阪の商家に嫁入っているのですが」と話を持ちかけられたのは、先週のことだ。姪というとさつきとも血縁なのだろうかと思っていると、さつきの一番上の姉になります、と院長が言った。

「まあ私の口から言うのもナンですが、なかなかよくできた淑女でしてね。料理、裁縫はむろんとして、お茶にお花にお琴、女ひと通りのことは身につけている。そういえば、大学の先生のお手伝いをして、英国小説の翻訳助手を務めていたこともありますよ」

ははあ、さつきちゃんとはだいぶ違いますね、と口走りそうになったが、そのとき、院長の目に何か暗い影みたいなものがよぎったのをぼくは見逃さなかった。

「ただ惜しいことに少し体が弱いのです。どうも胃腸系に難があるらしくて、私も気をつけてやってはいたのですが、この春頃からしばしば体調を崩しているようなのです」

院長が意味ありげに言葉を切って、粘りのある視線を送ってきたから、ぼくは手のひらを上げてその先をさえぎった。

「みなまで言われなくてもわかりますよ。ぼくに大阪に行って診察してみろとおっしゃりたいのでは？」

「恐れ入りますな。早く言えばそういうことなのです。先方の病院でも一応の診断はつけて治療を施しているのですが、どうも埒《らち》が明かない。もしできることなら、井筒先生に一度お診立ていただければと、先方でも望んでおりますので」

もともと好奇心は強いほうだし、せっかく百年まえの世界を体験しているのだから、可能な限りいろいろなものを見て、いろんな人に会ってみたいと思うのはあたりまえだ。けれど、さっきも言ったように、この時代の交通機関の貧弱さときたらひどいものだし、自分の身の上を考えると、そう気軽に（遠方ならなおさらだ）出歩くわけにはいかない。何かトラブルにでも巻き込まれたら、院長にどんな迷惑をかけるかわからないからだ。

でも、院長のお墨付きで出かけられるとなれば、話は別だ。ぼくは二つ返事で、とまではいかないが、かなりそれに近い気分で「いいですよ。ぼくでお役に立てれば」と快諾するつもりだった。院長がさりげなく付け加えた、次の言葉を耳にするまでは。

「それで、ついでと言うわけではありませんが、もうひとつ頼まれていただきたいのですよ。さつきをいっしょに連れていってはもらえませんか」

ギエッというような呻きがぼくの口を衝いたのは、間違いない。ときどき短時間相手をするのでも、さつきのゴーイング・マイ・ウエイぶりにはさんざん振りまわされているのに、大阪まで連れていくなんてとんでもない。

「いえね、さつきはああ見えてやさしいところもある子なんです。身寄りも少ない大阪で、姉が病の床に臥しているというので、見舞ってやりたい、数日でも手ずから世話をしてやりたいと言っていましてな。両親も、まあそこまで行きたいのならと許す気になっているのですが、何分、若い娘ひとりでは心もとない。ですが井筒先生が同行してくださるというなら、親どももどんなにか心強いことか」

ああ、それと、と院長が自慢のカイゼルひげ（りっぱな八の字ひげをドイツ皇帝にちなんでこう呼ぶらしい）をひねりながら、また言った。

「あの秀樹くんもいっしょに京都に帰ります。半人前を二人も押しつけて、まことに心苦しいのではありますが」

全然心苦しくなさそうに言う院長は、あきらかにやれやれ助かったという顔をしていた。やっかいごとをうまく他人の背中におっかぶせた人間の顔だ、とぼくは恨みがましい思いで院長を眺めていたが、ちょっぴりホッとしたのも本当だった。不愛想でもあの男の子がいてくれるなら、さつきと二人旅をするよりはよほどマシというものだ。それに、二人で行くのと三人で行くのとではまったく雰囲気が違う。たとえば、もしジェローム・K・ジェロームの『ボートの三人男』が二人旅だったら、あのおもしろさの質はずいぶん変わってしまうのではあるまいか。

――とまあ、こんな次第でぼくたちの三人旅は始まったわけだが、予想通りに展開したのは、せいぜい戸塚から大船《おおふな》にかかる頃までだった。予想通りというのはつまり、ハイテンションではしゃぐさつきが秀樹にあれこれとちょっかいを出し、秀樹はうるさがってますます不機嫌になり、そんな二人を小学生の遠足を引率する先生よろしく、ぼくがなだめすかす、といったような塩梅《あんばい》だ。

だが意外なことに、藤沢《ふじさわ》に着く頃になると、だんだんさつきの口数が少なくなり、しきりにあくびをするようになった。もしかして汽車に酔ったのかと思ったが（この時代の汽車の揺れときたら、ぼくがお弁当に入っているウズラの卵を箸で追いまわすのを見て、さつきなんか笑い死にしかけたくらいだ）、どうやらまえの晩興奮しすぎて眠れなかっただけらしい。揺れに合わせて頭がグラグラしはじめたと思ううちに、さつきは小鳥みたいに小さく口を開けて眠り込んでしまった。他愛のないものだ。

ところが、ああ、これでやっとゆっくりできると思ったのは大間違いで、今度は秀樹があれこれと話しかけてきたのだ。これは本当に意外で、ぼくもびっくりしてしまったのだが、それでもまあ、初めのうちはお天気の話なんかをしたりして、おたがいに微妙に距離をとりながらゆっくり踊っているような感じだった。

あれは辻堂《つじどう》を過ぎた頃だっただろうか、おずおずと、けれど意を決してという面持ちで、秀樹がこう切り出した。

「井筒先生は物理学も勉強してはるんですよね。村岡先生から聞きました。それと、さっきからも……なんや、自然石から放射線が出ている話をしてはったとか」

「ああ、まあね。そんな話もしたかな。でも、別に物理学の勉強をしているわけじゃないんだ」

「量子力学とか相対性理論は知ってはりますか。量子力学いうのは、どういう考え方するもんですか」

「ええと、そうだね。いやまあ、名前くらいは聞いているけどね……どういう考え方かと言われてもねえ」

これはまずいことになった、とぼくはうろたえてへどもどしてしまった。二十一世紀なら、量子力学や相対性理論の初歩くらいは高校の教科書にも出ているだろう。だが、この時代に原子物理学の何がどこまでわかっていたかなんて、この場でわかるわけがない。

「きみは……あれなの、そっち方面に興味がある人なの」

「知識を記憶するより、数学とか哲学みたいな抽象的な学問が好きなんです。西田《にしだ》先生の『善の研究』も齧《かじ》ってみましたが、ようわからんでした。田辺《たなべ》先生の『最近の自然科学』のほうがおもしろいです」

ゲッ！　それって、西田幾多郎《きたろう》の『善の研究』のことだよな。ジワリと手のひらが汗ばむ気がする。西田幾多郎というと、日本の哲学の父とも称される大学者だ。大正時代の高校生って、あんな難解な（読んだことないけど）哲学書を読んじゃったりするわけか？　自慢じゃないが、ぼくなんか、いま読んでも理解できない自信がある。

「そういえば、アインシュタインって、大正時代に日本に来たんじゃなかったっけ」

うっかり口をすべらせたとたん、秀樹の目が人ならぬ異形の者を見るように見開いた。

「変な言い方しはりますね。アインシュタイン博士が来はったのは、去年の十一月やないですか」

ああ、そうだったね、ちょうどその頃、医学論文を書かなくちゃいけなかったんでね、と冷汗を掻きながらどうにかごまかしたものの、秀樹の追及は止まらない。

「それで、量子論というのはどないなものなんですか」

「……うん。まあその、つまり素粒子というのは粒子であると同時に波でもあるらしいんだよね。だからハイゼンベルクの不確定性原理によると」

「えっ、誰ですか、その人。田辺先生の本には、そないな名前は出ておりませんけど」

おっと、しまった。ハイゼンベルクはまだ出ていなかったか。

「ええと、要するに、その……あれだ。何というか、世の中のことはたいてい不確定というか、よくわからないんだよね。まあ、そういうことなんじゃないの」

われながら、むちゃくちゃな言い逃れだと思ったが、もうしょうがない。その場しのぎに、出がけに院長から「車中のおやつに」と渡されたカステラの箱を引っ張り出して、ガサガサと包み紙を剝がした。

「さつきちゃんに見つかると、全部食べられちゃうからさ、いまのうちに食べとこう」

だが上蓋を持ち上げたちょうどそのとき、さつきの瞼がパチリと開いた。

「あっ、何それ？」

猛禽《もうきん》が獲物をかっさらうように、あっという間に箱ごと奪われたが、甘いもの好きなのか秀樹も負けていない。あとは目を覆いたくなるような争奪戦となり、おかげで量子力学のほうはしばらくどこかへ行ってしまったらしかった。

2

「箱根《はこね》というところは、徳川さまの時代には天領だったのですよ。そのせいか、たいそう気位が高い人が多くて、なかなかひとつにまとまりません。私どもも苦労しております」

しゃべっていると舌を嚙みそうなデコボコ道なのに、もみじ屋《や》の番頭はよくしゃべった。ときどき車がドンとジャンプするたび、禿《は》げあがった頭に陽が射して鏡のように光る。そのつど、さつきが秀樹の袖を引いてクスクス笑うので、ぼくは気が気ではなかった。

東京から大阪まで直行するのは大変でもあるし、せっかくの夏休みなのだから、さつきと秀樹に山遊びもさせてやりたいという院長の親心で、途中、小田原《おだわら》で降りて箱根に泊まることになった。さいわい珠緒の病状は急を要するものではないし、少しくらいの道草ならかまわないという判断もあったのだろう。

もみじ屋は明治時代にできた新興の温泉旅館で、箱根町と元箱根のちょうどまんなかにある。院長とは古い付き合いだから、好きなだけ逗留《とうりゅう》してかまわないと言われれば、ぼくだってわるい気はしない。いや、正直に言うと、かなり楽しみだった。まだ観光化される前の箱根である。温泉がよくて、山が深くて芦ノ湖《あしのこ》があって、場所によっては富士山の雄姿も拝める。これぞ山紫水明《さんしすいめい》、風光明媚《ふうこうめいび》を絵に描いたような避暑地ではないか。

小田原から箱根までは道路が通じているけれど、当然ながら山道を掘り広げた程度の粗末なものだ。宮ノ下《みやのした》から元箱根のあいだの、特に景色のすぐれた一帯には、広壮な別荘が並ぶ。小涌谷《こわきだに》と呼ばれる近くの界隈は、昔からの温泉旅館（江戸時代は湯治場と呼ばれた）が二軒ある。この辺りは紅葉と躑躅《つつじ》の名所で、そこに明治になってから外国人相手に建てられたのが、もみじ屋だった。

「ですから、もとからある二軒にしたら、とにかくおもしろくない。何だ、新参者の外人かぶれが、とこうなるわけですな。といっても、この二軒——梅栖屋《うめのや》と水月庵《すいげつあん》というのですがね——が、またおたがいに仲がよくないのです」

その源はというと、箱根町と元箱根の仲が昔からよくなかったからなのですなあ、と番頭は顔の下半分をいきなりクシャッと縮めた。どうやら愛想笑いしているらしい。そりゃどういうことです、と尋ねると、

「御一新のまえですが、梅栖屋が箱根町からお嫁さんをもらったのです。それとほぼ同じ頃に、水月庵が元箱根から婿を取った。元箱根は箱根権現というたいそう勢力のあった権現さまのお膝元だから、箱根町を見下している。箱根町のほうは、幕府が認めた宿場町はこっちだとやり返す。それやこれやで、梅栖屋と水月庵のあいだにも波風が立つようになって、以来二軒は宿敵のような関係になってしまった、とこういうわけなのです」

ハハア、と聞き入りながら、なんだか古い探偵小説の舞台みたいだな、とぼくはかなりのんきに思っていた。ほら、山里の村を支配する二軒の旧家が対立していて、変わった因習やらわらべ歌があったりして、そこによそからふらりとやってきた人物をめぐって殺人事件が、みたいなやつだ。

どこをどう走っているのかわからないうちに、怖くなるような暗い杉林を抜けて、車

はのどかな谷あいに入り込んでいた。土ぼこりを上げて走る車（クラシックカーのファンが見たら涎《よだれ》を垂らしそうな、幌《ほろ》馬車にでかいボンネットを付けたみたいなフォードT）の右手に雑木林、左手には狭い、不定形な畑がうねうねと続いていた。

「ああ、ひとつだけご注意ください。あの林の奥に沼がありますが、そこで水遊びするのはおやめになったほうがよろしいでしょう。ことにお若い方々は」

番頭が背の高い欅《けやき》の立ち並ぶ辺りを指さして言った。

「危ないのですか」

「見た目よりもだいぶ深いこともありますが、過去に不思議な事故が続いたといわれていますので」

不思議な事故というと、場所柄、硫化水素ガスでも噴き出すのだろうかと思っていたら、番頭が奇妙なことを言い出した。

「オロチ沼と名付けられておりましてね、大昔に大蛇が棲《す》んでいたという伝説があるのです。その大蛇は水神さまの御使いだったのに村人が殺してしまったので、それからというもの、祟りが起きるようになったということでして。とりわけ、若い人は人身御供《ごくう》になりやすいといわれますから、くれぐれもお気をつけくださいませ」

やれやれ、旧家の軋轢に加えて、祟りの因縁話か。ますます昭和の探偵小説みたいじゃないか。ぼくは番頭の話を聞き流して、窓から流れ込むすがすがしい空気を、胸いっぱいに吸い込んだ（砂ぼこりと微かな馬糞《ばふん》の臭いをがまんすれば、本当に空気はおいしかった)。葉裏に陽を透かした浅黄色から、日陰ではほとんどまっ黒に見える深緑まで、とりどりの緑が目をやさしく慰めてくれるのにまかせていたぼくは、ふと後ろを振り返ってギョッとした。

座席で大あぐらを掻いたさつきが(彼女は旅装に乗馬服めいた幅広のズボンを着けていたので)、ニヤニヤ笑いながら秀樹の脇腹を突っついている。秀樹は頑《かたく》なに顔を窓の外へ向けて、首を横に振っていた。また何かろくでもないことを唆《そそのか》しているに違いない。まさか番頭が釘《くぎ》を刺したのが裏目に出て、おもしろそうだからそのオロチ沼で泳いでみよう、などと秀樹を焚《た》きつけているんじゃあるまいな。

宿に着いたら、さっそくきびしく申し渡しておかなくては。言う事を聞かないなら、箱根から東京に連れ帰るくらい言わないと、このお転婆は御しきれないだろう。まったく、とんだお荷物を背負わされたものだ。なんだか急に陽が翳《かげ》ったと思ったら、山と山のあいだにうす暗い雲がかかりはじめていた。めんどうなことが起こらなければいいのだけれど。

だが、まえにも言った通り、ぼくの予感はわるいものに限って当たるらしい。

ブロンブロンとエンジン音を轟かせて、フォード・モデルTが宿屋の前に停《と》まったとき、玄関からいきなり若い男が飛び出してきた。男はずいぶんあわてているようで、車の横っ腹にぶつかると、道端に尻もちをついた。運転手が助け起こそうとしたが、跳ね起きるなり裸足で駆け出していく。もみじ屋と焼き印した下駄が草の中に転がっている。

食い逃げか何かかなと思ったけれど、そうでないことはすぐわかった。道の曲がりまで走っていった男が、やがてしょんぼり肩を落としてもどってきたからだ。風にあおられたせいで、長めの髪が伸びすぎた蓬《よもぎ》みたいに天を突いている。

「どうしたんですか。マサさん、ああ、このお客さんは二階にお泊まりの学生さんでしてね」

つるりとした頭を手ぬぐいで拭きながら、番頭はぼくたちに説明した。しょげていた男は、ハッと顔を上げると、番頭の袖にしがみついた。

「あの、ここへ来る途中、郵便屋さんを見かけませんでしたか」

「いやあ、見てませんな。郵便屋に何の用があるんです？　手紙を出すなら、ウチの玄関にある送信箱に入れておけば、ちゃんと回収していってくれますよ。そうだな、ぼつぼつ配達に来る頃合いだから、入れておいたらいかがです」

「ち、違いますよ。郵便屋さんならもう来たんです、いまさっき」

「へ？　それじゃあ、何で郵便屋を捜してらっしゃるんです？」

「これですよ、これ」

男は懐に手を突っ込むと、一通の封書を取り出した。すでに封は切ってある。

「たった今、郵便屋さんが届けに来たんですよ。お待ちかねの手紙がやっと来ましたよ、なんて言って」

「それならよかったじゃありませんか。何がご不満なんです？」

番頭は首をひねって、車から降り立ったぼくたちを振り返った。なんだか妙なことを言う人ですねえ、と言わんばかりの顔をしている。

「だから、宛先が違っていたんです。これはぼく宛てに来たんじゃない。それなのに、間違えて封を切ってしまった」

「別にそのくらい、いいじゃありませんか。すっかり中身を読んでしまったわけじゃないんでしょうから」

「それがすっかり読んでしまったんですよ。英語で書いてあるものだから、つい何が書いてあるんだろうと思って」

読み終えてから、何かおかしいと思って表書きを見たら自分宛てではないことに気がついた、と男は吐息まじりに言って、突然怒ったように声を張り上げた。

「だから、郵便屋さんに一筆書いてもらおうと思っていたんだ。ああ、くそっ！」

「あのう、すみません。一筆って、何をですか」

男のあまりに高ぶった様子に、ぼくはつい口を挟んだ。

「決まっているじゃありませんか。向こうが間違ってぼくに手渡したということをですよ」

さつきと秀樹が顔を見合わせているのも道理で、話の行方が見えないらしく、番頭も運転手もポカンとしていた。ちょっと話を整理させてもらっていいですか、とぼくは男の顔をのぞき込んだ。若いとは思ったが、せいぜい二十代半ばといったところか。百年の隔たりを勘案して時代補正すると、もっと若くてまだ二十歳くらいなのかもしれない。

「まず郵便屋さんがこの宿屋さんに配達に来た、と。たまたま玄関にでもいたあなたを名宛人と間違えて、郵便屋さんは手紙を手渡した。あなたはそれを自分宛ての手紙だと勘違いして、すぐに開封して読んでしまった。でも読み終わってから他人宛ての手紙だと気づいて、自分に悪意があったわけではない、そもそもは郵便屋さんの手違いから起こったことなのだと、一筆認めてもらおうとこう考えた――こんなところで合っていますか」

「そうなんですよ。じつは、ぼくは東京から来る友人と、この宿で待ち合わせているんです。箱根と鎌倉を漫遊してから、友人に東京へ連れていってもらうことになっています。ところが、一昨日着くはずだった友人から少し遅れるという葉書が届いて、くわしいことは手紙に書くからとあったんですよ。今回の東京行きは、ぼくたちにとって大きな意味があるんです。もし彼が来られないということにでもなったら――」

若い男は袴の前帯に吊《つる》してあった手ぬぐいで、額やら首すじやらをゴシゴシこすっている。ご友人に電話をしてみたらどうですか、と言いそうになって、ぼくは危うく思いとどまった。そうだった、この時代にケータイは存在しないし、固定電話だって庶民の家では高嶺《たかね》の花だ。

「では、手紙の名宛人の方にわけを話して謝ったらいかがですか。わざとやったわけじゃなし、説明すればわかってくれると思いますよ」

「それがそうもいかないから、困っているんじゃありませんか」

男は吐き捨てるように言ってから、あ、すみませんと小さな声で首をすくめた。根は気がいいタイプのようだ。

「そうはいかないというのは？」

はい、とうなずいた男は、話をしなければわからないと思いますが、とあらためて全員の顔を見まわした。

「ぼくは薬学専門学校の学生なんですが、お金がないので、島崎《しまざき》という東京から来ている男と相部屋をしているんです。島崎も学生で、いま宮ノ下にある別荘で家庭教師をしています。夏休みのあいだ、坊ちゃんの受験勉強をお手伝いするとかで」

「竹之内《たけのうち》子爵さまのご別邸でございますよ」

番頭がわけ知り顔に口を出した。竹之内子爵はこの辺りに広大な土地を所有する資産家で、貴族院議員を務めるお家柄だという。お坊ちゃまが来年帝大に進学する予定なのだが、そのまえに通っている私立高等学校の試験が夏休み明けにある。これにパスしないと卒業がむずかしくなる。坊ちゃんは工学が志望なので数学や理科は得意だが、英語と国漢が苦手である（国漢というのは、現代の教科だと古文と漢文になるらしい）。そこで、それぞれの教科の家庭教師をつけて、みっちり勉強させられているところだ。番頭はこう説明して、

「なにしろ、この辺りは温泉が湧いて景色がいいのが取り柄で、学生さんが遊ぶ場所は

どこにもありませんからなあ」と笑った。

「その英語の家庭教師が、いまお話しした島崎なんですが」

マサさんと呼ばれた青年は弱り切った様子で、体じゅうの空気を絞り出すみたいな息を吐いた。「ここ二、三日、島崎も手紙を待っていたんです。とても熱心に」

「では島崎くんも誰かと待ち合わせしていたんですか」

「いや、そうではないと思いますけど。……とにかく毎日、郵便屋はもう来たかと何回も帳場で訊いていましたから」

はいはい、おっしゃる通りでしたな、と番頭が禿頭《とくとう》をうなずかせる。でもごく素直なたちの方ですから、よくお話しすればわかってくださいますよ、ええ、と安請け合いしようとするのへ、

「何を他人ごとみたいに言っているんですか。だいたい、旅館気付の郵便物を預かるのは番頭さんの役目じゃないですか」

マサさんが髪を振り乱して突っかかる。懐から出した手に握られた封書が、ブルブル震えている。

「あの、ちょっとすみません。それが、いまおっしゃった、全部英語で書かれた手紙ですか」

ぼくはにわかに興味に駆られて尋ねた。「それで、あなた、全文を読んじゃったんですよね。いったい、何が書いてあったんですか」

「そんなこと、言えるわけないでしょう」

うんざりしたように言ったマサさんは、まあ読んだところで何のことやらさっぱりですけれどね、と付け加えた。

「ほう。そんなに難解な英語なんですか」

「いいえ、英語そのものはやさしいんですが、意味がさっぱりわからないというか」

へええ、と異口同音に不思議そうな声が洩れる。

「でも、そんなことはどうでもいいんですよ。それより、ぼくは島崎に堅く約束させられていたんです。もし島崎の留守に手紙が届いても、けっして手紙の中をのぞかないでくれとね。それなのに、間違いとはいえその手紙を開封してしまうなんて」

島崎に何と言って詫びたらいいのか、とマサさんは泣きそうな顔で目を泳がせた。

「しかしですよ、読んでも意味がわからなかったんだから、問題はないんじゃありませんかね」

番頭がちょっと無責任な調子で慰めるが、マサさんは幼子みたいに肩を揺すってイヤイヤをする。

「島崎というのは、とっても生真面目なやつなんです。約束を破ったと知ったら、どんなに怒るかわかりません。あああ、どうしたらいいんだろう」

そうか。それで、郵便屋さんに自分の故意ではなかったことを証明してもらおうと思ったのか。これはたしかに同情してしまうなあ、とぼくはマサさんの少し震えているような肩先を見つめて考えていた。とても「なあに、大丈夫だよ」なんて気安く請け合ってやれる雰囲気じゃない。

「平気、平気。大丈夫だよ」

後ろからのんきそうな声が言った。さつきのやつだ。また、いいかげんなことを。

「ほかにも読んじゃった人がいたって言えば、あなたひとりが責められることはないんじゃないの」

妙に断定的に言うから、みんな呆気に取られてさつきを見ている。この時代の小説家なら、狐に抓《つま》まれたような顔で、と描写するところかもしれない。

「ほかに誰が読んだと言うんですか。いま配達されたばかりだというのに」

うっすら涙目で抗議するマサさんの目のまえで、ひらひらと白い紙が躍った。

「ほーら、読んじゃったもんね」

えっ、と固まったマサさんには目もくれず、さつきは全員に見えるように紙を高々と掲げてみせた。

「これがそのお手紙」

ニヤニヤ笑いとともに、ぼくに流し目を送ってきたかと思うと、さつきはいかにも気分よさそうに英文を朗読しはじめた。意外にもネイティブに近い発音で、流暢《りゅうちょう》な読み方だった。弾かれたみたいに飛び上がったマサさんが、あわてて手に持った封筒を引っ繰り返して中を検《あらた》めている。封筒の中が空っぽなのは、ぼくの位置からもはっきりわかった。

「……いったい、いつのまに……どうやって」

すらすらと読み上げたさつきは、泣きっ面でブツブツつぶやいているマサさんにはかまわず、ぼくの手に便箋を押しつけてくる。

「井筒先生も読んでみて」

言われるまま、つい便箋に目をやってしまう。さつきの英語がきれいなのはわかったが、びっくりしたせいか、声は聞こえていても内容はほとんど頭に入ってこなかったのだ。ちらりとマサさんを見ると、糸の切れたマリオネットみたいにヘタヘタと膝を折るところだった。便箋はごく普通の（といっても百年まえの、だけれど）ちょっとザラついた紙で、インクのやや滲んだ活字体の英文が一枚に収められている。文字はすごく丁寧だから、読みやすい。

文面はこんなふうに続いていた。

〈Emily makes it the habit to read foreign novels which is high up on the best-seller list.

She considers Jack Wolfman as the writer of stature.

She ordered a book on English mystery to London publisher.

His new work is excellent except a few mistakes of historical fact.

He ashamed for having been unable to notice it.〉

何だ、これは。

〈エミリーには習慣がある、と……ああ、外国の小説を読むんだな……それで、どんな小説かというと、ベストセラーのリストにハイアップされるようなやつだと〉

ふむふむ。売れ線の海外小説を読むということは、けっこうインテリなんだろうな、このエミリーちゃんは。ホラー小説を読むミザリーおばさんじゃなくてよかった。

〈んで、彼女はジャック・ウルフマンを、才能のあるライターだと思っている、と〉

なるほど。でも、誰なんだ、ジャック・ウルフマンって？　待てよ、ウルフマンって訳したら狼男じゃん。まさかのホラー小説家？

で、次のパラグラフは……

〈彼女は英国のミステリーをロンドンの出版社に注文した〉

ほうほう、それはすごいな。現代でも、外国の出版社にまで発注する読者はそんなにいないよ。でも、てことは、ウルフマンはやっぱりホラーミステリー作家なのか。

〈彼の新しい作品は、二、三の歴史的事実についてのミステイクを除けば、とてもすぐれている〉

おや、というと、ウルフマンの新作は時代ミステリーだったわけか。ジョン・ディクスン・カーの『ビロードの悪魔』みたいな？

〈彼はそれに気づけなかったことに恥じ入った〉

　ウルフマン先生は良心的な作家なんだろうな。いや、しかし、これはどういう状況なんだろう。歴史的事実にミスが残ったまま、本になっちゃったということなのか。そうでなければ、エミリーがそれを知っているはずがないし。でも、編集者とか校正者とかがなぜチェックできなかったんだろう。まあ、この時代にはインターネットもないから、調べものが大変だったのはわかるけど。

　そこまで考えたところで、ぼくはちょっと気になる事実に気がついた。そもそもエミリーって、何人なんだ？　というか、どこに住んでいるんだろう。海外の小説を読むのを習慣にしていて、ロンドンの出版社に注文を出しているんだから、アメリカ住まいということなのか。しかし、アメリカ人がイギリスの小説を読むのは、海外小説を読むと言えるのかな。同じ英語の本なわけだし。まあ『ハリーポッター』シリーズも、イギリス版とアメリカ版は表現が違うというから、外国文学と言えなくもないのかも。

「いや、でも、島崎くんでしたっけ、その彼はなんでこの手紙を秘密にしたがったのかな。別に、隠さなくちゃならないような文章だとは思えないけどね」

　マサさんに便箋を返しながらそう訊くと、知りませんよそんなこと、とまだ涙目で言った。よっぽど馬鹿正直なたちのようだ。

「そこに出てくるエミリーというのは、島崎くんとどういう関係なんですか」

「だから、ぼくは何にも知らないんですったら。ただ相部屋になっただけなんですから」

「そんなに騒ぐことないんじゃない。それよりさあ、島崎って人、英語の家庭教師やってるんでしょう？」

自分が火を付けたくせに、さつきがけろりとして言った。「それなら、この手紙書いた人にも家庭教師してあげたほうがいいんじゃないの」

「え？ どういう意味ですか」

「だって、その英語さあ、間違いだらけだもの」

ねえ、先生、と水を向けられて、ぼくはうろたえた。ま、間違ってるって、どこが？

ちゃんと意味は通っていると思ったけれど。

「まさか、先生、気がつかなかったの？ お医者さんのくせに英語できないの？」

いやいやいや、毎週、英語論文読んでますよ。症例レポートだって医療ジャーナル誌に出せるように英語で書いてるし——そりゃまあ、いまはいい翻訳ソフトがあるから、イチから自分で書くわけじゃないけれど。

マサさんはもう一度ゴソゴソ便箋を引き出すと、舐めるように文面に目をさらしはじめた。

「ええと……どこが間違ってますかね……あ、もしかしてスペリングですか」

「違うよ。スペルじゃなくて語法。ちょっと貸してみて」

ああっ、と悲鳴を上げるマサさんの手から、さつきは乱暴に手紙を奪い取った。ビリッと紙の破ける音がした。

「いい？　たとえば、ここの order……mystery のあとに to が入っているけど、ここは文意から考えて from でしょう？　order……from は定型の言い方だしね。それに、ashamed for になっているのも、このケースだったら、ashamed of じゃないとおかしいんじゃないの？　それからさ、前後するけど consider は目的補語の前に as を付けないのが普通。補語に修飾語が付いていればともかく、このケースならいらないと思うの。あと habit の前の the もどうなのかなあ？　ここは定冠詞じゃないほうが自然だと思うけど」

「そうやな。その通りや」

首を伸ばしてのぞき込んだ秀樹も、心なしか得意そうにうなずく。高校生二人組は意味深長な笑みを嚙み殺している。ぼくは教師に指導を受ける劣等生になった気分だった。なんと、さつきの指摘した語法の誤りが、ひとつもわからなかったのだ。そんなことにすぐ気がつくさつきたちが、自分と同じ日本人だとはとても信じられなかった。

いや、でも、order……from だろうが、to だろうが、どうでもいいんじゃないの。前後の単語の意味を拾えば、文意はちゃんとつかめるのだから。consider は補語の前に as を付けないって、何なんだよそれ。そんなの、誰が決めたんだよってイギリス人が決めたんだろうが、知るかそんなもの。

「まあ、おとなになってまうと、こまいこと忘れるもんやさかい」

秀樹が慰めるように言うのが、なんだか腹立たしい。だいたい、百年まえの英語なんだから、二十一世紀とは違っているかもしれないじゃないか。

「どっちにしても、わざわざ書き送るほどの内容じゃないんじゃないの。なんだか思わせぶりなだけで」

あくび混じりに無責任な口ぶりでさつきが言う。

「それより、裏にも何ぞ書いてあるみたいや」

秀樹が裏返した便箋を差し出した。見ると、便箋のいちばん上の端っこに、文字が半円形に並んでいる。円を半分に切ったその下半分に、円周に沿った形で毛筆らしい達筆の字が書き込まれているのだ。

「……光、記、念？」

何の意味だろう。おまじないか何かだろうか。文字の上の部分（ここも、より小さな半円形なわけだが）には、花の絵が描いてある。蓮の花らしい。

「これ、書いたのではなくて押し印みたいですね」

紙を透かして見ながら、マサさんが言った。そう言われると、滲み具合が肉筆というよりスタンプのように見える。神社やお寺にある御朱印みたいなものだろうが、朱肉ではなく墨を使っているようだ。

「けど、差出人の名前があらへんな」

今度は封筒を検めていた秀樹が、マサさんに返しながら不思議そうに言う。

「その島崎くんでしたっけ、彼は手紙が誰から送られてくるか、わかっていたわけですか」

当然そうだろうという思い入れで訊くと、そんなこと、ぼくに訊かないでくださいよ、とマサさんはまた困り顔になった。

「あ、消印は小田原局ですよ。じゃあ、島崎くんの相手は小田原にいるわけか。いや待てよ。小田原なら、手紙でやりとりするよりじかに会ったほうが早いんじゃないかな」

「そういえば、彼、何日か前に小田原に行ったはずですよ」

熱海《あたみ》線国府津《こうづ》駅から湯本《ゆもと》を経て宮ノ下に至るルートは、乗り合いバスが走っている。国府津から小田原までは、わずか二駅だ。その気さえあれば、島崎は好きなときに手紙の差出人を訪ねられたのではないか。それもそうですね、とマサさんが伸びた髪の毛をガリガリ掻くと、細かいフケがパラパラ着物の肩に散った。

「いやいや、そんなことより、島崎がもどってきたらみなさんいっしょに謝ってくださいよね。お願いしますよ」

マサさんがみんなの顔を見まわして頭を下げる。それはもう、私のほうからもお口添えいたしますよ、と番頭は愛想よく応じている。どうやらやっかいな問題が自分の手を離れたらしいと察して、もはや一件落着した気分でいるようだ。

ぼくも軽く低頭しながら、肘でさつきの二の腕を小突いた。おまえがいちばん責任重いんだからな、というつもりだったのだが返ってきたのは、ウ〜ン、というさも気持ちよさそうな呻き声だった。

思いきり伸びをしたさつきは、すこし上気した顔でこう言った。

「さあて、私は温泉に浸《つ》かってこようかな。番頭さん、このお宿、露天風呂あるんですか」

3

二日ばかりは無事に過ぎた。さつきと秀樹は宿屋の中をひと通り見てまわると、さっそく外を出歩くようになった。村の子どもたちと仲よくなって、虫取りに行ったり、野鳥の卵を探しに行ったり、川で蛍狩りを楽しんだりしていた。ぼくのほうは、環境の激変がやはり堪《こた》えていたのか、もみじ屋に投宿してからすっかり気が抜けてしまった。一日に何度も温泉に浸かっては、ごろごろ寝て過ごしていた。

三日めの昼過ぎのことだ。ぼくが午睡から覚めて、まだ残る眠気でぼんやりしているところへ、村の農婦が駆け込んできた。農婦はオロチ沼でお連れの学生さんが溺《おぼ》れたと言う。お嬢さんから、先生にお伝えしてくれと頼まれたので、こうして知らせに来たというのである。

氷水をぶっかけられたみたいにいっぺんに目が冴《さ》えて、ぼくは宿屋の自転車を借りると田舎道をすっ飛ばした。穴ぼこに車輪を落として舌を噛むたびに、さつきと秀樹に対してむらむらと怒りが燃え上がる。

オロチ沼は近づく者に祟りをもたらすといわれているそうだが、生い茂る草のあいだから水面が見えてくるにつれ、何となく背中をもぞもぞと動かしたくなった。

うっすらした冷気が、背すじに沿ってぼんのくぼの辺りへ這い上がってくる。水面が青緑色を帯びているのは、藻やら青粉やらのせいだろうか。ずいぶん深そうだ。まさか沼の主がいるとは信じられないけれど、これくらい古い沼になるとどんな生物が棲息しているか想像もつかないし、細菌だって何がひそんでいるかわかったものじゃない。

それなのに、まったく何をやっているんだ。

だから、慣れない土地で軽はずみはするな、とあんなに念を押したのに。

自転車から飛び降りて、道端から沼に続く藪に足を踏み入れた。旅行用に持ってきた診察鞄を揺すり上げて、人の背丈ほどもある葭《あし》の群生を掻き分ける。じつはこんなこともあろうかと、東京を離れる前に、三杉に無理を言っていくつかの薬品を調達してあった。おもに消毒薬と抗菌剤だが、さつきや秀樹がこの時代に多い破傷風などの感染症に罹ったときの用心だった。

足もとで枯れた茎が、赤ん坊の小指を折るような嫌な音を立てる。ようやく視界が開けると、折り敷いた草むらに、秀樹が仰向けに寝かされているのが見えた。頭の側にさつきがしゃがんで、秀樹の顔を熱心にのぞいていた。足のほうには、村の子どもが三人、肩を寄せ合うようにして硬くなっている。

「おいおい、どうしたっていうんだ」

秀樹は目を閉じたまま、青白い顔をしている。全身がぐっしょり濡れて、水草がからみついていた。唇の色がよくないがわずかに赤みもあり、チアノーゼを起こしてはいないようだ。ゆるやかに胸が上下しているのを確認して、少しだけホッとする。街から遠いこんな山の中で、しかも最低限の医療品しか持ち合わせていないときに、気管挿管とか緊急気管切開とかが必要な症状だったらお手上げだからだ。

「……ごめんなさい……先生」

目を上げたさつきは白い頬にみるみる血を上らせて、まぶしそうな顔をしていた。いつもならどこかいたずらっぽい、それでいて挑むような小生意気な表情を見せるのに、それがまったくない。

「秀樹くんはいやだと言ったんだけど、私が……取ってきてと無理を言ったから」

「取ってくるって、何を？」

秀樹の脈と呼吸数を計り、手早く簡易血圧測定器を取り出す。脈拍八三、呼吸は二〇、血圧一一二と五一。やや拡張期血圧が低めだが、問題はなさそうだ。

「……これ」

さつきが手のひらを広げてみせる。エメラルドみたいな美しい、すべすべした青い石だった。この沼の底にはこういう青や緑のきれいな石が沈んでいる、と村の子どもに聞いて、さつきが秀樹に頼んだのだという。実際には頼んだというより脅しつけたのだろうが、この年頃の男の子は女の子のまえではつい張り切ってしまうものだ。いいところを見せようと無理してしまうのは、ぼくにも経験がある。いつもクールというか、あまり感情の起伏を見せない秀樹にも、〈ええかっこしい〉な一面がひそんでいたのだろうか。

「どこか、体の感覚でふだんと違うところはないかな」

聴診器を外して尋ねると、あんがいしっかりした声が返ってきた。

「腕と太腿《ふともも》が痛いのと……痺れた感じがありますけど」

「気分はわるくない？　吐き気とかめまいとか、息がしにくいとかは？」

「大丈夫です……ちょっと耳が変な感じくらいやな」

「石を拾うためにもぐったんだね。深さはどれくらいあった？」

「十メートルかそれくらい」

「けっこう深いんだね。この沼はそんなに深いの？」

村の子どもたちに尋ねると、いちばん年かさらしい子が、もっと深いところもあるよ、二〇メートルくらい、と利発そうに答えた。

「沼にもぐってから、なかなか上がってこないから心配になっちゃった……やっと浮かんできたと思ったら、すごい勢いで泳いできて、そのままここにバッタリ倒れちゃったんだもの」

「バイタルサインはしっかりしているから、とりあえず問題はないと思うよ。あとで街の病院でよく診てもらおう」

さつきは、小さくコクリとうなずいた。唇の動きだけで、よかったと言っているようだ。

「だけど、なんで、そんなに急いで上がってきたんだろう？」

ぼくは秀樹の手の甲をさすりながら尋ねた。

「いくつか石を拾ったんやけど、底は暗くてよう見えへんから、いったん上がって色を確かめよう思うてたら」

口をつぐんでしまったので、うん、それで？　とうながすと、秀樹ははっきりわかるほど、ブルッと胴を震わせた。

「――気のせいかもわからへんけど、誰かに足首をつかまれたみたいやったん」

「……三吉《さんきち》さんだ」

年かさの子がポツリと言って、胸の前で両手を握り合わせた。小さい子は両側から大きな子にすがりつく。

「その三吉さんというのは誰？」

「ずっと前にここで溺れた人なんですって。とうとう死体が上がらないままだったから、ここで泳ぐと三吉さんの祟りがあるっていわれてるらしくて」

さつきが目を伏せがちに消え入りそうな声で説明する。さすがのさつきも、秀樹が溺れかけたのがよっぽどショックだったのだろうか、とぼくは彼女の表情をうかがった。

「たぶん祟り話は、子どもたちが水に入らないように作った脅しだと思うけれどね」

さつきはぼくの話が聞こえていないみたいに、どこでもないところを見つめている。ホントにどうしちゃったんだろう。

「おそらく減圧症だと思うよ」

さつきの様子を横目にしながら、ぼくは秀樹にゆっくり語りかけた。

「一般には潜水病ともいわれる症状だな。ダイバーとか素潜りで貝を採ったりする海女さんなんかに、ときどき見られる。深い水の中では、体にかかる圧力が空気中より大きくなるよね。すると血液中に窒素が溶け込みやすくなるんだ。ところが、その状態で急浮上すると、周囲の圧力が一気に低くなるので、今度は窒素が気泡になってしまう。この気泡がいろいろな障害を引き起こすわけだ。関節や筋肉の痛み、痺れ、めまい、耳鳴り――」

おもろいですねえ、人間の体いうんは、と他人ごとみたいに秀樹が言うのにはおどろいたが、少し頬に赤みが差してきたようだった。冗談じゃない、この程度の深さだったからよかったけれど、場合によっては命にかかわるんだぞ、と言い聞かせているところへ、宿屋の番頭が葭の繁みから顔を突き出した。

荷車でも用意してくれたのかと思ったら、なんと、折よく街からハイヤーが来ているから、それで秀樹を病院に運んではどうかと言う。そいつはありがたい、とさっそく秀樹に肩を貸して道路まで出る。車内には洋装の紳士が座っていた。

「そこの竹之内子爵の別邸まで来ていましてね。ちょうどハイヤーを呼んで帰ろうとしていたら、もみじ屋の番頭がお屋敷の車を貸してくれないかと、駆け込んできたのです」

お礼もそこそこに番頭が持ってきたシャツに着替えさせ、秀樹を後部座席に寝かせた。車が走り出すと、紳士は会釈して、自分は東京にあるSという私立学校で副校長を務める者ですが、と自己紹介した。Sといえば、百年後の現代でも誰もが指を屈する名門の伝統校だ。たしか、総理大臣や文化勲章受章者などを何人も輩出しているはずだった。

勝部《かつべ》と名乗った副校長先生は、竹之内子爵は貴族院議員でもあり、たいそう文教問題に熱心でいらっしゃる、と子爵閣下を持ち上げたあと、ひたすら恐縮しているぼくに物問いたげな目を向けてきた。で、昼日中、いい年をして、こんなところで遊んでいるあなたは何者ですかな、という顔だ。

こういうときの対処の仕方が、タイムトラベラーにはいちばんむずかしい。一応村岡医院にやっかいになっている医者だと言うしかないのだが、世間は狭いものだから（百年まえならなおさらだ）、どこでこの勝部先生が村岡院長ばかりでなく、医療関係者とかかわっているかもわからない。

だが、ハイヤーが脇道から本道に出ようといったん停止したとき、車のまえを二人連れの若い男が通りかかった。そのひとりが相棒に話しかけていた顔を、フッとこちらに振り向けて、とたんにニッコリ笑った。最近覚えたこの時代の表現だと〈彼は莞爾《かんじ》と笑つた〉というところだろう。ガラス越しに確かめると、英文の手紙の件で弱り切ってい たあのマサさんである。口もとが、やあ、こんにちは、と言っているようだ。

肩を並べている男は、マサさんと同じように浴衣にヨレヨレの綿袴（もとは紺だった らしい）を付けた粗衣だった。例の手紙を心待ちにしていた島崎という学生だ。二人で どこかに出かけたのか、たまたまその辺で行き合ったのか、いずれにしても誤解が解け てわだかまりが消えたのなら、めでたいには違いない。

あの日、島崎が帰ってきたとき、あいにくぼくは買い物に出ていたからくわしい経緯 は知らないのだが、番頭の話によると、島崎の不興は大変なもので、マサさんは泣かん ばかりに詫びたらしい。どうにか島崎の機嫌が直ったのは、ひとえに番頭の口添えがあ ったからというのだが、まあ本人の吹聴することだから当てにはならない。

マサさんが髪を伸ばして撫でつけているのにくらべ、島崎は刈り上げた坊主頭のせい か、何となく愚直で気が利かなそうに見える。よく言えば信念の強そうなタイプ。自分 より融通の利く（ぶっちゃけ、いい加減な）相手ならまだ気楽だが、より生真面目な相 手を怒らせるのは気まずいものだ。ぼくは、のんきそうに歩いていくマサさんに片手を 上げて、よかったねと無声で呼びかけた。

反対側の窓から外を見ていた勝部先生が体の向きを変えて、リアウインドウをのぞき 込もうとする。一瞬まともにこちらを向いた先生の表情が、思いもかけず険しかった。 見つめる相手を呪詛するような激しい目に、ぼくはハッと胸を衝かれた。

なぜ勝部先生がそんな目で、マサさんを睨むのだろう。無意識にマサさんが何か失礼な振舞いでもしたのを、咎《とが》めているのか。

だが羊みたいな顔で穏やかに振り返ったマサさんは、次の瞬間にはもう車のことなど忘れたように、さっさと遠ざかろうとしていた。

4

三、四日もすると、もみじ屋の人たちとずいぶん打ち解けたので、ぼくは宿の中を好きなように歩けるようになった。この日の午後、旅行鞄の取っ手がゆるんでいるのを直そうと、下駄をつっかけて裏庭に出た。
もみじ屋の裏庭はトタン屋根の掛かった広い作業場をまんなかに、創業時からある蔵が二つ、シンメトリーを描いて並んでいる。作業場の奥に道具小屋があると番頭から聞いていたので、ペンチを借りにいったのだ。作業場に近づいていくと、ふいに人がいさかうような声が聞こえてきた。

声が聞こえたのは、道具小屋のそばからだった。小屋の引戸が半分開いていて、大工道具や剪定鋏《せんていばさみ》などが、うす暗い中に鈍い光をとどめていた。小屋の陰になる暗がりで、番頭の声が、誰かと言い争っている。

「だから、あの井戸はそちらさまの敷地にあるんだから、そちらでどうにかするのが当然じゃありませんか」

「そんなことを言っていいのかい、番頭さん。そりゃあ紙の上ではたしかに竹之内子爵さまの土地だろうが、あそこは川へ下りる通り道だからというんで、誰でも好きに通らせている。いちばんよく通るのは、あんたのところの使用人じゃないか。それを知らぬ顔の半兵衛を決め込もうってのは、ちょっと違うんじゃないのかい」

　相手はいわゆるだみ声だが、言葉はいやになめらかだった。巻き舌でペラペラまくしたてるので、江戸っ子の啖呵《たんか》を聞いているみたいだ。どうやら、何か道具を取りに来た番頭が、来合わせた相手の男に捕まったという態《てい》らしい。作業場の柱をまわり込むと相手の姿が見えたが、黒い股引きに腹掛け、紺の法被を羽織って、腰に荒縄の束を吊している。植木職人のような格好だ。

「しかしね、頼んでもいないことを勝手にやるからといって、何も――」

「おっと、その先は言いっこなしだぜ。頼んでもないだって？　とんでもない言いぐさだね。本当なら、こちらさんから竹之内の旦那にひとつお願いできませんか、と頭を下げにくるのが筋ってものじゃないんですかい？　現に去年の夏にあの井戸に落っこちたのは、どこのどいつだい。おたくの泊まり客の子どもだったじゃないか」

　植木職人（らしい男）は、腕まくりしてがなり立てる。松の太枝みたいな腕を目のまえで見せつけられたせいか、番頭の口調はだんだん弱くなり、しまいには伸しかかるような相手の声ばかりが低い屋根の下に響いた。

「……ま、魚心あれば水心というじゃないか、番頭さんよ。こちらさんがそれなりの挨拶をしてくれさえすれば、何も竹之内の旦那もむずかしいことはおっしゃらないさ。だが、親切でやってやろうってのにアヤを付けるってんなら、話は別になるぜ」

捨て台詞《ぜりふ》を残して男が立ち去ったあと、ぼくはしばらくその場に佇《たたず》んでいた。すぐに出ていって、番頭に気まずい思いをさせては気の毒だと思ったからだ。けれど、母屋のほうへもどってきた番頭は、せっかくぼくがいまここへ来合わせたというふりをしているのに、いきなり愚痴りだした。

「おっ、井筒先生、これはまたいいところへ来てくださった。いやあ、たったいま、ひどい因縁をつけられていたところでしてね。まあ、聞いてくださいよ」

「さっき出ていった植木屋さんみたいな人ですか」

「何だ、見ていたんですか。先生も人がわるいなあ。植木屋さんみたいな人じゃなくて、本職バリバリの植木職人ですよ。才三《さいぞう》といって、竹之内さまのお抱えでね、腕はめっぽういいので、この辺りの別荘の庭はたいていあの男が面倒を見ています。ただ、こっちが馬鹿に好きな男でね、休みになると小田原や熱海《あたみ》まで出かけては夜っぴてだそうですよ」

こっちと言いながら、番頭は筒状に丸めた右手に、左手で摘まんだものを放り込む格好をする。それから右手をパッと伏せてみせる。何だそれ、と思っていたら、丁半博奕《ちょうはんばくち》ですよ、ほら、サイコロを二つ使うやつ、と番頭が説明した。ああ、なるほど。時代劇なんかでよく出てくるアレか（幼い頃、祖父と同居していたぼくは〈時代劇専門チャンネル〉なんかで、わりと股旅物などを観ていたのだ）。

ところが博奕なんてものはね、長くやっていれば、必ず負けるものです、と番頭は顔をゆがめた。

「そのせいで、稼ぎはわるくないくせに、年中金繰りに困っているのですよ。それで他人に因縁を吹っかけては、いくらかでも揺すり取ることばかり考えている。人間、ああなってはもういけませんや。あいにくあの腕っぷしなもんで、みんな面倒をいやがってカネで済まそうとするんですな。だから、ますます付け上がる」

「さっき井戸がどうしたとか聞こえましたけど、するとあれはどういう？」

「それですよ。まあ、聞いてくださいよ」

鬱憤晴らしもあるせいか、番頭の言うことは感情的であちこち脱線気味だったが、まずことの起こりは竹之内子爵の所有地のうちに古井戸があって、その管理がきちんとなされていない点にあるという。野原のまんなかにあるのに柵もこしらえていないし、蓋が付いているもののほとんど腐りかけている。昨年、宿の客の子どもが蓋に上って遊んでいるうちに落っこちて騒ぎになったが、さいわい通りかかった農夫が助けたので何ごともなく済んだ。

しかしわるいことに、地下水脈の流れが変わったのか、このところ井戸の水位が上がっている。もともと子爵家の牧草地だった土地なので、管理責任は子爵家にある。このまでは危険なので去年から村の人たちが対処を申し入れていたら、やっと蓋を直して、周りに柵をめぐらすという回答があった。その作業を引き受けたのが、子爵家お出入りの才三というわけだ。

たいていの修繕工事ならこなせる器用な職人だからそこは安心なのだが、いざ仕事に取りかかる段になると、さっそくもみじ屋に手間賃をよこせとゆすりをかけてきた。手間賃は子爵家から出ているはずだから断っていたのだが、とうとうあやってねじ込んできたのですよ、と番頭は忌々《いまいま》しげに舌打ちした。ただ井戸は野原を抜ける通り道にあって、もみじ屋の者も日頃便利使いしているので、頭から撥《は》ねつけるのも角が立つ。

「手間賃って、いくらくれと言っているんですか」

「それがあなた、日当として二百円よこせと言うんですよ」

番頭は怒り心頭に発したのか頭まで血の色を上せて、冗談じゃない、ウチでいちばん上等な客間だって五十円もしないというのに、と唾を吐いた。何となく、茹《ゆ》でダコというフレーズが口を突きかけたけれど、もちろんとっさに嚙み殺す。

この時代の物価指数はたしか、ぼくの時代の約五百分の一だったから(『黄泉平坂石』の事件のときに得た知識によれば)、二百円は約十万円に相当する。それは高い、と思わず口に出てしまう。

「そうでしょう? そりゃあ、誰だってそう思いますよ。しかも、やつが一日で仕事を終える保証はどこにもないんですからね」

「竹之内さんに訴えたらどうなんですか。おたくの出入り職人がこんな無理を言ってきて困っています、とか何とか」

「ええ。まえにもそうしたことがあったんです。ところが、この子爵閣下というのがまた、ちょっと気難しい方でしてね。政府筋にもだいぶ顔が利くそうですが、大陸浪人のような荒くれ者を取巻きにしているので、あまり揉めたくはないのですな。まえに苦情を持ち込んだときも、とたんにウチの源泉を汲み上げているパイプが壊れましてね。まだちっとも傷んでいなかったはずだったのに。どうせ、意趣返しに取巻きがやったに決まっていますよ、ええ」

その井戸というのは近いのですか、と尋ねると、番頭はナニ、男の足なら五分かそこいらですよと言う。これといって急いでやるべきこともなかったから、それじゃ散歩がてらちょっと見に行ってきます、そう言ってぼくはブラブラと野原のほうへ歩いていった。

周りをぐるりと山に囲まれた箱根は、色合いもあかるさも異なる何十何百という緑に覆い尽くされている。翳りを帯びた檜《ひのき》や椹《さわら》の濃緑、陽の色を透かす柿若葉、緑の波のように白い葉裏をひらめかせて押し寄せるクローバー。

目を遊ばせながら歩いていると時間の感覚は取りとめなくなるもので、気がついてみると、小さな雑木林の中に石を積んだ井戸が見えていた。切り石で筒を作った上に、不《ふ》揃《ぞろ》いだが材木で井桁が組んである。井戸の直径は一メートルくらいありそうだ。昔は小屋根を掛けてあったらしく、壊れた枠組みだけが残っていた。地べたにこれも半分壊れた桶《おけ》が転がっているのは、釣瓶《つるべ》で水を汲んでいた名残りだろうか。

壊れかけた蓋をずらしてみると、番頭が言っていたように意外に水面が近い。二メートルくらい下で、暗い水がどんよりした光を放っている。井戸に溜まった空気は、微かだが澱んだ濁り水みたいな、いやな臭いが混じっていた。どれほどの深さがあるのかわからないが、その下にある黒い水の堆積を思うと、ゾッと肌が粟立《あわだ》つ気がした。こんなところに落ちたら、おとなだって助からないだろう。

踵を返そうと振り返ったとき、宿とは反対側の方向から、荷車を引いた男がやってくるのが見えた。屋号を染めた法被に、黒の股引きの屈強な初老男。荷台に積まれた材木の山を確かめるまでもなく、あの植木屋だと知れた。この時代の人はたいていそうだが、ぼくより十センチ以上背が低い。けれど袖まくりした前腕のたくましさと、足運びの力強さを見ただけでも、こいつとはトラブらないほうがいいと思い返す。

「あんた、もみじ屋の泊まり客かい」

すれ違おうとしたそのとき、植木屋の才三が声をかけてきた。どこか他人を小馬鹿にしたような笑いが色のわるい唇にたゆたっている。

「そうですけど、何か？」

ちょっとムッとした気分が口調に混じり込んだかもしれなかった。才三はフンと鼻を鳴らして、けっこうなご身分だな、と唾を吐くように言った。

「それじゃ、もみじ屋の二階に長逗留している学生を知っているだろう。宿にもどるんなら、あいつに言伝してくれないか」

長逗留している学生？　マサさんのことだろうか。しかし、このいささか剣呑《けんのん》な植木職人とマサさんにどんなかかわりがあるというのだろう。事態がよくわからないままのぼくに、才三はさらに謎のような言葉を投げつけた。

「だいぶ往生しているようだが、何なら手伝ってやってもいいんだぜ、とな」

「手伝う……何を？」

「そう言えばわかる」

地を這うような声とともに睨みつけてきたのは、他人を怯えさせることに慣れ切った男の目だった。

5

マサさんの歓送会が急に決まった。

「明朝、朝イチの列車で上京することになりました」

朝の洗面所でいきなりそう言われたのにもびっくりしたが、なのできょうはみんなでピクニックに行こうと思います、井筒先生もごいっしょにいかがです、と誘われたからおどろいた。何でも、ここで待ち合わせていた友だちがどうも来られなくなったようなので、東京に向かうつもりだという。

「ピクニックって、どこへ行くんです」

「芦ノ湖まで行ってボートに乗るんだそうですよ。さつきさんが音頭を取って、そういうことになったようで」

「それ、ホントに歓送会なんですか。ただ自分がボートに乗りたいだけなんじゃ？」

「そうかもしれませんね。でも歓送会は歓送会で、今夜、下の広間で開いてくれるそうですよ。番頭さんも顔を出すとかで、賑《にぎ》やかになりそうです」

出席する面々は、マサさんは当然として、さつきと秀樹、マサさんと相部屋している島崎、番頭、それにぼく（まったく聞いていなかったが）、同宿の老夫婦のお爺さん、時間が合えば熱海からときどきやってくる小梅《こうめ》さんという芸者さんまで顔をそろえるという。

「小梅さんというと？」

「えっ、小梅さん知りませんか。ときどき、お座敷で三味線弾いているじゃないですか」

そういえば、階下の広座敷で宴会があると、三味線の音色が聞こえてくることがある。

「さつきさんがずいぶん懐いちゃったみたいですよ。こないだは三味線を弾かせてもらっていたみたいだし」

小梅さんはいわゆる老妓で、いまでもお座敷に出るだけでなく、芸者さんやら旦那衆やらに三味線を教えているくらい芸達者なのだそうだ。それにしても、あのオロチ沼の事件からこっち、だいぶしおらしくなったと思っていたら、またさつきは本領を発揮しはじめたようだ。かれこれ滞在も一週間近くなるし、退屈してきたのだろう。近頃ではあちらこちらの客室に勝手に遊びにいってみたり、厨房にお手伝いと称して入り浸ってみたり、こないだは老夫婦の湯治客の背中を流してお小遣いをもらったりしたという。

もみじ屋のある小涌谷から二ノ平《にのたいら》の辺りは、箱根のへそといわれている。富豪の別荘が点在する宮ノ下から東海道を登ってくると、箱根では知らぬ者とてない、富士屋《ふじや》ホテルの贅を凝らした威容がそびえたっている。本格的な欧風式ホテルの草分けと言っていいが、創業が明治十一年だから、いかに早くから外国人観光客がこの地に多かったかわかろうというものだ。

外国人（といっても、当時はほぼ裕福な欧米人ばかりだが）は温泉を好んだわけではない。かれらが求めたのは、箱根の美しい風光だった。変化に富んだ山道をたどり、やがて静かな湖と荘厳な神社に出逢う景色をかれらは喜んだ。

箱根というところは江戸を守る要衝でもあったから、旧幕時代、東海道のほかに脇道をこしらえなかった。一本しかない街道に厳重な関所を置いて、出入りをきびしく取り締まったわけだ。大正末期のこの時代でも、自動車の通れる道といったら、湯本から宮ノ下までと宮ノ下と芦ノ湖をつなぐルートしかなかった。ほかはみな、人が歩くのがやっとの杣道《そまみち》である。それだけにピクニックには打ってつけとも言える。

部屋でいつものお決まりの朝飯を食べていると、最近は厨房で女中さんたちといっしょに食べているらしいさつきが、バタバタ廊下を駆けてきた。

「ねえ、先生も行くんでしょう、ピクニック。いま、番頭さんがお弁当をいくつ用意するか、数えてるよ」

「へえ。お弁当の中身は何だろうね」

「お稲荷さんと太巻き。玉子焼きに公魚《わかさぎ》の飴煮だってさ」

「ほう、それならぼくも行こうかな」

とは言ったものの、そろそろ旅館の和食にも飽きが来ていたので、富士屋ホテルのビーフステーキやチキンカツが恋しくなる頃だった。富士屋ホテルのレストランには散歩の途中一度だけ立ち寄ったけれど、外観といい内装といい、王子の牡丹亭を十倍くらい（というのはちょっと大げさかもしれないが）豪壮端麗にしたすばらしさだった。

しかしまあ、山々に囲まれた湖畔で、霊峰富士を望みながら食べるお弁当もさぞおいしいに違いない。窓から見える遠近の箱根連山に目をさまよわせているうち、ぼくはだんだん楽しい気分になってきた。同時に、さつきや秀樹、マサさんたちの足についていけるかな、と少し心配にもなってくる。この時代の人たちの健脚ぶりはとうに知っていたけれど、とにかく十キロ歩くくらいは、かれらにとっては何でもないのだから。

ところが、いざ出発というときになって、思いがけない邪魔が入った。宿泊客のひとり、さつきを可愛がってくれる老夫婦のお婆さんのほうが、急な腹痛を起こしたのである。この辺りの温泉はいろいろな慢性病に効能があるといわれていて、江戸時代からの湯治宿もある。もみじ屋も源泉は同じだから、長期滞在の客が多く、老夫婦もそうしたお客のひと組だった。

ピクニックには行きたかったが、医師である限り、病苦を訴える患者を放っておくわけにはいかない。それに、番頭が何くれとなく気を遣ってくれるのは、こっちが東京の医師だと知って、いざというときの心頼みにしているからだろう。

さいわいお婆さんの容態はそうひどくなかったが、しばしば胃痛が起きるようになってもう半年になるという。慢性胃炎用の胃壁保護薬を処方しておいたが、自分の勤務病院に来診した患者なら、迷わずピロリ菌検査をオーダーしていたところだ。この時代に胃病の患者が多いのは、井戸水のせいではないかとぼくは近頃、疑っている（あの井戸の濁った水をのぞいてから、ことさらに）。衛生環境が改善されると、ピロリ菌の感染率が下がるのは間違いないからだ。

現代では一般にも知られるようになったが、ピロリ菌は胃や十二指腸の炎症、潰瘍を引き起こすだけでなく、胃がんの原因になる。ピロリ菌による損傷が深くなると、その部分からがん化が進んでしまう。さすがにこの旅行のためにボノプラザン（代表的なピロリ菌除菌薬）まで三杉に用意してもらう余裕はなかったから、お婆さんのケアはここまでで、あとはこの時代の不十分な医療にまかせるしかない。

ありがたい、ありがたいと老夫婦に手を合わさんばかりに感謝されるうちに、なんだかぼくは自分がひどい詐欺師になったようで、かえって申しわけない気持ちになった。もしがん化しているとしたら、お婆さんがこのあと長く命を保つのはむずかしい。本当なら治療してあげられる知識があり、技能も身につけているのに、ここでは最低限とも言えない処置でお茶を濁すしかないのだ。

けれど、これが同宿しただけのお年寄りではなく、自分の祖父母だったらどうか。いや、偶然の事故か何かで、自分自身がこの時代で命を落としそうになったとしたら。どんな不可能だろうが無理だろうが、ぼくは何としてでも乗り越えようとするだろう。たとえそのために三杉がどんなに迷惑がろうが、泣き落とし、震え上がらせ、呪い倒してでも言うことを聞かせようとするだろう。

そんなことに思いをめぐらせていたせいか、ぼくは何となくくたびれてしまった。山歩きをしたわけでもないのに、部屋の中で考えごとにふけっていただけなのに、疲れるなんてこともあるのだ。

ぼくは座布団を枕に、軽く目をつむった。目を閉じてみると、意外に体の深いところで徒労感のような、それとも虚脱感というか、でもやはり疲労感と呼ぶしかないものがジッと身をひそめている感じがはっきりとした。海外旅行に時差があるように、時代を飛び越える時間旅行にもそれと似たものがあるのではないか。空間的な移動による時差よりも深い、蓄積された違和感。何か月か暮らしただけでは慣れることのできない、精神的な疲れ。

それこそが本当の〈時差〉かもしれないいな……。力ない笑いを洩らしたぼくは、いつのまにか、眠ってしまったらしかった。


目が覚めてみると、びっくりしたことに、もう日が暮れていた。

「ほらほら、歓送会、始まるよ」

まだ眠気でぼんやり布団に坐っていたぼくは、いきなり腕が抜けそうな勢いで手を引っ張られて、唐紙に顔から突っ込みそうになった。障子の桟に鼻の頭をしこたまぶつけて、目がくらむ。

涙目でさつきに引きずられていくと、広間では、どこから運んできたのか大きな円卓に、伊万里《いまり》焼《やき》か有田《ありた》焼かわからないけれどりっぱな大皿がところ狭しと並んでいた。

「御餞別《せんべつ》の意味をかねて、板前に腕を振るわせましたですよ、はい」

番頭は会の初めから同席するつもりらしく、卓袱台《ちゃぶだい》の周りに、人数分の座布団を配っている。座布団が敷かれる端から、さつき、その左に秀樹、マサさんが坐り、その隣りに居心地わるそうに島崎が腰を下ろした。その隣りには、例の老夫婦の片割れのお爺さんが皺の中に隠れるくらい目を細めていた。

さつきが「先生、こっちこっち」と大げさに呼び立てるものだから、ぼくは彼女の右隣りに腰を据えた。反対側には、場を作り終えた番頭がいそいそと尻を下ろす。

目の前の大皿に、魚と野菜の炊き合わせらしい料理が、山と盛りつけられている。旨味たっぷりの出汁の香りを嗅いだせいか、ぼくは急に空腹を思い出した。

「これは何ですか」

「鯛の兜煮ですわ。晴れの出で立ちですからな、お祝いの皿を用意させました」

その向こうの皿は、小鯛の姿造りをまんなかに、お刺身の盛り合わせ。それから牛肉の炙《あぶ》り焼きの皿、さらにちらし鮨《ずし》の大皿がドンと控えている。

「どうしたんですか、こんな大ご馳走なんか用意して。掛かりがずいぶんでしょう」

「それがあなた、マサさんの送別会に使ってくれと、竹之内さまがお使いをよこされましてなあ。どうせならいい部屋で、とお部屋代まで頂戴しました。まったく、お金持ちはなさることが豪儀でございますよ」

そこへ女中さんが二人、お銚子とビール、ジュースを運んできたから、ワアッと歓声が上がる。さあさあ、お酒も今夜は飲み放題ですよ、と番頭が叫んだ。

「竹之内子爵がねえ……」

マサさんと子爵家が親しいという話は聞いていなかったから、ぼくはさっきにそんな経緯があったのかと訊いてみた。さっきはあれこれのおかずを山盛りに取り分けながら、うるさそうに首を振った。

「知らないよ。でもあの人、子ども好きだから。子爵の子どもたちとも遊んでたし」

その程度の付き合いで、いくら裕福だからって、ここまで大盤振舞いするものだろうか。せめて旅立つのが島崎なら、まだ話はわかる。子どもの家庭教師を務めているのだから。奇特な人もあるもんだなと思ったが、料理はどれもおいしいし（大皿に加えて、ひとりずつに茶碗蒸しと酢の物まで出てきたのだ）、あまり飲めないお酒を注がれているうち、ぼくはすっかり酔ってしまったらしい。

「井筒先生ってば、聞いてくださいって言ってるでしょ」

ドスンと肩をど突かれたと思ったら、さつきがしなだれかかってきた。さっきから耳もとで何やらしゃべりかけられているのはわかっていたが、生返事ばかりなので、業を煮やしたらしい。

「だからね、秀樹のやつ、あの手紙は暗号だなんて言うのよ。馬鹿だと思わない？」

「あの手紙って、どの手紙？」

「だから、マサさんが勝手に読んじゃった英語の手紙だよ」

さつきはちらし鮨から錦糸玉子だけ摘まんでいる秀樹の耳を引っ張って、ほら説明しなさいよ、とぼくのほうへ押しつけた。

「そやし、ただの思いつきや言うとるやないか」

「あんた、エミリーは女スパイだとか言ってたじゃないの。それでロンドンの出版社っていうのは英国の諜報機関だとか」

「それ言うてたのはマサさんや。ぼくが言い出したんやない。ぼくはウルフマンが二重スパイやないか言うただけや」

なんだか知らないうちに、かれらのあいだでは、あの意味不明な手紙はイアン・フレミング（007シリーズの作者だ）かジョン・ル・カレの世界の小道具みたいなものになっていたらしい。そうか、この時代は日露戦争前に結ばれた日英同盟が少しまえまで生きていたんだな、とぼくは大学受験時代に詰め込んだ知識を記憶の隅っこから探り出した。そうだ、それで東アジアで日本と対立しはじめたアメリカが、日英同盟を解消させようとしたんだっけ？

「けど、三人でそんな空想を戦わせてるより、島崎くんに訊けばいいんじゃないの。あれが諜報機関の暗号だとしたら、島崎くんも諜報員ってことになるわけだし」

「だからなんだってば。番頭さんに聞いたんだけどさ、竹之内子爵って若いとき、ロンドンに留学してたんだって。でもって、貴族院でも指折りの親英派」

おいおい、マジかよ。

「それでね、便箋の裏に蓮の花のスタンプがあったじゃない。秀樹は、あれは割り印じゃないかと言ってるわけ」

「割り印。……契約書とかに捺《お》すやつかい」

「そういうこと。ひとつのハンコをAの文書とBの文書にまたがって捺す。そうすれば、二通の文書が関連のあるものだという証明になるでしょう？　あれと同じだと言ってるのよね」

女学生のくせに妙なことにくわしいんだな、と思ったら、さつきの家は借家を何軒も持っているから、賃貸契約書を見たことがあるのだと得意そうに言う。

「ってことは、どこかにもうひとつ、蓮の花の上半分をスタンプした文書があるってこと?」

「そういうことや」

わが意を得たりとばかり、秀樹は小刻みにうなずいた。そういうことって、どういうことなんだ? なぜ、島崎の友だちがそんなことをする?

「そやし暗号やと思うんや、あの英語の文章」

熱っぽい目で秀樹が言う。「それでな、暗号文はもう一通あって、その二つがそろうと、全体の意味がつながるんやないかと」

ふうむ。それはありうるかも。聞いているうちに、ぼくもちょっとそんな気になってきた。そういうのを映画かドラマで見たことがある。

秘宝のありかを記した地図と暗号文が二つに切り分けられていて、ヒーローとワルモノが一枚ずつを手にしている。さあ、どちらが相手を出し抜いて、先に二枚そろえてお宝を手に入れられるでしょうか。みたいなストーリーなら児童向けの冒険物語から始まって、いくつも読んだり観たりした覚えがある。『インディ・ジョーンズ』にもそういうの、なかったっけ?

「でも、それならよけいに島崎くんに説明してもらったほうがいいんじゃないの」

「けどマサさん、言ってたよ。ちょっとでもあの手紙のこと訊こうとすると、島崎さん、プイッと怒っちゃって、口を利いてくれなくなるんだって」

そうはいってもなあ。ぼくは円卓の向こう側に坐っている島崎の様子を観察した。相変わらず少し伸びたイガグリ頭に、ほとんどゆるまない頬。こんな席にいても、どことなく場違いな緊張の気配が漂っている。

マサさんはしきりに話しかけているけれど、島崎の表情はあまり動かない。うなずくか、短く応えるだけだ。むしろ島崎の隣りにいる老人のほうが、マサさんの話に楽しそうに応じている。

お椀に出てきたメカブ汁（ワカメの根もと部分を入れた、生姜《しょうが》仕立ての味噌汁《みそしる》）が見かけと違って、染み入るように味が深い。女中さんがニッコリ微笑みながら、おかわりをお持ちしましょうか、と言ってくれる。金時芋の焼き菓子というデザートも登場して、さつきもおとなしくなったので、鼻に抜けるメカブ汁の香りを堪能していたときだった。

ウワアアッ、という男の悲鳴。続けて重いものが倒れるズシンという音と、大きな振動が空気を震わせる。少し離れた場所で、板戸を叩きつけるような音がした。

「――二階だッ！」

まっさきに立ち上がったのはマサさんだった。浴衣の裾を尻ッ端折《しりぱしょ》りするやいなや、開け放してある入り口から飛び出していく。ダダダッと階段を駆け上がる響きが続いた。

さつきが跡を追い、秀樹もあわてて走り出した。老人と番頭はまだ何がなんだかわからないのか、蝦蟇《がま》のような格好でペタリと畳に手を突いている。ぼくもようやく全身の神経にパルスが走った感じで立ち上がり――そこで初めて気がついた。

島崎がいない。

島崎は部屋の入り口に倒れていた。まえにマサさんが言ったように、二人で相部屋している部屋だ。入り口と押入れのあいだに立つ柱に、頭をもたせかけて失神している。

おそらく何か必要なものでも取りに来たのか、部屋に入りかけたところで、賊と顔を合わせてしまったのだろう。パニックになった賊は、力まかせに島崎を突き飛ばす。島崎は人並みの体格だが、予想もしないタイミングで押されたせいで、ついバランスを崩して仰向けに転倒した。後頭部か側頭部をぶつけて、脳震盪《のうしんとう》を起こしたに違いない。

脳震盪で意識まで消失した場合は重程度で、頭痛、健忘症などの症状が残りやすい。救急外来に転倒して頭を打った患者が運ばれてきたら、ＣＴかＭＲＩ検査のオーダーが必須だが、ここでは安静しか手がない。快復しないうちに再度脳にダメージを与えたら、命にかかわる。

脈と呼吸を計り、観察していると二十秒ほどで意識がもどった。やれやれとちょっぴり安心したぼくは、さっきから落ち着きなく部屋の中をうろついているマサさんに、少し静かにするように言った。頭痛、めまい、視覚異常などの症状がどの程度の時間で消失するかが、診断のめどになるからだ。患者は神経が休まる、安静な環境に保たなければならない。

「ああ、すみません。でも、ぼくが持ってきた雑誌がなくなっているんですよ。大切に取り分けておいたのに」

「泥棒だって、そんな雑誌なんか盗まなくってよ。でも、ほかに金目のものはなさそうね」

さつきが茶化しにかかるが、ぼくにとっては大事な雑誌なんですよ、とマサさんはプリプリして言う。

「……あの、手紙……鞄の中に手紙……あるかどうか、見てくれませんか」

島崎が目をうすく開けて、しゃべりだした。

「あ、まだしゃべらないようにね」

注意したが、島崎はしきりに首を動かして壁際にある旅行鞄を見ようとする。ぼくはマサさんに鞄を持ってきてもらって、島崎の枕もとで中身を検めさせた。鞄の中はわざと搔きまわしたみたいに乱雑だったが、封筒は着替えのシャツのあいだから見つかった。

島崎くんにはどんなに大事でも、まさか泥棒も他人の手紙なんか盗《と》るわけないよ、とマサさんが笑い飛ばした。島崎も曇天に射す薄日みたいな笑みを浮かべたのだが、とにかく泥棒は泥棒だから、警察に届けようと番頭が言い出した。

ほかに盗られたものはないの、とさつきが言って、みんなで何となく部屋を見まわしていると、秀樹が「こんなところに、また手紙が落ちとるよ」と、床の間の花瓶の陰から一通の封書を拾い上げた。

どれどれ、とぼくが手を伸ばすより早く、サッとさつきがそれを奪い取る。安っぽい大和絵の掛け軸を背にして、さつきは食い入るように封筒と中の便箋に目を凝らしている。

「……これ、あの手紙だよ。というか、こっちが島崎さんのところに来た本物の手紙」

えっ、という声がいくつか上がった。

「だったら、鞄に入っていたほうは？」

マサさんが片づけたばかりの島崎の鞄を開けて、封筒を取り出す。中の紙を振り出して、文面に顔をこすりつけんばかりにして読み下した。

「どうだい？」

そう尋ねたぼくではなく、さつきと秀樹のまえにマサさんは紙を差し出した。

「…………」

さつきは黙って一瞥《いちべつ》すると、小さく首を振った。

そこには、五つの英文が書かれていた。

〈Emily makes a habit of reading foreign novels which is high up on the best-seller list.

She considers Jack Wolfman the writer of stature.

She ordered a book on English mystery from London publisher.

His new work is excellent except for a few mistakes of historical fact.

He ashamed of having been unable to notice it.〉

「この英語、違っちゃってるよ……」

さつきが魂を抜かれたような声で言った。何を言っているんだ、こいつは。そんなことはとっくにわかっていることではないか。

「うん、そうだったね。だからそれほどむずかしい英文ではないのに、どうしてミスがいくつもあるのかって、このまえも――」

「そうじゃないんだってば！　そうじゃなくて、言葉が違っているの」

「ちょっと落ち着いて、さつきちゃん」

ぼくはさつきの目をのぞき込んだ。「このまえ見たときも、言葉の間違いがいくつかあったじゃない。同じ手紙なんだから、いま見ても間違っているのはあたりまえだよ。ね？」

「もうッ、井筒先生ったら！　違うんだってば！　間違ってないの、これは。ちゃんと直っているの。正しい英語になってるの」

「……へっ⁉　直っている？　直っているって、どういう――」

ぼくは紙の上にかがみ込んだ。どこが？　どこがどう直っていると？　というよりか、どこがどんなふうに間違っていたんだっけ？

「ほら、見てみ。最初の文章はまえのが to 不定詞になっていたところが、ちゃんと makes a habit of doing の形に直っているでしょう？　次のも、よけいな as が入っていたのが削除されているし、その次のは order……to だったのが、きちんと定型の order……from に訂正されているじゃない？」

「そ、そういえば」

「ちょっと、四番めの文章、見てよ。これなんか文法的に細かいでしょう？　でも辞書通りに、限定された名詞が対象になっているから for を加えているわけ。あっ、それから最後のもそうだ」

さつきはすっかり興奮して頬を紅潮させ、次々に指をさす。だが示されたところを眺めても、どこがどう直ったんだかもうひとつわからなかった。

「まあ要するに、まえの手紙のミスが、みんな直されているんだね」

「そうだよ。でも、どういうことかなあ、これ。書いた人がミスに気づいて書き直したのかしら」

さつきが首を傾げる。

「そやからって、わざわざ訂正したのを持っては来んやろ。泥棒の真似までして」

「それは……そうだよね」

不得要領な相づちを打ったぼくは、さつきの持っている紙を見ているうちにふいにあることに気がついた。

「あれ？　ちょっと、それ貸してくれる？」

さつきの差し出した紙をくるりと裏返してみる。アイボリーホワイトというのか、薄いクリーム色のその紙の裏は、まったくの無地だった。

「やっぱりだ。これ、島崎くんに送られてきた手紙とはまったく別物だよ」

「そんなこと、わかってるじゃない。ミスが全部直されているんだから」

「そうじゃなくて」

「え？　じゃあ、何？」

「こっちのには、裏に蓮の花のスタンプがない」

そうなのだ。秀樹が〈割り印〉になぞらえたように、もとの手紙の裏には半円形の判が捺されていた。ちょうど便箋のいちばん上の端に、円を半分に割っている直線が一致するような形で。そのスタンプがこれには捺されていない。

「どういうこと？」

「なんで、こっちのにはスタンプがないんやろ？」

さっき侵入した泥棒（？）は、英文の誤りを訂正した、島崎宛ての手紙とそっくりな封書を、島崎の鞄に入れていった。もし本物を見つけていなかったら、誰もすり替えに気づかなかっただろう。それなのに、便箋の裏のスタンプだけが違っている。

封筒と便箋を見つめていたみんなの目が、畳に臥している島崎の上に集まった。これは誰が考えても当然で、なにしろ島崎はこの〈謎の手紙事件〉の当事者であり、手紙そのものばかりでなく、それにまつわるあれやこれやの謎の真相を知る、数少ないひとりだったのだから。

でも（結論を言ってしまうと）、ぼくたちの誰もが、まっさきにそんなことをやりそうなさつきでさえ、彼をその場で問いつめることはできなかった。なぜかといって、みんなの視線がいっせいに注がれたとき、謹厳実直が着物を着ているような島崎の睫毛《まつげ》の下からひとすじの涙がスーッと流れ落ちるのを、全員が目にしたからだ。

その涙は、何というか、とても純粋で切羽詰まっていて、そう簡単に、おいどうなんだ、ネタは割れているんだぞ、すっかり吐いてしまえ、などと、とうてい言えそうもないものだったのだ。

それでなくても、二十四時間は島崎を安静にさせておく必要があった。ぼくはみんなを階下に下がらせて、その夜はマサさんの代わりに島崎と床を並べて休むことにした。夜中に急変が起きた場合に備えてのことだったけれど、もし実際にそうなったとしても、ここでぼくにできることは限られていた。いつものことだが、哀しいくらいに限られていた。

箱根の夜は風がやんでも、乾いて涼しかった。四方を山に囲まれているので、夜がふけてくると山気が濃密になり、人の住む世界が小さく縮むような気がする。深い闇とひんやりした夜の気配は、送別の宴に酔ったみんなを速やかに眠りに誘ったようだった。

そして、その深更になってからのことだ。島崎の容態に気を取られながら、浅いまどろみに落ちていたぼくは、何かの気配にふと目を覚ました。

――先生、起きていらっしゃいますか
島崎の声が、無彩色の眠りの世界から、青白い月明かりの射し込む夜の部屋へとぼくを呼びもどしたのだった。

6

翌朝、東京へ出発するマサさんを見送るために、ぼくたちはもみじ屋の前で宿の自動車を待っていた。折よく関西から来るお客を出迎えるついでがあるから、国府津駅まで送ってあげようと番頭が言ってくれたのだった。

ぼくも島崎を街の病院まで送っていくので、いっしょに乗り込むつもりでいた。いまにもステップに足を掛けようとしたとき、宮ノ下へ通じる村の道を、二人の男が先になり後になりして駆けてくるのが見えた。男たちは口々に何か叫んでいたが、近づくにつれて「おいしゃの、せえんせ〜い、まあって、くらさ〜い（お医者の先生、待ってください）」「きうびようにんがあ、でましたあ（急病人が出ました）」などと言っているのがわかった。

「井筒先生が出かけようとすると、いつも病人が出るね」

「病気に呼ばれとるみたいやな」

「そういうの、疫病神っていうんだよ」

後ろでさつきと秀樹がゴソゴソしゃべっているのを、違う、それを言うなら疫病払いだ、と一喝して、男たちに声をかけた。

「病人はどこですか」

「竹之内さまのお庭です。植木職人が木から落ちたようで」

「植木職人って、あの才三とかいう……」

「その才三ですよ。裏のお庭の松の木から落ちて、倒れておるんで」

番頭が頭をつるりと撫でて、進み出た。

「そういうことなら、この車でそこまでお送りしましょう。どうせ道すじですからな」

竹之内子爵の別邸はもみじ屋から宮ノ下へ向かう途中にあって、まえを通ったことはあるけれど、もちろん中に入るのは初めてだった。裏へまわってくれというので、裏門へ車を乗りつけると、鉄門を大きく開いて、執事だという初老の男が待っていた。

運転手に病院に島崎を送り届けたらもう一度ここへ寄るように頼んで、ぼくは車を降りた。なぜか駅へ向かうはずのマサさんもあとから降りてくる。あなた、汽車の時間があるんじゃないんですか、と尋ねたが、

「なあに、かまいませんよ。汽車は一本遅らせてもいい。それより気になることがあるのです」

「気になるって、植木屋さんについてですか」

急ぎ足になったぼくに、マサさんは小走りでついてくる。さすがに資産家だけあって、

裏庭とはいえ、子爵邸はみごとな芝が広々とひろがり、築山のような盛り土に瓢簞《ひょうたん》形の池まである。

「そうなんですよ。お話ししそびれていましたが、けさ、宿の女中さんが昨夜盗まれたぼくの雑誌を持ってきてくれましてね。裏木戸のそばに捨ててあったのを見つけたそうです。つまり、あの雑誌を盗んだのは、コソ泥に見せかけるための小細工だったんじゃないでしょうか」

「なるほど。しかし、そのことと植木職人の才三と、どういう関係があるんですか」

「関係はあるじゃないですか。昨夜の泥棒は、島崎の持っていた手紙とあのニセ手紙をすり替えようとしたんですよ。それで、たまたま部屋にもどってきた島崎にケガを負わせて逃げた。そして今度は、植木屋が事故に遭った」

「うん、でもそれは偶然じゃありませんかね」

「いや、先日、先生は植木屋からぼくへの言伝を頼まれた、とおっしゃっていましたよね」

ああ、とぼくはうなずいた。野原の井戸で才三と出逢ったときに言われた、あの不思議な言葉だ。たしか、難儀しているなら手伝ってやろうか、とかそのような意味のことを才三は言っていたはずだ。

「でも、そう伝えられても、ぼくには何のことやらさっぱりわかりませんでした。そりゃまあ、来るはずの友人が遅れて困ってはいましたが——それで、思いついたんですが、あの言伝はぼく宛てではなくて、島崎に宛てたものだったんじゃありませんか」

えっ、と思ったとたん、足が止まった。そう言えば、あのとき才三は「もみじ屋に長逗留している学生」という言い方をしていたのだ。もみじ屋に先に泊まっていたのは島崎で、マサさんは島崎の厚意で相部屋していたのだから、長逗留はむしろ島崎のほうなのである。島崎は子爵家の家庭教師をしているから、つい竹之内家の関係者と見なしていたけれど、同じように竹之内家に出入りしていた才三は、島崎を自分と似て、子爵家に仕えるために外から来た人間と見ていたのだろう。才三とマサさんには何の接点もないが、島崎には子爵家を仲立ちにした関係がある。

才三が倒れているのは、二つの築山風の盛り土が向かい合っているあいだだった。本館のほうへ土地が高くなっているので、建物側からでは松の木は見えても、その根方は見えない。

「ちょうど私は、二階の窓からこちらを眺めておりましたので。才三は高枝を剪定しておりましたが、ふいに下へ降りる様子を見せたかと思うと、途中からいきなり落ちました」

ぼくが才三のまえにしゃがむと、おろおろと執事が説明を始めた。

才三は左を下にうつ伏せに倒れていたが、奇妙なのは作業衣の胸もとが乱れていることだった。襟が乱れて、ほとんど片方の胸乳が見えそうになっている。しかも腿引きの前紐がいい加減に絡ませてあるだけで、結ばれていない。なんだか、大あわてで着替えている途中で出てきたといった具合だった。

いつも腰に巻いている荒縄が、ゆるく腰の周りにまわされていた。高いところに上がるときは、用心のためにそれを幹や太枝に縛りつけておくのだが、ぞんざいに結んだらしく縄の先は解《ほど》けて根元に落ちていた。

才三の顔は蒼白で、唇は紫色に近い。ひと目見た瞬間は虚血性心疾患を疑ったので、脈を取り、触診で血圧を測ってみる。徐脈気味ではあるものの、頸動脈が触れるから拡張期血圧四〇レベルはありそうだ。辛うじて意識はあるようだ。

「才三さん、話はできますか」

答えはないが、微かに唇が動いている。口もとに耳を近づけて、どうにか聞き取れたのは、力が入らない、というひとことだった。頭が割れるようだ、物が二重に見える、とも言う。脳梗塞《のうこうそく》だろうか。それにしても、島崎が脳震盪を起こしたと思ったら、今度はその島崎と何かいわくのありそうな才三が倒れるとは。いったい、どんな因縁なんだ。

ともあれ、この病人も街へ運ばないとどうにもならない。屋敷の車に乗せるよう頼んで、ぼくは腰の縄を外そうと伸ばした手を、思わず引っ込めた。縄がぐっしょり濡れている。もう一度、端から端まで触って確かめてみる。しっかり水を吸っているのがわかった。

「なぜ、衣服は乾いているのに、縄が濡れているのかな」

「才三は汗っかきなもので、いつも替えの下着と仕事着を用意しているんですよ。ほら、そこにありましょう」

執事が指さしたのは才三がふだん引いている荷車で、鋸《のこぎり》や枝切り鋏の傍らに、藍染の風呂敷包みが載っている。

雑に結わえてある結び目を解いてみると、濡れたままの下着とどんぶり（職人の作業着）、股引きが丸めて放り込んである。

「きょうは雨、降ってないですよね」

「降っていませんなあ」

「この濡れ方は汗じゃありませんね。ずぶ濡れだ」

屋敷の使用人と運転手、マサさんも加わって、才三を車に運んでいく。ここの自家用車も、もみじ屋と同じくフォードT型だった。

「やれやれ。もみじ屋のといい、こちらのといい、これじゃまるで救急車ですね」

乗り込みながらそんなことを言ったけれど、執事は「は？」と怪訝な顔をしただけだった。

そうか、救急車はまだ陸軍にしかないんだよなあ。

と、そこへ、本館の裏口から芝生を突っ切って、白い割烹着を着けた若い女中さんが駆けてきた。

「こちらに、お医者さまはいらっしゃいますか。急病人が出たんです」

またか。まったく、どうなっているんだ、この屋敷は。ぼくは片手を挙げて合図した。

「はい、おりますよ。それで、どなたの具合がわるいんですか」

女中さんは割烹着の前垂れに手を揉み合わせるようにして、何度もお辞儀をした。

「いいえ、それがこちらではないのです。いま、もみじ屋さんからお電話がありまして、放牧場跡の井戸のそばに倒れている人があるとかで。そちらへ行っていただけないでしょうか」

「あの、野原のまんなかにある井戸ですか」

「――だ、誰なんです、倒れているのは？」

マサさんが唾を呑んで尋ねる。

「勝部先生です。お坊ちゃまの学校で副校長をなさっていらっしゃる方ですわ」

執事に搬送先の病院への申し送りメモを持たせて、才三をまかせると、ぼくは急ぎ足で来た道をもどりはじめた。くたびれた旅行鞄を抱えたマサさんも、せかせかとついてくる。

「あなた、ほんとに汽車に乗らなくていいんですか」

「かまいません。こんな事件をうっちゃっておいて、どうして東京へ行けるもんですか」

「あなたも物好きな人ですね」

野道が草むらに分け入る辺りまで来ると、一面の緑の中に人影が見えてきた。壊れかけた井戸の小屋根と傾いた支柱の周りに、三人ばかり村人の姿がある。足もとに横たわる黒い影が勝部先生に違いない。ぼくたちに気づいた村人が、伸びをするように爪先立って、大きく手を振った。

近づくにつれて、倒れている勝部先生の様子がただならないことに、ぼくはおどろいた。身だしなみがいいはずなのに、髪は嵐の中を抜けてきたみたいに乱れているし、眼鏡の片方のレンズが割れ落ちている。顔も左側が赤黒く腫れて、鼻から下は血まみれだ。

「うわっ、どうしたんでしょう、あの顔？」

マサさんが息を呑んだ。「よっぽどひどい転び方でもしたのかな」

見ると、井戸端は夕立のあとのように、小さな水溜まりがいくつもできていた。

いったい、どうしたんです、と声をかけるより先に、年かさの村人がどもりながらしゃべりだした。

「荷車を引いてここまで帰ってきたら、人が血だらけで倒れているじゃないですか。もうたまげたの何のって。……息は吹き返したようですがな」

勝部先生は目を閉じていたが、瞼を裏返してみると黒目が下りていて、問いかけには応じないが意識も清明なようだ。これは病気ではなくて、どうやら警察がかかわるべき案件だなと、ぼくは気をつけて先生を荷車に乗せるよう村人に頼んだ。

「しかし、勝部先生はともかく、あの才三が病気になるなんてねえ」

鞄を担いだまま、マサさんは手の甲でおでこの汗を拭きふき言った。「まさしく鬼の霍乱《かくらん》というやつですか」

「違うと思うよ。あれは病気といえば病気だが、たぶん潜水病だ」

潜水病ですって、とのけぞったマサさんに、ぼくはどうにも気の入らない声で言った。

「そう。才三はそこの井戸に落ちたんだ。正確にいうと、おそらく落とされたんだろうな」

「だ、誰がそんなことを？」

それには答えずに、ぼくは勝部先生の耳に顔を寄せて、ささやいた。

「手当てが済んだら、少しお話をうかがわせていただきますよ」

固く閉じた瞼がピクリと動くのがわかった。

7

「さて、みなさん。今回の事件は、最初からじつに奇妙なものでした」

そう言って全員の顔を見まわしながら、ぼくは、あれ、こんなセリフ、どこかで聞いたことがあるぞと思った。

「まず初めに、島崎くんのところに不可解極まる手紙が届いた。それを友人からの手紙と勘違いしたマサさんが、誤って開封してしまった。ここから、この奇妙な事件は始まったのでした」

マサさんが極《き》まりわるそうに、ガシガシと頭を掻いた。そうだ、これはあれだ、ポワロとか金田《きんだ》一耕助《いちこうすけ》（ばかりでなく、古い探偵小説に出てくる名探偵）が謎解きを始めるときの決まり文句みたいなものだ。

その晩の夕食が済むと、もみじ屋旅館の二階、島崎とマサさんが泊まっている部屋にみんなが顔をそろえていた。みんなというのは、例の手紙に最初からかかわっていた面々、島崎、マサさん、さつき、秀樹、それに番頭とぼく。

「あの手紙には、差出人の名前がなかった。それでは、あの手紙を島崎くんに送ったのは誰だったのでしょうか。当然、島崎くんにはそれはわかっていたはずです。また、差出人がわかれば、手紙を誰が書いたのかという謎も自然にわかります」

みんなの視線が、部屋の隅っこ、腰高障子ごと開け放った窓のそばに集まった。窓の脇には、気づまりそうな顔をした島崎が正座している。膝を崩してくれと言っても姿勢を変えないのは、この一連の騒ぎを起こした責任を感じているということらしい。

「じつは、このあいだの晩――というのは、あの泥棒騒ぎがあった夜のことだけれど、ぼくは島崎くんから、内密の話を打ち明けられました。それに基づいてお話ししますが、もちろん話すことについては、島崎くんから了承を得ています」

チラリと目を走らせると、島崎はうなずくように首をすくめた。彼にとっては辛い話になるだろうから、島崎くんの誠意だけはわかってあげてほしい、と続けると、

「えっ、だったらあの手紙は島崎さんが書いたの？」

さつきがいつものように早呑み込みして、遠慮なく決めつける。

「さつきちゃんはあてずっぽうで言ったのかもしれないけど、結論から言えば、そういうことになる」

へっ、と叫んでマサさんは目をパチパチと瞬いた。秀樹も口をOの形に開いている。

「申しわけありません。情けない限りです」

島崎がおでこを畳にこすりつけた。手紙を書いたことが申しわけないとも、文中で語法のミスを連発させたことが情けないとも聞こえる。

「じゃ、あの手紙に書かれている『エミリー』というのは？　誰のことなんだ？」

マサさんが膝を乗り出して訊く。

「いや、それは……」

島崎は尿意をがまんしているように、もじもじと身体を動かした。

「なんで言えないんだ。まさか、誰のことかわからずに書いたわけじゃないだろう」

「ああ、そういうことか」

さつきがパッと春の陽射しみたいな笑みを浮かべた。「つまり、あれ、暗号になっているんでしょう？　ふつうに読んだだけじゃわからない、何か隠された意味があるんだ」

「隠された意味？」

島崎が腹話術によくある子どもの人形みたいな声を出した。「そんなのがあるんですか、あれ？」

「ちょっと、しっかりしなさいよ、あんた。自分がやったことじゃないですか」

　番頭がイライラして言った。

「いや、あれはぼくが書いたわけじゃないんです」

「え？　どういうこと？」

「あの英語の文章は、坊ちゃんの学校で使っているサイドリーダーの引用なんです。だから『エミリー』っていうのは、その話にたまたま出てくるだけの人で」

「なに、それ。馬鹿みたい」

　誰よ、エミリーは女スパイだとか言ってたのは、と憎まれ口を叩いて、さつきはうんざりした顔になった。おでこに皺を寄せたその顔はどことなく性悪な猿を連想させて、ぼくは顔立ちの美しさも表情がわるいと台無しだな、と場違いなことを考えていた。

「サイドリーダー？」

　番頭は初めて聞いた未知の言葉のようにそうつぶやいて、ぼくに尋ねた。「どういうことでしょう、先生」

「学校の語学の授業では、教科書のほかに物語風の読み物を使うことがあるんですよ。それをサイドリーダーというんです。子爵のご子息の学校では、サイドリーダーの文章からもテストを出題しているということですよ。そうでしたね」

　島崎に確かめると、自分の膝を見つめるようにして、わずかにうなずく。

「でも、手紙の文章は、ミスがあちこちにあったんですよね」

さっきから物言いたげにしていたマサさんが、また膝を乗り出した。「テキストの文章がどうして間違っているんですか。おかしいじゃないですか」

「ですから、それはわざとそのように書き写してあるので」

「だから、何でそんなことをしたんです？」

マサさんは話の行く先がさっぱり見えない、という調子で口を尖らせる。

「あー、もうじれったい！　先生、もうすっかりしゃべっちゃってよ。島崎さん、先生にみんな話したんでしょ」

さつきがせっつくと、島崎は一瞬目をつぶり、はい、と消え入るような風情でうなずいた。ぼくはゆっくりと口を開いた。

「あれはね、いま言ったようにテストの問題だったんだよ。ほら、次の文章の中には誤っているところがあります。正しい表現に改めなさい、というやつ」

「間違いを直しなさい……誤文訂正問題ってこと？」

「ああ、そういうことだったんや。それですっかり合点がいったわ」

秀樹は納得顔でうなずいたが、番頭はまだ呑み込めていないらしく、しきりに瞬きしている。

「テストの問題と言いますと？」

「ご子息が夏休み明けに、卒業のための試験を受けると言っていたじゃないですか。その問題ですよ」

「ということは、二通めのは訂正した正解だったんですね」

マサさんがそうか、そうだったんだ、と感心した声で言った。

「まあ、テキストの原文を写しただけだけどね」

「え？　でも、そのテキストは坊ちゃんも持ってるんでしょ？」

番頭は禿げ頭に手を当てて考えている。「当然、島崎さんも知っているわけだ。じゃあ、何も、訂正したやつをわざわざ持ってこなくても、自分で答え合わせできるのでは？」

「では、順序だてて説明してみましょうか」

ぼくは体の向きを番頭のほうへ少しずらした。

「まず、子爵家ご子息の通う学校では、来年の大学進学をまえに、学内テストがあります。ご子息は英語が苦手なので、この夏休みに家庭教師を雇った。それが島崎くんです」

「知っていますとも」

「そして勝部先生はご子息の学校の副校長で、子爵とも親しかった。家庭教師として島崎くんを推薦したのも、勝部先生でした」

「それもよく承知しておりますよ」

「ところが、家庭教師をしているうちに、島崎くんは妙なことに気がついたんです。坊ちゃんが、わざと間違えてあるこの英文——エミリーが最初に出てくるので、仮にエミリー文書と呼んでおきますが——を持っていたからです。おそらく、同じような文章はほかにも何枚かあったのでしょうが、それらはエミリー文書と同じくみな手書きだった。それを見た島崎くんは、すぐにその筆跡に見覚えがあると思ったのです。そうですね？」

島崎が申しわけなさそうに小さくうなずく。

「あっ。じゃあ、書いたのは勝部先生ってこと？　たしか、島崎さんって子爵家の坊ちゃんと同じ高校を卒業しているんだよね」

「そうなんです。勝部先生は卒業のときの学級担任でした」

島崎が初めてまともに声を出した。気がつくと、さっきから握った手ぬぐいを額に当てる頻度が減ってきている。少しずつ落ち着いてきた感じだった。

「そして先生の担当教科は英語だったんですよね」

「はい。ですから、先生の字は見慣れていたのです」

「それなら、エミリー文書が勝部先生の手書きだというのは、すぐわかったんですね」

「はい。どれも教科書やサイドリーダーから引用されたものばかりでしたし、テスト形式になっていましたから。きっと、先生が坊ちゃんのために特別に作ったんだろうな、と思いました」

「つまり、きみは初め、それを先生が手作りした練習問題だと思ったのですね」

ぼくは全員が島崎の話について来られるように、一拍置いた。「では、そうじゃなくて、学内テストの問題そのものだとわかったのは？」

えっ、という声が三重唱になる。

「坊ちゃんがポロリと洩らしたんです。問題は七、八枚あったんですが、これさえやっておけばパスするからと、先生がおっしゃったそうで。えらく自信満々でした」

じゃあ試験問題漏洩《ろうえい》ってこと？　さつきが頓狂な叫びを上げ、なんや、今頃わかったんか、と秀樹が混ぜ返す。うるさいわね、と白い頬に血の色を上らせて、

「だから島崎さんは、テスト問題の中から一枚、盗んだのね。勝部先生の不正の証拠として」

「そうです。試験が済んでしまったら、もう証拠になりませんから」

なるほど、とマサさんが嘆声を洩らした。テストが行われてしまえば、生徒は誰でも問題をもらっているのだから、いくら現物を持っていても、事前に入手していた証拠にはならない。

「それで自分宛ての郵送にしたわけか！　消印があれば、試験日よりまえに持っていた証拠になるからなあ」

頭いいわあ、とさつきが褒めたが、島崎はすみません、と声には出さず頭を下げた。

「でも、ちょっと待って。封筒は消印が付くから証拠になるけど、中の紙はどうするの？　封筒から出しちゃったら、証拠じゃなくなっちゃうじゃない？」

「そやし、スタンプ押してあるやんか」

秀樹が小指で頭を掻きながら言った。「ほら、あれやん。半円形になっとって、蓮の花が付いとるやつ」

「あ、そうか！　光、記、念って書いてある、あれか」

今度はさつきとマサさんの声が二重唱になった。

「あれは、湯本にあるお土産屋さんの押し印なんです。包み紙に印を押すんですが、円形の中にその月ごとの季節の花があしらってあるんです。それが今月は蓮の花で」

「すると、光記念というのは？」

「蓮の花を囲む形に、文字が並んでいるんです。下半分は光、記、念で、上半分には、箱、根、観……」

「島崎さん、天才！」

さつきは島崎を指さして言った。「よくそんなこと、思いついたね」

「それほどのものじゃありません。考えごとしながらお店のまえを通ったときに、ちょうど店員さんが包み紙に印を押していたんです。それを見ていたら、これは使えるかもしれないと考えついたので」

「そのスタンプを封筒と中の紙とに割り印したわけね。だから中の紙には、下半分の光記念しか押されていなかった……」

「そういうことです」

ゆっくりと封筒の垂れ蓋（上部にある、折り返してフタをする部分）を剝がすと、そこには島崎の言うように〈箱、根、観〉という文字がくっきりとスタンプされていた。この割り印と封筒の表に押された消印とをセットにすれば、中のテスト問題が、夏休み明けの試験日より前に島崎の手に入っていたことが証明される。

「でも、そうすると、語法ミスを直したほうの手紙はどういうことになりますか。やっぱり勝部先生が？」

マサさんがまじまじと島崎とぼくを見つめながら訊いた。

「先の手紙が誤文訂正問題だったとすれば、あとのほうは誤りを直した解答だったことになる。ところが、エミリー文書はもともとサイドリーダーの一部なんだから、たんにテキストの一部分を写した文章と何も変わらない」

「じゃあ、マサさんの歓送会のときに？　あの先生が？」

さつきの声に、はっきりと侮蔑《ぶべつ》する響きが混じり込む。馬鹿みたい、と言わなかっただけでも、さつきにしてはお行儀がいい。番頭が丸い頭をブルッとひとつ振るうと、感に堪えぬというふうにウームと深いため息を吐いた。あの晩のドタバタ劇を思い出すと、何ともお粗末なコソ泥と謹厳な勝部先生のイメージがうまく結びつかないのだろう。

ぼくは冷たいお茶をひとくち含んで、思うところへ話を導いた。

「まあ、たしかに教育者とも思えない、愚かしい行動でしたね。たぶん、坊ちゃんから、島崎くんが試験問題の一部を持っているようだと聞かされたんでしょう。そこで、先生はテキストを写し取ったものとすり替えて、島崎くんの企みを無効にしようと思ったのです」

「もし島崎くんがすり替えに気づかなければ、証拠隠滅になったわけですよね」

「もちろんです。だからこそ、マサさんの歓送会が開かれると知った勝部先生は、思いがけないチャンスがめぐってきたと思ったに違いありません」

ぼくは気になっていた疑問を番頭にぶつけてみた。

「あの日、子爵家から、歓送会の足しにしてくれと差し入れがあったそうですね」

「ありました、ありました。奥座敷の部屋代に酒代、お料理も増やすようにというご注文でしたな。豪儀なものだとおどろきましたですよ」

「子爵家からそのお金を届けてきたのは、誰でしたか」

えっ、と番頭はその場に固まった。執事さんですか、女中さんですか、と問いを重ねると、番頭は膝をひとつポンと叩いた。

「そうでした、思い出しましたよ。届けてくれたのは勝部先生ですよ」

「やっぱりね。そのお金は、勝部先生が自分で用立てたものですよ。歓送会がマサさんの部屋で開かれたのでは、すり替えに忍び込むわけにいきませんからね。そこはもともと島崎くんの泊まっていた部屋なんですから」

「そりゃそうですな。宴会の真っ最中に泥棒が飛び込んで来ても気づかないなんて、そんな酔っぱらいはおりませんよ」

「いるよ。番頭さん、ぐでんぐでんになって居眠りしてたくせに」

さつきが唇を横に引っ張る笑い方をして、番頭に痛棒を喰らわせる。

「いや、これはお嬢ちゃんに一本取られましたな。たしかに、タダ酒はどうも効きすぎていけません」

手紙をすり替えようと島崎の鞄を漁っているところへ、その島崎が階段を上って来たのだから、勝部先生はパニックに陥った。

「どうしてあのとき、部屋にもどろうと思ったの？」

さつきが訊くと、島崎は、二階で何か物音がしたような気がして、と小さく答えた。それだけ、しまってある手紙のことが気にかかっていたのだろう。

勝部先生は泡を喰って島崎を突き飛ばして、逃げ出した。そのあげく試験問題はすり替えたものの、肝心の証拠品を落っことしてしまったというわけだ。

脳震盪から目覚めた島崎は、じきにことの真相に気がついたのだろう。誰が何のために留守中の自分の部屋に忍び込んだのか。恩師をそこまで追い込んでしまった罪の意識もあったのだろうが、もうこの事態をひとりで抱えているのがつらくなったのかもしれない。

「でも、試験問題を手に入れて、どうするつもりだったんだい？」

マサさんが尋ねた。「子爵家と母校の副校長が不正を働いている、と新聞にでも訴えて出るつもりだったのかな」

「いや……不正といっても入試問題というわけじゃないし、学内の試験問題だから」

「じゃあ、なんで？　先生をゆすろうと思ったとか？」

さつきが身も蓋もない訊き方をするものだから、ぼくはさりげなく話を引き取った。

島崎くん自身に自らの行為を告白させるのは、気の毒に思ったからだ。

「島崎くんは苦学生でね。家が貧しかったので、高等小学校を卒業したら工場に勤めに出ることになっていたそうだ。けれど郷里の資産家が彼の学才を惜しんで、自分の母校に推薦してくれたんだね。それで特待生になれたので学費は免除になった。生活費は大学卒業までその資産家が出してくれるという約束でね」

「……学費は大学でも免除していただいているんですが、仕送りが今年から打ち切られてしまったのです。やむを得ない事情はあったのですが」

島崎は畳の縁に話しかけるように、言葉をゆっくり押し出した。「援助してくださっていた方の、大陸関係の事業が失敗したとかいう話で」

それで、勝部先生に何とか力になっていただけたらと思って、と苦しそうに語る島崎をさつきは眉をひそめて眺めている。

端的に言えば、島崎はこの不正の証拠をネタに、勝部先生を婉曲《えんきょく》に脅したのである。

大学を出るまで援助してくれないだろうか、そうしてもらえるなら、この件を口外することは決してしない、と。勝部先生は一介の教師にすぎないとしても、竹之内子爵に話を通してもらえば、そのくらいの金額は問題ではないはずだった。

だが勝部先生は島崎の要求を退け、証拠となるエミリー文書をすり替えるという強攻策に出た。思い余った島崎は、治療に当たっていたぼくにすべてを打ち明けて、判断をゆだねようとしたのだった。

「でも、そんなら、井筒先生はなんで――」

さつきが何か言いかけて、思い直したようにあとの言葉を曖昧にごまかした。めずらしいな、と思っていたら、秀樹と小声で何やらひそひそ言い合いをしている。さつきが「そんなこと訊いていいのかな」と言い、秀樹は「そこを訊かな」とせっついている。いつもとは役柄が逆になっているのが、ちょっと微笑ましい。

「さつきちゃんが訊きたいのは、なぜぼくが、島崎くんの打ち明け話をここでみんなに話してしまうのか、ということでしょ？」

それやがな、と秀樹が合いの手を入れた。

「簡単に言ってしまうと、島崎くんの身の安全を守るためです」

「身の安全って――？」

「勝部先生はともかく、竹之内子爵という人を甘く見ては危ないような気がする」

今から二年先の大正十四年、普通選挙法が公布される。それまでの納税額による制限がなくなって、二十五歳以上のすべての男子に選挙権が与えられるのだ。それは進歩である反面、世論をいかに味方につけるかという政争が激しくなる始まりだった（と、百年後のぼくたちにはわかっているわけだ）。

「子爵は政府筋に影響力があって、政界に野心を持っている人だそうですね。それだけに、新聞や雑誌にどう書かれるか、気にする人ではありませんか」

番頭に顔を向けると、おっしゃる通りですな、とほとんど即答が返ってきた。

「大陸方面の活動家だの右翼運動家だの、しょっちゅう出入りしていますよ。いろいろと評判も立てられているようで」

「なるほど。坊ちゃんの進学について不正があったなどと噂が立ったら、赤新聞のいい餌食になりますね」

赤新聞というのは、当時のイエロージャーナリズム、つまり煽情的《せんじょうてき》な記事を売り物にする新聞のことだ。そして子爵の周りには、大陸浪人崩れのような危険な男たちもいる。

「だから、もし勝部先生がことの始末を子爵に頼んだとしたらどうなるか、考えておく必要があるんです。お金で島崎くんの口を塞ぎにくるならまだましですが、もしかするとほかの手段を使うかもしれませんよね」

「えっ、そしたら、私たちは島崎さんの命綱なの？」

「まあ、そうも言えるかな。保険みたいなものだね。島崎くんひとりの口封じをしても意味がないよ、あちこちに保険が掛けてあるという意味のね」

「そうなると、植木職人の才三はどうかかわってくるんですかね」

マサさんがふと思い出したという顔つきで言った。「才三がお屋敷の松の木から落っこちたのと、勝部先生が井戸端で倒れていたのはだいたい同じ頃でしたよね」

「あれは見た通りですよ。才三はゆすりの常習犯ですから、ネタになると思えば誰にでも喰らいつくでしょう。彼は子爵家出入りの植木職人だから、木の上で作業しているときにでも、島崎くんと勝部先生の言い争いを見聞きしたんじゃないかな。それで、ひとくち乗ってやろうと手を出してきた」

「才三なら、やりかねないですな。いやいや、きっとやったはずですわ」

番頭が相づちを打つと、島崎がその通りです、とうなずいた。勝部先生を脅してやるから、争いのネタをくわしく教えろ、分け前は半々だなどと強引なことを言われていた、と島崎は消え入りそうな小声で言った。

「では井戸のところで勝部先生が大ケガしていたのは、才三が？」

「たぶん、井戸の修理をしていた才三は、先生を呼び出して脅しをかけたのでしょうね。ところが揉み合っているうちに、誤って才三のほうが井戸に転落してしまった。まあ、この辺りの経緯は本人に訊かないとわかりませんが、ひょっとしたら、先生にとっさの殺意が生じて突き落としたのかもしれない。腕力では比べものにならないでしょうが、それだけに才三のほうに油断があったとも考えられます。先生はびっくりしてすぐに引き上げようとしたでしょうが、成人男性を引っ張り上げるのはかなり骨が折れます。才三も井戸の壁に手足を突っ張ったりして必死になったでしょう。しかし何度もしくじって、そのたびに水中に沈んだり、急速に浮上したりを繰り返した。それが潜水病を発症する原因になった」

「でも、引っ張り上げるって、どうやって？」

さつきがロープを手繰り寄せる手つきをして言った。番頭がその手もとを指さして、

「それですよ。あの男はいつも腰に長い縄をぶら下げていましたから」

「あ、そうか」

「争っているあいだに、縄の束がほどけたんじゃないかな。おかげで才三は命拾いしたし、先生は殺人犯にならずに済んだわけです」

「そのかわり、井戸から這い上がってきた才三に、しこたまぶちのめされたんですな」

番頭はうれしそうに手をこすり合わせる。

「そのあと、才三は子爵邸に植木の手入れに行ったんですか。潜水病なのに？」

マサさんの疑問は当然だったから、ぼくは少しくわしく説明した。

「潜水病は急性減圧症とも言って、血中に溶けた窒素が気泡になることで、いろいろな症状が出てきます。だから、場合によって症状が出るまでタイムラグがあるんですよ。早ければ潜水中にも息苦しさなどが起きますが、数時間過ぎてからさまざまな症状がいっぺんに出てくることもありますね。才三のケースは、脳のダメージがだんだん重くなって、とうとう耐えられなくなって松の木から落っこちたんでしょうね」

ははあ、というようなため息まじりの声がいくつも聞こえた。

「結局、二人とも自業自得やったんとちゃうか」

秀樹がめずらしく白い歯を見せて、フフンと笑った。

「だいたいさ、誤りを正しなさい、なんて偉そうに問題作ってる場合じゃないって。その前に、自分の過ちを正しなさいっていうのよ」

「こりゃまた、お嬢ちゃん、うまくオチをつけましたな」

番頭が手を打って、

「やあ、快刀乱麻を断っちゃいましたね」

マサさんがさつきと秀樹に目で笑いかけた。

翌日、小田原駅の待合所で、ぼくたちは東京へ向かうマサさんと別れの挨拶を交わした。東京行きに乗るなら、国府津駅のほうが便がいいのだが、マサさんは名残惜しいからと小田原駅までもみじ屋のフォードに同乗してきたのだった。

「神戸《こうべ》にもどったら、一度、その大阪の病院をお訪ねしてもいいですか」

人懐こい笑顔を見せるマサさんに、さつきは、モチのロンだよ、などと言いながら、これから向かう病院の所番地をメモして渡している。秀樹まで、ぜひ京都のほうにも来てください、とお愛想を言っていた。

島崎は明日にでも入院中の勝部先生に面会して、今後のことを相談するのだそうだ。試験問題をすっかり作り直してもらい、そのかわり、お坊ちゃんの勉強は夏休みいっぱい、しっかりコーチするつもりだという。

ようやくさっぱりした表情を浮かべるようになった島崎に、ぼくは、帰京したら村岡院長にきみの窮状を相談してみよう、と請け合った。この時代は公的な奨学金制度はまだまだ不十分だが、個人の経済格差が大きい分、篤志家という種類の人々がいる。顔の広い村岡院長なら、きっと誰か理解者を見つけてくれるだろう。

列車はなかなかやってこなかった。

いっしょに過ごした数日間のできごとをおたがいに思い出して、笑ったり、しんみりしたり、もう帰ることのないあれこれの瞬間を惜しんだり、そんな時間はたちまち流れ去っていく。

やっと東京行きの列車が近づいたらしく、改札口の鎖が外された。ぼくたちの乗る大阪行き列車は十五分ほど遅く到着する予定だった。さつきと秀樹は、わらわらとホームに現われた駅弁売りの立ち売り箱を、さっそくのぞきにいく。

ホームの柱に寄りかかりながら、ぼくはふと、気になっていたことをマサさんに訊いてみた。

「ところで、東京へどんな用事で行くのか、まだ聞いていませんでしたね」

マサさんは急に照れくさそうに頭を掻くと、顔をくしゃくしゃにした。

「いやあ、正直言うと、それを訊かれたくなかったんですよ」

「え？　どうしてです？」

「じつはですね。ぼく、一昨年、ある雑誌に小説の原稿が掲載されたことがあるんです。懸賞小説に応募した作品が、運よく当選したもので。それで今回、東京にいる友だちが同好の新人作家を紹介してくれるというので、小説談義でもできたら、と思って出かけてきたんですよ」

「……じゃあ、きみは小説を書く人なんですか」

ある予感が走って、その予感の衝撃に声が震えた。「すると、あの泥棒騒ぎのとき、盗まれそうになった雑誌というのが、その――？」

「そうなんです。『新青年《しんせいねん》』といって、興味のない人にはつまらない雑誌でしょうが、ぼくにとっては大切な宝物なんですよ。東京の新人作家さんがこの四月に発表した作品も、その雑誌に載っているんです。『二《に》銭銅貨《せんどうか》』といって、すごい傑作なんですよ」

マサさんは大事そうに粗末なズックの肩掛け鞄を撫でた。

「あの、差し支えなかったら、きみの――いや、あなたの小説のタイトルを教えてもらえませんか」

「はい。『恐《おそ》ろしき四月馬鹿《エイプリル・フール》』といいます。エイプリル・フールを題材に採ったもので、中学校の寄宿舎で起きた怪事件を――」

「失礼ですが」

自作の説明を遮られたマサさんはちょっとびっくりした顔になったが、すぐに、何ですか、と人懐こい笑顔にもどった。

「もしかしてあなたのペンネームは、横溝《よこみぞ》……？」

「ああ、名前ですか。横溝正史《せいし》といいます。本名はマサシと読みますが」

轟音《ごうおん》とともに煙をモクモク吐きながら、機関車に牽かれた列車がホームにすべり込んできた。石炭の煤《すす》の臭いのする風が全身を包んでくる。風呂敷包みを提げたり柳行李《やなぎごうり》を背負ったりした人たちが、ぞろぞろと乗降口から降りてきて、マサさん——いや、若々しい横溝正史が、ではまた、と目礼して列車に乗り込もうとする。

「横溝さん、あなた、ずっと探偵小説を書き続けてくださいね」

暗い客車の中に消えていく横溝青年の背に、ぼくは思わず呼びかけた。一瞬だけ振り返った彼は、困ったように首を傾げると、小さく手を振って姿を消した。

発車を知らせる汽笛がかん高く鳴り、鉄の巨体をひと揺れさせて、列車が動き出す。

「——あっ、そうか!」

目の前を黒い奔流のように、客車の列が通り過ぎていく。ぼくは車中にいる横溝の姿を追って、車体を透視しようとするように凝視した。耳にとどまっていた横溝の言葉が、はっきりとよみがえっていた。

「……『二銭銅貨』といって、すごい傑作なんですよ」

大正十二年四月、『新青年』に発表され、本邦初の本格探偵小説と激賞された、あまりにも有名な短編。その題名をたしか、『二銭銅貨』といったはずだ。

そして作者の名は、平井太郎《ひらいたろう》。この作品から使うことになるペンネームを、江戸川乱歩《えどがわらんぽ》という。

第三話

妖変の鉄《てつ》拵《ごしら》え

1

さつきのお姉さんの嫁ぎ先は、昔からの造り酒屋である。屋号を染め抜いた長のれんを掻き分けると、広いお店の中がいっぺんに見渡せた。入り口に立ったさつきをひと目見たとたん、店先にいた大柄な女中さんが、

「御寮人《ごりょん》さん、東京のこいさん、お着きにならはりましたで」

廊下の奥に向かって、途方もない大声を響かせた。女中さんはその場に膝を突き、

「まあまあ、こいさん。すっかりきれいにならはって」

と、たちまち涙をいっぱいに浮かべた。

さつきは「ほらね」と肩をすくめて、ぼくに片目をつむってみせる。この女中さんは本名をおくめさんというのだが、みんなからお熊《くま》どんと呼ばれている。女相撲の大関でも張れそうな巨体の持ち主で、力の強いことといったら、この家ばかりか近所の男衆で敵う者がないという。十五歳でこの家に奉公に来てまもなく、男二人でやっと動かせる石臼をひとりで引きずってみせたので、お店のみんながおどろいた。

お店の女主人（つまり、さつきのお姉さんのお姑《しゅうとめ》さん）が、まるで熊みたいに強いと感心して、いつのまにか、おくめどんからお熊どんと呼ばれるようになったという。

もともと気働きがよく、骨惜しみしない働き者なので、いまでは、お店の仕切りから

奥の始末まで、お熊どんの差配なしにはやっていけないほど、主人夫婦も頼り切っている。番頭さんも帳面のことはともかく、ほかは何でもお熊どんに相談する。お熊どんがドスドスと廊下を歩き、店先も奥座敷もかまわず大声を張り上げるのを見ると、さつきはいつも、ああ、大阪の家に来たんだなあと思うのだそうだ。

そんな経緯を、大阪駅から乗ったハイヤーの中で、さつきは浮き浮きと語ったのだった。その中で、

「お熊どんはね、世の中で私がいちばん苦手な人よ」

と言っていたのが、ぼくにはとても興味深かった。へええ、さつきにも苦手な相手がいるんだ。べつに体が大きいとか、怪力の持ち主だとかは気にならないけれど、お熊どんは私を見知らぬ国の王女さまか何かだと思っているみたい、というのにはおどろかされた。

さつきの話によると、お熊どんは奈良県吉野《よしの》郡の生まれで、京都から東へ行ったことがない。そのせいか、東京から縁づいてきたさつきの姉のことを、異国から嫁入ったお姫さまのように思い込んでいる。さつきはそのお姫さまの妹なのだから、お熊どんにとっては、やはり小さいお姫さまなのである。

それに加えて、お熊どんはさつきの人となりを、たいそう買ってくれているらしい。こいさんは正直でまっすぐなご気性やから、などとしょっちゅう褒めてくれる（「こいさん」とは「小いとさん」のことで、「いとさん」はお嬢さんという意味なので、末娘

を指す）。

さつきはふだん村岡院長辺りからも、おしとやかでないとか、口がわるいとか、落ち着きがないとか、叱られつけているので、お熊どんのように顔を見れば褒めてくれる相手にはかえって調子を狂わされてしまうらしい。

このときも、ほんに別嬪《べっぴん》さんにならはって、背もえろう伸びはったんとちゃいますか、じきにお嫁入りの口が滝のように降ってきまっせ、などと言葉を浴びせるお熊どんに、

「ああ、うるさい。そんなうるさく言われたら、夜汽車の疲れがドッと出るよ」

と癇癪を起こしていた。それをまた、こいさんは物言いがスパーッとしはって、気持ちよろしおすなあ、とお熊どんはニコニコ眺めている。

京都で秀樹が降りて、ぼくとさつきが大阪駅に着いたのは、朝の九時少し過ぎだった。東京発の寝台特急に小田原から乗り込み、乗り心地のわるさにほとんど寝られないまま、ぼくはフラフラになって駅前に降り立った。振り返ると、国会議事堂《こっかいぎじどう》を連想させる石造りの四角い駅舎がそびえたっている。土ぼこりの立つ広い道路は、市電が行き交い、自動車の数はおどろくほど少ない。ときどき背の高い黒い車（たぶん箱根でも見たフォードＴだろう）が通り過ぎるだけだ。

駅前から未舗装路を行く車に揺られること、小一時間。琵琶湖《びわこ》から流れ出る瀬田《せた》川が京都に入ると宇治《うじ》川となり、さらに桂《かつら》川、木津《きづ》川と合流して淀《よど》川に名を変える。さつきの姉の婚家はその淀川左岸に開けた枚方《ひらかた》町の外れにあった。〈小夜桜《さよざくら》〉という純米吟醸

酒が主力商品で、お店は大きくないが京大阪の料亭など、筋のいいお客をいくつも持っているという。

　ぼくは造り酒屋というものに入るのは初めてで、まして百年まえの建物なのだから、興味津々だった。白っぽく乾いた街道沿いに、間口の広い、白壁の土蔵造りの店がある。土壁に漆喰《しっくい》などを塗った蔵のような建物だ。手っ取り早く見ようと思ったら、時代劇の町景色で川っぷちのシーンを探せば、たいてい白い壁に黒瓦の屋根が見つかる。

　藍染の暖簾を分けて薄暗い土間に入ると、ひんやりした乾いた空気が汗ばんだ肌に心地よい。店にはお酒のほかにも、味噌やら醤油《しょうゆ》やら乾物やらが売られていて、五十がらみの番頭さんと中年女性の店員が二人いた。どこかの旦那衆らしいお客、近所の顔なじみと思《おぼ》しき女客が数人、店の者と談笑しながら商品を吟味している。

　この番頭というのが、ぼくから見ると、お熊どんよりよほどの難物に思われた。お熊どんは雑な口も利くが、からりとして陰がない。ところが番頭は物腰といい口の利きようといい、慇懃でもの静かだが、チラリと投げかける目は意外と鋭い。ひとくちに言えば、何を考えているのかよくわからないタイプで、この番頭を先頭に初対面の人ばかりに見つめられながら、店を通り抜けるのはかなり気づまりだった。おまけに、ぼくはこの家の若女将の妹の付き添いという、身内と言えるかどうかわからない立場だったからなおさらだ。

　さつきはやたら愛想よく店の人たちに挨拶しながら通っていたが、ついてきた番頭が

「いとはん、一昨年からまた御髪《おぐし》が伸びてはりますなあ」とお世辞を言うと「あんたは、一昨年からまた禿《はげ》が進んだんじゃないの」などと、二の句が継げないような返しをする。

店を抜けると、渡り廊下の両側は、みごとな植栽だった。

北向きにある店から、南向きの奥座敷に向かうにつれて、空気があかるくなった。中庭の右手に酒蔵、醸造所、事務所が並んでいた。その後ろは菜園らしく、玉蜀黍《とうもろこし》が陽気に風に葉を揺らしている。

奥座敷には、主人夫婦と若主人、つまりさつきの姉の舅《しゅうと》と姑、夫が待っていた。もちろんぼくとは初対面だったが、村岡院長がどんな売り込み方をしたものか、まるで本邦指折りの名医でも迎えたような畏《かしこ》まり方で、こちらも恐縮するしかなかった。

さつきの姉という人は、村岡院長の話によると珠緒といい、三人姉妹のいちばん上だった。おおよその症状は村岡院長から説明されていたが、日常生活を知っている家族からもくわしい事情を聞いておきたかったので、挨拶が済むと、ぼくはさっそくそう切り出した。

吐き気、発熱、腹痛など、具体的に胃腸の調子がわるくなったのはいつ頃からですか、とまず尋ねると、顔を見合わせるばかりで、誰もはっきりしたことを言わない。

「何分、至っておとなしい質《たち》の人でおましてなあ。少しばかり体がわるうても、よう打ち明けてくれまへんのです。ですから、はっきりいついつからとは……」

ようやく女将が口を切ったので、いろいろ問い質《ただ》してみると、珠緒が夫に吐き気を訴えたのは二週間ほどまえだが、どうもそれ以前から食欲不振と腹痛が続いていたらしい。若い女性の吐き気、腹痛ときたら、まず妊娠を疑うのが定石である。だがすでに阪大《はんだい》病院で診察を受け、市中病院に入院しているというのだから、妊娠ならわかっているはずだ。

腹痛は右の下腹を押さえると、ことに痛むという。

「痛み方はどんな感じでしたか。突然痛みだしたのか、だんだんになのか、間欠的つまりときどき急になのか、どうおっしゃっていました？」

「はあ、それもなあ、はっきりしたことはよう言わへなんだ様子で」

三人でボソボソ話し合ったすえに、姉の夫が、それでしたらだんだんでっしゃろか、と心もとない返事をする。

百年まえとはいえ、虫垂炎なら見逃さないだろうから、よくある症例なら腸炎か憩室《けいしつ》炎《えん》、尿管結石、腎盂《じんう》腎炎辺りが考えられる。右側卵巣の腫瘤《しゅりゅう》性病変もありうるが、これはこの時代でも直腸から指で触診すればわかるのではないか。

「体を動かしたときに、痛みが軽くなるとか、逆に重くなるとかはありましたか」

「そういうことは言うておりまへんでしたなあ」

体動による寛解や増悪がないとすると、内臓痛、体性痛の疑いは薄い。

「痛みの場所は移動していたようですか」

「……初めは胸の辺りが痛い言うてましたが、だんだんお腹《なか》のほうへ移ったようで」

心窩部《しんかぶ》痛がへその辺りに移り、右下腹部へというのは典型的な虫垂炎の症状だが、憩室炎にも該当する。あとは放散痛があるか、もしあれば、たとえば背中への放散痛なら膵炎、右肩なら胆嚢炎《たんのうえん》などなど説明してみたが、どうも反応が薄い。家族を通しての問診では、やはり病状を聞き出すにも限度がある。あとは病院でじかに本人と担当医に会ってからだな、と考えていると、さつきが、ええと、ちょっといいですか、とよく光る目にいっそう強い光を浮かべて切り出した。

「お姉ちゃんがお腹をわるくしたのは、こちらのみなさんに気を遣いすぎたからじゃないかしら。逆に言えば、みなさんがお姉ちゃんに、ちゃんと気を遣っていなかったからじゃない？　だって、そうでしょう。家族が病気になって入院しているのに、どんな症状なのか、いつからわるいのか、誰もきちんと説明できないなんて変だよ」

また、そんな静かな水面に石を投げ込むみたいな言い方をして、とぼくは目をつむった。こんな調子で年長者を年長者とも思わず、言いたいことを言うのがさつきの流儀だが、よけいな忖度がないだけ、話の核心を衝いてくることがある。

じつは、結婚、引越しなど、患者の生活環境がこの二年くらいで変化したことを考えると、ぼくもその可能性を考えていた。ストレスが交感神経および副交感神経の異常を引き起こすと、吐き気を催すことがある。機能性ディスペプシアなど、心身症といわれる症例だ。

「まあ、まあ、さつきちゃんいうたら。私らもそないに言われなならんことないねんわ。

珠緒はんからいろいろ聞いて、それ言おう思うててんけど、なんや、東京の先生のまえに出たら口利けんようになってしもた」

「そうなんや。何か隠してるみたいになったらけったいやさかい、まあ話せるだけ話しとこ思うてたとこや」

三人は腹を立てるわけでもなく、口々にさつきをなだめようとする。さつきは形の鋭い目をわざと流し目にして、ふん、と鼻を鳴らした。

「そうかいな。ま、そない言うてくれると、あたしかて気イ楽になるねん」

「こら、おどろいた。いつのまにやら大阪弁、上手《うま》なったやないか」

若主人が大げさにおどろいてみせると、さつきは得意そうに唇をツンと尖らせて、

「そちらさんこそ、お上手やな。うちはそないなこと、ちょっとも思うてえへん」

2

小夜桜酒造の母屋に泊まった翌日、さっそくぼくとさつきは、大阪市内の病院に珠緒さんをお見舞いした。本人をくわしく問診し、担当医とも面談したが、なにしろウイルス性胃腸炎という言葉さえ通じないのだから、どうにも往生した。

白血球数が増えていることは確からしいので、こちらに来るまえに調達しておいた（むろん二十一世紀にいる三杉の手を煩わせて）、汎用性の高い抗菌剤を投与することに

した。というより、CTや下部消化管内視鏡による確定診断ができないのだから、それくらいしか打つ手がない。

ただし、担当医の許可なしに投薬することはできないので（なにしろ、ぼくはこの時代の医師免許すら持っていないわけだし）、抗菌剤は村岡院長から託《ことづか》ったということにした。特別なルートで手に入れた輸入薬剤だという触れ込みだったが、担当医がどう思ったかはわからない。

珠緒さんという人は、聞かされていたように、さつきとは似ても似つかない〈大正時代のお嬢さま〉だった。昔の小説に出てくる〈深窓の令嬢〉とか〈蝶よ花よと育てられ〉とか〈風にも当てぬようにかしずかれ〉とかいう表現が、これほど似合う女性はいそうもない。そんな人が病みやつれて横たわり、窓辺から見える風景に切なげな目を投げているのだから、その風情と言ったらなかった。

病棟二階の窓からは、生駒《いこま》山系の山々の連なりが薄緑の雲のように浮かんでいる。夏景色は手前に近づくにつれて緑が濃くなり、窓のそばに立つ青桐の大樹のせいで、病室の空気まで青みを帯びているようだった。

まだ病室に残るというさつきを置いて、ぼくは病院を出た。病院から五分も歩けば、もうそこが淀川だった。

淀川は江戸の昔から、大阪と京都を結ぶ、水運の大動脈だった。瀬戸内海《せとないかい》を運ばれてくる物資を京都へ、北陸や東国から届く産物を大阪へ、当時としては快速船だった三十石船が上り下りしたという。淀川筋は京の伏見《ふしみ》、灘《なだ》のように酒蔵が多かったから、銘酒を積んだ船も多かった。きっと江戸時代の小夜桜酒造の人たちも、この川を船で行き来したのだろうなと思いながら、ぼくは川べりに足を運んでいた。

さつきは珠緒の容態が快復に向かうまで、大阪に居続けるという。そうは言っても、夏休みが終わるまえに帰らなければならないのだが、この場合重要なのは、九月一日には関東大震災がやってくるということだ。

もし珠緒の病状が現代の抗菌剤でも改善できない種類のものだったら、九月になってもさつきは帰らないと言い出すかもしれない。いや、あいつのことだ。かもしれない、じゃなくて、絶対そう言うに決まっている。もちろん震災の被害を考えるなら、さつきがこちらにとどまっていたほうがいい。だが問題は、ぼく個人は大震災の起こるその日、東京の北豊島郡王子町にいなくてはならないという点だった。

三杉雄太郎のリサーチしたところによると、この国を大きな震災が襲うとき、時空の軸がゆがむポイントがあるらしい。全国にどのくらい存在するのか不明だが、少なくとも二か所あることはわかっている。ぼくがそのゆがみの渦に巻き込まれた、岩手県下閉伊郡の岩山の洞窟がひとつ。もうひとつは渦から弾き出された先である、東京の王子だ。

この二か所については、ぼくのケース以外にもタイムトラベラーがいた傍証があった。下閉伊郡から九十九年前の江戸の町へワープした長助という男と、その逆に、江戸から消えて九十九年後の下閉伊郡に現われた少女。

ひょっとすると、ほかにもこういったワープポイントがあるのかもしれない。全国に残された震災の記録を丹念に調べてみれば、傍証はもっと見つかるのではないか。震災地周辺に、説明のつかない神隠しの言い伝えがないか。あるいは、どこからとも知れず、突然現われた者がいなかったか。

ただ、ワープポイントが大震災によって出現するのだとしても、いつまで開いているのかは、まったくわからない。下閉伊郡の洞窟は、過去の三陸沖地震のあと、数年くらい地下水脈の流れが変わって水が滲み出ていたという。二〇一一年の東日本大震災のあとも、洞窟の中が湿るようになって、十一年後の二〇二二年にも、その現象は辛うじて残存していた。だからこそ、ぼくはタイムトンネルを通り抜けてしまったわけだ。

だが、まえの二件に照らしてみると、神隠し・突然の出現が起きたのは、震災から数年のうちに限られている。つまり、タイムトンネルは、ほぼ数年以内に消滅する。十一年後のあのタイミングでぼくがトンネルを運ばれたのは、かなりめずらしいパターンなのではないだろうか。

ということは、二十一世紀にもどるには、震災後なるべく速やかに王子のワープポイントに行っていたほうがいい。時間が経つにつれ、トンネルは閉じる方向に向かうのだろうから。

つまり、何が言いたいかというと、ぼくは八月のうちに珠緒さんの治療に目途をつけ、さつきを連れて東京に帰らなければならない。そういうことだ。

考えながら歩いていたせいか、いつのまにか川っぷちをそれて、住宅街に足を踏み入れていた。住宅街といっても、右手は畑と雑木林が続く片側町で、どの家も広い敷地に生垣をめぐらせている。農家が多いのか、前庭を大きく取り、庭先に鶏が何羽も放されている家もある。

気がついてみると、道端におがくずがうっすら積もっていた。知らないうちに、製材所のそばを歩いていた。広い地所の奥まった一角に、二階建ての店があり、その手前には巨大なガレージみたいなスペースがある。材木屋を兼ねているようだ。壁に沿って仕切られた柵の中に、ずらりと製材が並んでいた。

その隣りには資材置き場があった。砂利や砂がピラミッドを作っている。その先は玉蜀黍とひまわりが育ちすぎた、畑か空き地かわからないような土地が続いていた。

やはりこの時代は、土地の使い方がずいぶんゆったりしているのだなあ、と思いながら歩いていると、雑木林の中に、その建物が見えてきたのだった。武家屋敷のような棟門に、達筆の看板が打ち付けられている。

〈古武術天心無円流《てんしんむえんりゅう》　翔志館《しょうしかん》道場〉

道場は板塀で囲われていた。開いている門をくぐると、敷地は思ったより奥が深い。三百坪はありそうだ。正面に道場の入り口に通じるらしい低い石段がある。全体にお寺のような印象で、玄関を挟んで左右に翼のように張り出した棟があった。

中は暗い。板戸が開いているので、式台のところから道場をのぞき込む。六十畳はあるだろうか。閉めた窓からこぼれる光を、板の間が鈍く弾いている。物音ひとつしないのが不気味だった。ふいに般若《はんにゃ》の面か何かを付けた、人間ならぬものがゆらりと現われそうな気がする。

左手にもうひとつ板戸があって、まな板くらいの看板が掲げられていた。〈天心無円流　資料収蔵室〉

すみません、と遠慮がちに案内を乞うたが、どこからも返事はなかった。できれば天心無円流なる古武術の稽古を見せてもらいたいところだったが、平日の昼間から稽古に来る門人はいないのだろう。いや、というより、大正時代とはいえ、こんな時代がかった武術を習う物好きなどいるのだろうか。看板をもう一度眺めると、〈ご自由にご覧くださいませ〉と小さな添え書きがある。

いたって人間が素直にでき上がっているぼくは、そのお誘いに従うことにした。玄関が開け放しになっていて、ご自由にというのだから、まさか咎められはしないだろう。一応、おじゃまします、と声を張ってから、のそのそ上がり込んだ。板戸をそろそろと引き開けると、中は六畳間ほどの板敷になっている。部屋の三面に展示棚や書棚が取り付けられて、壁の高いところには写真の入った何枚かの額が掛けられていた。

まず、大きな展示板に流派の来歴が掲げられている。

〈天心無円流柔術は、清和源氏《せいわげんじ》の流れをくむ源頼義《よりよし》の子、義光《よしみつ》に始まるとされる。義光は八幡太郎義家《はちまんたろうよしいえ》の弟で、新羅三郎《しんらさぶろう》義光として知られた武将である。その子の義清《よしきよ》が甲斐《かい》武田《たけだ》氏の祖となり、この流れから世にいう大東《だいとう》流柔術が生まれた。

大東流の名は、武田家の遺臣、大東久之助《ひさのすけ》にちなむと言われる。

わが天心無円流は、義清から分かれた諏訪《すわ》源氏によって伝えられ、戦国の世に戦闘術として発展した。いわば大東流柔術とは遠祖を同じくする連枝である。翔志館道場は明治九年、第十七代宗家の平泉一夢斎《ひらいずみいちむさい》により諏訪市に創立された。同二十九年、一夢斎の一子である平泉春蔵《しゅんぞう》が、本部道場とともにその伝統を引き継ぐべく、当地にこの道場を開設した。爾来《じらい》、当流の神髄を伝える場として、その技と心の普及に当たっているものである〉

ははあ。これはまた、すごい来歴だな。つまり早く言うと、昭和になって隆盛する合気道のイトコみたいなものか。たしか合気道は、大東流柔術から発展したものだと聞いたことがある。

額入り写真は新羅三郎義光を描いた武者絵から始まって、平泉一夢斎の肖像、開館当時のこの道場の全景、春蔵館長のバストアップ、演武会のスナップといったものが並んでいる。演武の様子から見るに、投げられた相手が宙に舞っていたり、関節を極められて腹這っていたり、やはり合気道と似ているようだ。ただ違うのは、この流派には段位がないらしい。写真のキャプションは、仕手の春蔵のことを宗家とか館長と呼び、受け手は「皆伝位」とか「目録位」「仮目録位」などと記してある。これは昔の剣術の伝位とおんなじだ。

展示品にはさしてめずらしいものはなさそうだった。表紙すら読めない、昔の武術指南書みたいなものやら、何とかいう高名な武道家から一夢斎に届いた毛筆の手紙やら、陸軍、警察、企業警備部などからの感謝状の類いやら。どうやらこの流派は、実戦的古武術をこうした機関でも指導していたようだ。

奥まった場所に置かれたガラスケースに、見慣れないものが収められていた。台に白絹を張り、刀掛けみたいな留め具を置いた上に、真っ黒な短刀のようなものがある。黒《こく》檀《たん》で作ったように黒光りしている。

〈伝　諏訪頼忠《よりただ》公佩用《はいよう》　鉄扇《てっせん》〉

おお、これが時代小説とか忍法帖《にんぽうちょう》とかに出てくる鉄扇か。ぼくはケースのまえにかがみ込んだ。知識はあったが現物を目にするのは初めてである。大きさはふつうの扇子くらいだが、親骨が鉄の棒でできているだけでなく、扇の部分も薄い鉄板を束ねてある。鉄板がばらけないように、爪で留めが掛かっているのが実戦向きだ。などと思って目を上げると、説明文を載せた額に、こう書いてあった。

〈武田家の侵攻により諏訪惣領家が滅んだあと、頼忠公の下に諏訪家が再興された。この鉄扇は頼忠公が愛用し、以来、信州高島《たかしま》藩の藩主家に受け継がれた銘品と伝えられる。天心無円流は諏訪家のお家流として代々相伝され、第三代藩主忠恒《ただつね》公のとき、頼忠公佩用鉄扇は当流宗家に下賜された。天心無円流は素手による組み打ちのほか、短刀術、鉄扇術を極める。この鉄扇はたびたび真剣勝負、他流試合にて用いられたとも言われる。必勝の武具であるとともに、用いると必ず禍事《まがごと》を招くので、宗家では長らく門外不出とされた〉

別名、妖変の鉄拵《ごしら》えとも呼ばれ、持つ者に妖異な力が授かると言い伝えられる。

へええ。ぼくは子どものように声を上げた。鉄扇術というのも初耳だが、妖異な力が授かるとはただごとではない。妖刀村正《ようとうむらまさ》みたいなものだろうか。この鉄扇について、もっとくわしい話が聞きたい。ご大層な来歴とかはどうでもいいから、妖異な力とはどんなもので、使うとどのようなことが起こるのか。けれどキョロキョロ見まわしても、相変わらず人の気配はしない。十七世の一子、ということは十八世になる春蔵宗家はまだ健在なのだろうか。

道場の玄関から右手に進むと、かなり広い裏庭があるのがわかった。栗や柿の木が雑木林を作っている。その奥に四つ目垣があって、大きな屋根が見えるのは神社のようだ。つまり道場の敷地は神社の境内と背中合わせになっているらしい。

居住部分の玄関には、軒から分厚い古びた板が吊《つ》り下げられていた。そばに木槌《きづち》がぶら下がっている。これはお寺の入り口なんかにある板木《ばんぎ》というやつだな。ぼくがまさにその木槌を握り、板を叩こうとした瞬間、人の言い争うような声が後ろから聞こえてきた。見ると、表の街道から雑木林に切れ込んでいる小道を、三人の男が歩いてくる。

年寄ったしゃがれ声が、しきりに誰かをたしなめている。もうひとりの若い声は、あきらかに怒りを含んでいた。口論でもしているのかと思ったが、そうではないようだった。若く荒々しい声が浴びせかけられているのは、前を歩く白髪の老人の背に対してだった。だが老人はまったく応じようとしない。怒声など聞こえないかのように、スタスタと歩みを進めてくる。

怒鳴っている若い男は巨漢だった。背は力士並み、一八〇センチをらくに超えているのではないか。一見して武術家とわかる、筋肉質でバランスのいい体つきをしていた。年の頃は三十を少し出たくらいか。剣道着のような上下をはだけて着けているから、やくざ者のような危険な雰囲気がある。

「どうしても断ると言うのなら、あの天心無円流の看板をもらっておこうか。達人と呼ばれる平泉春蔵先生が、勝負を恐れて逃げた証拠にさせてもらう。――それでいいんだな」

巨漢は獰猛《どうもう》な目を怒らせて、老人の肩に手を掛けた。

「おやめなさい。繰り返しお断りしているように、当流ではそうしたお申し出はお受けしないことになっている。他流試合がしたければ、近くの警察署に行かれればよい。柔道や古流柔術の若い選手が大勢いて、存分に相手をしてくれるはずだ」

肩に置かれた手を柔らかく外しながら、白髪の老人が言った。するとこれが当代宗家なのか。薄物の着物にきちんと袴を着け、おだやかに巨漢を見返している様子は、武術家というより茶道の宗匠のようだ。顔立ちも静かで、白髪には櫛目《くしめ》がきれいに通っている。

「いいや、警察の連中なんかと試合をしても意味がない。あんなものはただの競技柔術だ。おれは実戦武術を名乗るインチキ武道を叩きのめしてやりたいだけなのさ」

ずいぶん不遜《ふそん》な言い方をする。巨漢は老人より頭ひとつ大きく、肩幅もずっと広かった。

「だから何遍も言っている。当流には、試合うという流儀はない。お望みなら型をお見せすることはできるが、勝負はお受けできない」

「逃げ口上だな。まえに古武道の大家だと自称していたやつも、同じセリフで逃げた。無理やり試合に引きずり込んでみたら、てんで口ほどにもなかったがな」

巨漢がふてぶてしく笑った。

「私は隣りの市で柔道場を開いている小野塚《おのづか》という者だが」

黙って巨漢を見つめていた、より小柄な老人が口を開いた。

「それなら私の道場に来なさい。うちの道場では古流柔術や拳法を稽古している門人もいる。きみの相手が務まりそうな者もいると思うが」

すると意外なことに、巨漢は老人に向かって軽く頭を下げた。

「小野塚先生のお噂は耳にしておりますよ。たしか、明治十七年の武徳会模範試合で勝ちを収められましたな。長らく警視庁の柔道師範もされていた……」

「私が模範試合の範士を務めたのは、その年ではありませんよ」

小野塚と呼ばれた老人は、塩辛声で言った。こちらは平泉春蔵と違って、漁師のように日に焼けている。

「それは失礼。だが小野塚の隅返しといえば、今でも伝説の技ですな」

巨漢は小野塚老人にはあたりまえの口を利いたが、平泉宗家に対しては相変わらず不躾《ぶしつけ》な物言いだった。

「では春蔵先生。あくまで勝負できないというのなら、天心無円流は怯えて逃げた、と公言されてもいいということですかな」

「もうやめないか」小野塚がきつい口調で言った。「古流武術の基本が概《おおむ》ね、現在の柔道に受け継がれていることは、きみも知っているだろう。型を習うことは意味があるだろうが、いまさら優劣を争ってもしかたないではないか」

「それなら、仰々しく古武術だの実戦武術だのと看板を上げるべきではないでしょう」

巨漢はまた声を荒らげた。

「ただの伝承芸として残すのなら、誰も文句は言わない。実力もないくせに、秘術めかして世渡りする姿勢が許せないと言うのです。虚名など廃《すた》るべきだ。そうでないというなら、堂々と試合を受けてみるがいい」

それだけ言い放つと、巨漢はずかずかと道場の玄関に近づいてきた。岩のような拳を上げて、天心無円流の看板をガンと一撃する。

「これであきらめたわけじゃないぞ。勝負を受けるか、土下座して看板を渡すか、はっきりするまで何度でも来る」

そう吐き捨てて、小道をずかずかと歩いていく。つと振り返ると、男は腹の底に響くような大音声を張り上げた。

「しばらく駅前の商人宿に泊まっている。のらくらしていても、逃げられんぞ」

「どうもやっかいな男に目をつけられましたな」

小野塚老人がつぶやいた。「あの男は船曳某《ふなびきなにがし》といって、昔でいう道場破りですよ。腕はたしかにあるんだが、性格が偏狭なせいで人と折り合えない。柔道界で処遇されないのはあの狷介《けんかい》さが嫌われるからです。それでああして各地の道場を荒らしている」

「狙いは何ですかな」

平泉老人が静かに訊いた。

「いっときは柔道、古流、空手と相手かまわず挑戦して、その様子を読み物風に書かせて配ったりしていたようです。空手もどこやらの流派で四段をもらっている腕前だそうでね。ですが、ある古武術の老師範を一方的に痛めつけたのが大変な顰蹙《ひんしゅく》を買った。本人は恬《てん》として恥じずに、インチキの化けの皮を剝いでやったとうそぶいていたようですが。それからは、押しかけて来られた道場のほうでも、まともに相手にしなくなりましてな」

言葉を濁した小野塚に、平泉は口もとに笑みを浮かべて、

「つまりは、金一封を包んでお引き取り願う、というところですか」

「そういうことになりますかな。ただし、あとでどんな噂を流されるか、それは保証の限りではありませんがね」

「残念な男ですな」

「さよう。まともに立ち合わせれば、かなりの力があるのでしょうが」

小野塚老人は痛ましいものでも見やるように、男の消えた往還を眺めた。ふと人の気配を感じて振り返ってみると、勝手口から出てきたと思われる中年女性が二人、気遣うようにこちらを見つめていた。

3

さつきから、きょうはお見舞いを夕方にまわして、秀樹と出かけると聞かされたのは、朝食の席だった。

ここの家の朝食はえらく時代がかっていて（まあ百年まえの旧家なのだから当然だが）、茶の間とそれに続く板の間に、家族と住み込みの使用人が勢ぞろいする。座敷に家族三人と客人二人（さつきとぼく）、板の間には藁編《わらあ》みの円座を並べて、お熊どんと店員さん、女中さんたちが坐る。二列に居流れたそれぞれのまえには、箱膳が置かれる。

ぼくも見たことがなかったのだが、要するにひとり用のお膳で、箱の蓋の部分が四角いお盆になっている。そこに茶碗やら汁椀、小鉢などを置いてミニテーブルにするわけだ。下に引き出しが付いていて、銘々のお箸や湯呑みなんかが入れてある。

赤漆塗りのいかにもの由緒正しい箱膳をまえに、まずそろって正座する。数呼吸ほど姿勢を正し、主人に合わせて深々とお膳に一礼して、ありがたく頂戴いたします、とか何とかつぶやく。それからいっせいに箸を取るのだが、みな、ひとことも口を利かずにご飯を食べる。

これって、コロナ禍真《ま》っ只中《ただなか》の学校給食みたいだな、と妙な感想が思い浮かんだが、さつきでさえ無駄口を叩かず、よそ見もせず、黙々と箸を動かしている。食器が膳に置かれる小さな音と、微かな咀嚼の音がするばかり。

お膳には五菜一汁が出て、ノドグロの一夜干しといったご馳走までついていたが（この時代では現代ほど高級魚なのかどうかわからない）、正直なところ、気づまりで味はよくわからなかった。お茶を飲む頃になってやっと座がくつろいだ雰囲気になり、主人夫婦は親戚のお祝い事に何を送ったものかと相談を始め、店のほうから番頭が挨拶にやってくる。すると、隣りで膝を崩していたさつきが、砕けた調子で、じきに秀樹が来るんだってさ、と言い出した。

「井筒先生を野球見物に誘うんだって言ってたよ」

「へえ、野球？　タイガースの試合でもあるの？」

どっちかというと、ぼくはパ・リーグのほうがいいんだけどな、とつい口をすべらせると、

「たいがあす？　ぱりいぐ？　何のことよ」

さつきの目が尖りはじめた。しまった、またやっちまった。思わず舌を噛みたくなる。だが、さらにさつきが角のある声で何か言いかけたとき、勝手口のほうから、虎の咆哮《ほうこう》のようなお熊どんの大声が響いてきた。

「こいさぁん、小川《おがわ》はんとこの坊《ぼん》、来やはりましたでぇ」

そして、なぜか裏口から入ってきた秀樹は、座敷に姿を見せるなり、まっすぐぼくのほうに向かってきた。

「井筒先生、甲子園《こうしえん》て知ってはりますか」

「そりゃ知ってるよ。決まってるじゃないか」

「よう知ってはるなあ。東京の人なのに」

三日ぶりに会った秀樹は、地元にもどったせいか、かなりリラックスしているように見えた。東京ではいつも白シャツに黒ズボンで、そのまま通学できそうな服装だったけれど、きょうは紺絣の薄い着物に麻の袴を着けている。足もとは素足のままで、これで朴歯《ほおば》の高下駄でも履いていたら、『伊豆《いず》の踊子《おどりこ》』に出てきそうないかにもの学生さんだ。

「そんなことないよ。夏の甲子園大会を知らない人はいないんだから」

言い終わると同時に、ハッと気づいてヒヤリとする。あれ、甲子園って大正時代にも

うできていたんだっけ？

　案の定、秀樹のおっとりした顔に険しい影が射した。なんやて、と疑わしそうなつぶやきが洩れる。

「甲子園球場は来年できるんやで。まだ起工式かて済んどらんのに、そない有名なはずないやろ」

　いや、新球場の話は東京の新聞にも出ていたんだよ、と苦しまぎれに言いわけしたけれど、じつはそんな記事を読んだ記憶はなかった。現代でこそ高校野球の聖地として誰でも知っているが、この時代はプロ野球もスタートしていないはずだから、学生スポーツの域を超えてはいなかったのだろう。疑わしそうな色を目に残したまま、秀樹はめずらしく雄弁に説明を始めた。

　全国中等学校優勝野球大会は大阪の豊中《とよなか》球場で始まり、第三回からは兵庫県にある鳴尾《なるお》球場に引き継がれた。だが来年の第十回大会から、新設される阪神甲子園球場で開催されることになっている。甲子園という名前は、竣工《しゅんこう》される来年が暦の甲・子（きのえ・ね）に当たるからだ。ちなみに甲子は、六十通りある干支の最初の組み合わせなので、縁起がいいとされている、云々。

「ええと。それで、どうして秀樹くんは高校野球、じゃなくて、中学野球にそんなに興味があるわけ？　野球はあんまり好きではないんじゃなかったっけ」

「好きやない。そやけど、小学校のときの友だちが今年の大会に出るんや」

「ほう。そりゃあすごいね」

秀樹の友人は君塚《きみづか》くんといい、大阪の私立中学に進み、いま五年生で野球部のエースだという。

この時代の学制では、小学校は六年（さらに二年制の高等小学校に進む場合もある）で現代と同じだが、中学は五年制である。いまでいう中高一貫に似ている。ただし高等学校（現代の大学教養課程に当たる）への進学は、成績によっては中学四年から可能だった。

秀樹は兄弟の中では、できがわるいと聞いていたが、四年修了で三高に進学しているのだから、やはり相当の秀才なのだろう。同い年なのに秀樹が高校生で、友人が中学生なのはそういうわけだ。

「それで、きょうは壮行試合があるんや。そやし、応援に行こう思うて」

まえにぼくが野球好きだと言ったのを、秀樹は覚えてくれていたらしい。わざわざぼくを誘いに来てくれたの、と訊くと、照れくさそうに鼻の頭をこすっている。

「試合する球場が高槻《たかつき》やし、ここからなら近いやないか。そやよってな」

「それはうれしいなあ」

どうせ関西に来たのだから、できるだけあちこち見学しておきたい、とぼくは思っていた。焼失するまえのオリジナル金閣寺《きんかくじ》、初代の通天閣《つうてんかく》、南禅寺《なんぜんじ》の瓢亭《ひょうてい》とか麩屋《ふや》町の柊《ひらぎ》家《や》とか、現代まで伝わっている名店の、百年まえの姿も見てみたかった。けれど、それと同じくらい興味があるのは、後世の記録に残りにくい、この時代の日常生活だった。たとえば、いま済ましたばかりの〈老舗商店の朝餉《あさげ》風景〉などがそうだ。

だとしたら、百年まえの、いわば黎明期《れいめいき》の野球風景も見ておいて損はない。だから、ぼくは二つ返事で、よし行こうじゃないか、と答えたものだ。

明和《めいわ》学園の総合グラウンドは、淀川を見晴るかす河川敷のそばにあった。

明和学園というのは、秀樹の友だちである君塚くんの通う私立中学である。今年の大阪代表チームだ。壮行試合の相手を務めてくれるのは、摂津《せっつ》二中といって、大阪大会準々決勝まで進出したチームだという。

球場の一塁側ベンチの上にある座席に腰を下ろしたとき、ぼくが感じたのは、不思議な懐かしさだった。雑草が生い茂る外野、ちょっと風が吹くだけで土ぼこりが舞い上がるダイヤモンド（内野）。錆《さ》びついた金網フェンスのこちら側には、打ち放しのコンクリに不揃いな古材木を渡しただけの観客席。

グラウンドに散らばるのは、妙にダブダブの野暮ったいユニフォームの選手たちだ。カラフルな衣装を身に着けたチアガールが、観客席でダンスパフォーマンスを繰り広げ、なんてことはあるはずもない。声援を送っているのはイガグリ頭の明和学園の生徒たちと、アンダーシャツ一枚になった町内のオッサンたちばかりだった。

何かの映画かドラマで見た戦前の学生野球風景に似ている——というか、作られた映像ではなくこれこそが本物なのだけれど。

男ばかりの客席の中で、文字通り異彩を放っているのは、さつきとお熊どんのコンビだった。さつきがいっしょに行くと言い出したとき、ぼくは奇妙とも思わなかったが、お熊どんが、いけまへん、若い娘はんがそないなこと、と真正面から反対した。

「何でよ。女が野球見たらいけないっていう決まりでもあるの？　東京じゃ、五大学リーグ戦にだって女の人が見に来てるわよ」

「男はんばかり集まるとこへ、ええとこの娘はんがのこのこ出かけるもんやない言うてますのや。東京ではどうやら知りまへんけどな、大阪では女ひとりでそないなとこには行かへんのどす」

「そんな旧弊なこと言ってるからダメなのよ」

とまあ、丁々発止のすえに、お熊どんもついていくことになったのだった。一応、ぼくがいっしょなんだし秀樹くんもいますから、とお熊どんに意見具申してみたのだが、あんたらみたいなうらなり瓢簞《ひょうたん》、当てになりますかいな、と一蹴されてしまった。

「どないしょう、野球みたいなもん見に行くこと、夢にも思うてえへんなんだ」

そんなことを言っていたくせに、お熊どんはキリキリと立ち働いて、あっという間に四人分のお弁当を作り、水筒だの小座布団だの、暑気あたり防ぎに甘酒まで用意する始末だった。

こうして殺風景な観客席に、人目を引く一団が現われた。涼し気な青海波《せいがいは》の薄物に藍色の女袴を着けたさつきと、大きな風呂敷包みを抱えたお熊どん。両脇に付き従っているのは、うらなり男が二人。

「あっ、やっぱり君塚が先発や」

秀樹が弾んだ声で言った。一塁側ベンチまえで投球練習していた二人の投手のうち、背の高いほうが小走りでピッチャーズマウンドに向かっていく。

「おっ、けっこう速い球、投げるんだね」

ウォーミングアップを始めた君塚くんは手足の長いピッチャー体型で、この時代にしては長身だった。しかも左投げのサウスポーである。フォームがなめらかだから、見ているだけで気持ちがいい。

「あたりまえやがな。大阪大会では一点しか取られてへんさかいな」

「ほう。それはすごいね」

「和歌山《わかやま》中との練習試合も五回まで完封したんやで」

まるで自分が快投した当人みたいな口ぶりで、秀樹はうれしそうに胸を張る。和歌山中は前回の大会準優勝チームだったそうだ。

「秀樹は運動がそんなに得意じゃないからさ。幼なじみが野球で活躍するのが、うれしいんじゃないかな」

早くも折詰めのお弁当を広げながら、さつきはおとなびたことを言う。なるほどね。それにしても、一高との対抗戦の応援にも駆り出されているし、彼も忙しいことだ。

お熊どんが作ってくれたお弁当は、間に合わせとは思えないくらい豪華版だった。油揚げと筍《たけのこ》を炊き込んだご飯に、煮物やら小鯵《こあじ》の南蛮漬けやら炙り牛肉やら、おかずがぎっしり詰められている。どれから手をつけようかと迷い箸をしていると、

「なんや、えらいご馳走やな。旨そうや」

隣りから首を伸ばしてのぞき込むオッサンがいる。オッサンはさっきからふくべの酒を蓋に受けてチビチビ舐めている。ふくべというのは、瓢箪を乾燥させて容器にしたものである。

「どうや、一杯。わるい酒やないで。あいにく小夜桜やないけどな」

ガハハ、と笑ったオッサンは、ワシはこの近くで周旋屋《しゅうせんや》しとる犬井《いぬい》ちゅう者や、あの巴御前《ともえごぜん》とは古馴染みやねん、とお熊どんに顎をしゃくった。巴御前（木曽義仲《きそよしなか》の想い人で剛力無双といわれた女武者）を持ち出したのは、お熊どんの怪力ぶりが町内でも有名だからだろう。

犬井が物欲しげに見ているので、ぼくは適当におかずを折箱の蓋に載せて、よかったらどうぞ、と差し出した。犬井は子どもみたいに喜んで、ひとくち食べては旨い旨いと歓声を上げる。いい人なのだろうが、少々鬱陶しい。だがそんな印象が変わったのは、試合が始まってすぐだった。

明和学園はホームチームなので、後攻だった。マウンドの君塚くんが第一球を投げる。内糸を引くような白球が小気味いい音を立てて、キャッチャーミットに吸い込まれた。内

角高めのストライクだ。

　ふーむ、と犬井が鼻息を洩らした。何となく気に入らないような響きがある。続いて第二球。今度は外角低めにストレートが走る。ほほう、ちゃんとストライクゾーンの対角線を使ってバッターを追い込んでいるんだ。現代の高校球児なら誰でも知っているだろうが、この時代に投球術の基本をしっかり身につけているのがすばらしい。

　トップバッターは一球ボールを挟んだものの、三振に打ち取った。二番バッターは六球粘ったが、内野フライで退ける。三番もたちまちツーストライクを取られて、四球めを空振りしたが、キャッチャーが取り損なう。バッターは一目散に一塁にダッシュする。振り逃げだ。

　君塚くんはマウンドから二、三歩降りて、キャッチャーに近づくと返球を受け取った。振り返りざま、矢のような送球を一塁に送る。間一髪、アウトだ。観客席から拍手と歓声が巻き起こる。

「ちょっとォ。あいつ、何で三振したのに一塁に走っているのよ」

　振り逃げのルールを知らないらしく、さつきが高い声を出す。

「ほんに、ずるいやつでおますなあ。あないな卑怯《ひきよう》者は退治してやらなあきまへんで」

　腕を撫《ぶ》すという感じで、お熊どんは相手チームのベンチを睨んでいる。秀樹が、

「そやないって。スリーストライクめの球を捕手が捕球できなかったときは、打者は一塁に走ってもええのや」

と説明するけれど、てんで聞いちゃいない。

ぼくはお弁当を突っつき、水筒の麦茶を飲みながら、ベンチまえでキャッチボールを始めた君塚くんを眺めていた。グラウンドでは摂津二中の選手が守備について、投手がバッターに向かっている。君塚くんはグラウンドには目もくれず、一球一球、感触を確かめるように丁寧に投げていた。足の運び、体の開きなどを、機械の整備士がパーツの動きを確認するみたいにチェックしているようだ。

「うむ。それでいいんや、それで」

隣りの犬井が腕組みしてうなずいている。

「いい投手ですよね、君塚くん。球が速いし、フォームがきれいだ」

話しかけると、犬井は酒臭いゲップをひとつ吐いて、手を横に振った。

「あんた、野球はようわからんらしいなあ。さっきの投球はな、あんまりええことなかったで」

「えっ、そうなんですか。だってスピードも出ていたし、バッターは空振りしてたじゃないですか」

「そこが素人やと言うてるんや。さっき投げとった球、よう右打者の外側へ逃げとったやろ。あれやったら、球が無駄に回転しよるからほんとの速さが出んわな」

これにはびっくりした。ボールがシュート回転しているというのか。

「たぶん、肘が早う伸びすぎとるんやないかなあ」

犬井が投球動作をしてみせるのを、ぼくは口を開けて見ていた。こんなところに（しかも百年まえだ）こんな野球通がいようとは、予想もしていなかったからだ。犬井はおどろいているぼくの顔をニヤニヤ眺めて、

「へへへ、種明かししますとな、いま言うたんは安部《あべ》先生からの受け売りや」

「アベ先生？」

「なんや、知らんのかいな。安部磯雄《いそお》先生や、早稲田《わせだ》大学の」

安部磯雄は学生野球の父といわれる早大教授で、アメリカ留学を通じて野球を知り、早くから学生スポーツとして国内に紹介した先達者だ。早稲田の野球部長を長く務めて、現在でも早大野球部の練習場には、安部磯雄記念野球場という名が付けられている。

聞いてみると、犬井の息子は早大の野球部員だったそうで、犬井が息子の試合を見に行ったとき、安部部長の野球談議をいろいろ聞かされたという。アメリカ仕込みの野球理論は明快だからわかりやすかった、と犬井は得意げだ。

そう言われてみると、君塚くんの投げ方は肘があまり曲がらない（現代野球では、アーム投げと言われる投法）かもしれない。スポーツ医学のほうだと、肘や上腕にかかるトルクが大きくなるので故障しやすいとか、犬井の言うようにシュート回転するとか、批判的に扱われるようだ。それにしても、ただの野球ファンにすぎない、周旋屋のオヤジでもこのくらいのことを言うのだから、大正時代人も侮れない。

するると、摘まんだだし巻き卵を口で迎えに行きながら、犬井が変なことを言い出した。

「鉄《てつ》ちゃんは小さいときから、柔術の稽古をしとったからなあ。あれが妙な癖ェ付けたんとちゃうか」

「鉄ちゃんて、誰ですか」

「誰いうて、いま投げとったやないか。君塚の鉄ちゃんやで」

「君塚くんは柔術を習っていたんですか」

「習ったちゅうか、隣りが翔志館いうて、柔術道場やからなあ」

明和学園チームの壮行試合を見た翌晩、ぼくは駅裏の小料理屋に腰を据えていた。半分ほど埋まった店の隅で、つくねと、イノシシ肉の辛味噌焼きという取り合わせを肴《さかな》に、ちびちび冷酒を舐めている。ふだんは外で飲むのは付き合いで月に一、二度、ごく手軽に済ましている。

しかし、きょうは飲みに来たわけではなく、ほかに目的があった。この小料理屋の常連客で、駅前通りに店をかまえる周旋屋のオヤジ、犬井である。犬井商事というその店は本店のほかに営業所を二つ持ち、この近辺の不動産管理を手広く扱っている。不動産屋は相続をはじめ、土地や物件の売買、賃貸、いろいろな経済活動にからむから、あちこちの商店の景気やら個々の家庭事情にくわしい。つまり町内の情報通なのだ。

しかも、犬井のオヤジは若い頃、翔志館道場の門弟だったこともあるという。いまは還暦も過ぎたので稽古はしていないが、道場の行事にはよく顔を出すから、内情には通じているらしい。

なにしろ、このまえはあんな場面に遭遇してしまったことだし、君塚くんも道場と関係があったと聞いては、とても見過ごしにはできない。あの不逞《ふてい》な道場破りに戦いを挑まれた平泉春蔵師範は、果たしてどうするつもりなのだろうか。小野塚老人はあんなふうに諭してはいたけれど、あの船曳という乱暴者があっさりとあきらめるとは思えない。結局、果たし合いを受けて立つのだろうか。それとも恥を忍んでいくらか包み、引き取ってもらうのか。

犬井は、ぼくがそんな修羅場に遭遇したと聞くと、ぜひ話を聞かせろとせがんだ。明日の晩なら空いているから、とその場で〈黒兵衛《くろべえ》〉という小料理屋を教えられたのである。

ところが、話が昨日の試合のことからあの道場破りに移ると、犬井はいきなりプリプリ怒り出した。

「いや、こないだもここで飲んでたら、妙なやつがからんできよってなあ。天心無円流なんぞ、実戦なら屁《へ》のツッパリにもならへんとか、ぬかしやがるんよ。どうもワシが春蔵先生のとこに通ってたいうのんを知ってて、言うとったらしいんやけどね。先に柔道の有段者が駆け出しの拳闘家に手も足も出えへんかったのをこの目で見た、とか言うてけつかる。――どだい、柔道と天心無円流とは似とっても別物やっちゅうのや」

「それはそうですよ」

すかさずぼくは犬井のコップに冷酒を注いでやった。「だいいち、柔道の有段者といっても腕前は人によりけりですからね。達人もいれば、形だけの人もいる。講道館《こうどうかん》の西《さい》郷四《ごうし》郎《ろう》という人は、相撲の関取をぶん投げたことがあるそうじゃないですか」

「おお、あんた、くわしいんやな」

犬井は相好を崩して、コップの縁に盛り上がった酒を啜《すす》り込む。「そうそう、そうなんや。御先代の宗家は、やくざ者八人を投げ飛ばしたこともあるんやで」

犬井がやたらにすき焼き風煮込みの皿を押しつけるので、ぼくはありがたく焼き豆腐をひと箸つまんだ。

「ところで、昨日の件ですけれど」

じつは道場破りの船曳はこんなふうにも言っていた、と水を向けてみる。試合を拒むなら平泉春蔵は自分を恐れて逃げたと世間に触れまわる、と脅していたことである。すると、赤みの差した顔をゆがめて、犬井は箸をずぶりとジャガイモに突き刺した。

「まだそんなこと言うとるんか、あの野郎」

「えっ、それじゃ犬井さん、その男のことは……？」

「もちろん知っとるわ。でかいなりしてヒゲの濃いやつやろ。柔術じゃそこそこ名の売れた男やそうや」

それから犬井は、昨日の船曳という男（犬井は名前までは知らなかった）が、去年から何度も道場に押しかけてきているのだとしゃべりだした。春蔵先生が留守のときが多かったのでおおごとにはなっていないが、道場の人々はひどく迷惑している。

「あないな無礼者、叩きのめしてやればよかったんや。先生にかかったら、ひとたまりもあらへんで」

「しかし、先生がいくら達人でも、もう高齢だし……」

いまでもそんなに強いのかな、とぼくはつい口に出した。

「そりゃあ、あんた、先生の技を見たことないさかい、そない言うのや。もう五、六年にもなるかいな、道場に警察の若手が見学に来てなあ。みんな柔道の三、四段でっせ。それがそろいもそろうて、子ども扱いやったからねえ」

犬井不動産はむきになって、「とにかく、まともに組むことさえでけなんだ。身体に手が触れたと思うたときには、もう投げられているんや」

ほほう、とぼくは声を上げた。それはすごい。だが、どうなのだろう。段位と実力は必ずしも釣り合わないが、警察官は日常的に稽古を積んでいるのだから、それなりに腕はあるはずだ。いまの春蔵老は七十代後半だろうから、五、六年まえでも古希は過ぎていた。現役バリバリの若手を手玉に取るほどの力が、本当にあったのかどうか。地元の先達ということで、警察官たちが手心を加えたのかもしれない。犬井の眼力でそれが見抜けなかっただけではないのだろうか。

「ところで、小野塚さんという柔道の先生がその場にいたんですけど、あの人はどういう？」

「ああ、小野塚はんは春蔵先生の盟友というんかな、まあ親友やな。小野塚道場はいまでもけっこう繁盛しとるで。なんせ、警察におった頃は全国大会にも出とった名選手なんやから。春蔵先生とは、おたがいに尊敬し合ってはる仲なんやろうな。けど、しっくりいってへん部分もないわけやない」

「というと？　張り合っているとか？」

「まさか。そりゃ、この界隈では、あの両先生が真剣勝負しはったら、どっちが強いやろう言うとる野次馬は仰山おるで。そんでも、あの辺まで行かはったら、どっちが強いかちゅう雑念はもうあらへんのやないか」

「だけど、もし戦ったら、どっちが強いでしょうね」

「道場で試合するんなら、どっちとも言えへんけどね。命懸けの果たし合いちゅうなら、春蔵先生やろうな。なんせ天心無円流は実戦向きの武術いうからなあ」

実戦向き……というのは具体的にどういうことなのだろう。

「まあ、ワシもようは知らんけどな。つまり、こういうことなんやないの。いまの柔道ちゅうもんは、最近になって作り直されたもんやろ。そやから、古来の柔術から、殺し合いに使うような危険な技を取り除いてこしらえてあるわけや。ちゅうことは、命のやりとりするような戦いやったら、天心無円流のほうが強いんやないか」

ふうむ。一理あるような気がする。

「天心無円流にはほんとにあるんですか、そんな技が？」

「ある……とは聞いとるけどね」

犬井はいつのまにか、ぼくの小鉢にも箸を伸ばしている。イノシシ肉の鮮やかなピンクをつくづく眺めてから、ポイと口に押し込んだ。

「まあ、ワシらみたいなただの門人には秘密にされとるんやけどな。そりゃそうやろ、まかり間違《まちご》うたら、人を殺しかねん技なんやから」

「でも伝えられてはいるんですね」

「ちゅう話やけどね。春蔵先生は宗家やから、当然知ってはるはずや」

「じゃあ、春蔵先生のあとは誰が引き継ぐんです？　その必殺技」

「そうやなあ」

犬井は首を傾げ、その動きを利用して首を左右に曲げ伸ばししはじめた。最後にぐるりと頭を肩の上でひとまわりまわすと、「夏雄《なつお》くんが生きとればねえ」

「夏雄くん？」

「春蔵先生のお孫はんや。よそに嫁いだ娘はんの御子やから、外孫やけどね。いま生きとれば十五か六くらいやろ。先生の血筋だけあって、そらア大したもんやった。翔志館では八つになると投げ技も教えるんやが、十になるならずで、入り身投げかて小手返しかてお手のもんやったからなあ」

何のことだかわからないが、とりあえず、それはすごいですね、と相づちを打つ。

「で、その夏雄くんは亡くなられた……」

「そやねん。十二の年に心臓がわるなってなあ。あとから聞いたら、生まれつきのもんやちゅうことやったけど、春蔵先生の嘆かるることちゅうたら、ほんまお気の毒やった。そばで見とったワシらかて、何日もよう涙が止まらなんだ」

犬井はたちまち目を赤くして、盛大に洟《はな》をかんだ。

「ほかに、あとを継げそうな御血筋はいらっしゃらないんですか」

「それがおらんのや。先生の御子は娘はんひとりやし、お孫はんは夏雄くんだけやった」

ぼくは口をつぐむしかなかった。

「まあ、いずれ弟子の中から誰かを選ぶことになるんやろうが、先生の本音を言えば、鉄之介《てつのすけ》くんに継いでほしいんとちゃうかなあ」

「ほう。じゃあ、君塚くんも筋がいいんですね」

それはそうだろう。あれだけ速い球を投げられるのだから、身体能力は高いはずだ。

「筋だけやない。鉄之介くんは夏雄くんの幼なじみやった。お神酒徳利みたいにいつも二人で対になっておってなあ。春蔵先生にしたら、孫が二人おるようなもんやったねんが」

「すると、君塚くんも先生から英才教育を受けていたんですね」

「そらもう。そやから、鉄之介くんが中学野球で活躍しとるのも、えろう喜んではるのやで。口ではよう言われへんけどな」

犬井は水っぽくなった目を離れた壁の御品書きの辺りに迷わせながら、何か思い出そうとしているようだった。少し待ってから、ぼくは犬井のコップに冷や酒を注いでやった。もうひとつ、先ほどから気にかかっている疑問があったからだ。

「ところでさっきの話ですけれどね、春蔵先生と小野塚先生がしっくりいっていないところがあるというのは？」

「ああ、それかいな。小野塚はんがな、柔道関係の雑誌に随想を載せはったことがあったんやわ」

ふんふんとうなずきながら、ぼくは耳を傾けた。

「そのとき、現在の柔道選手と昔の柔術家が戦こうたら、どないなるか、みたいなことをちょいと書きはったんやね。競技として戦うたら、昔の柔術家はいまの選手にとても歯が立たへんやろ。体格といい、稽古の精度といい、比べものにならへん。相撲やて、江戸の谷風《たにかぜ》かて雷電《らいでん》かて、いまの横綱にはかなわへんはずや……そこらまではまだよかったんやが、古武術の奥義みたいなもんも、現実にはもう通じんのとちゃうか、大方は使えへん技や、と書きはったんがまずかった」

ああ、とぼくはうなずいた。そういう話はときどき耳にする。剣術でもそうだが、免許皆伝の上にさらに奥義があって、飛燕《ひえん》とか月影《つきかげ》とか、カッコイイ名前のついた秘剣があるらしい。でも実態はといえば、野球漫画の魔球みたいなもので、頭でこしらえた非現実的な技が多いという。

れちゃうと」

「だけど、春蔵先生にしたら、ひとこと言いたいところでしょうね。そういう言い方さ

「そうなんや。だからな、古武道界の集まりがあったとき、春蔵先生が挨拶に立たはって、古武術の奥義を絵空事のように言う向きもあるが、そうとは言い切れんのやぞ、とやんわり反論したわけや。わが天心無円流の技は実戦の中で練り上げられたもんやから、観念的な作りもんとはいっしょにならへん、とか何とかなあ」

「ははあ。なるほど」

「その場には小野塚はんもいらはったんやがね。そこはほれ、おとな同士やから」

「笑って聞き流した、と」

「そういうことやな」

犬井不動産は酔眼を瞬かせながら、ぼくの小鉢に遠慮なく箸を突っ込んだ。ぼくはまだ半分残っている小鉢ごと、犬井のほうへ押しやった。

4

翌日の晩には、河川敷で花火大会があった。花火大会は江戸時代から、隅田《すみだ》川で催されていたくらいだから、大正時代に淀川で開かれても不思議はない。

びっくりしたのは、その打ち上げ花火のみごとなことだ。ぼくだって、打ち上げ花火

くらい何度も見ているが、この夜上がったものは、現代の花火とほとんど変わりがなかった。

もちろん、種類は少ない。現代のようにナイアガラ（火の粉が横一線に並んで、光の滝のようになだれ落ちる）とかフェニックス（不死鳥に見立てた光の絵が現われる）といったはでな仕掛けはない。けれど、玉が破裂して球形に光が開く、割りものと言われる花火は種類がいろいろだった。

さつきと秀樹のお目付け役という格好で、ぼくも駆り出されたのだが、あたりまえのようにお熊どんがついてきた。敷物にする丸めたゴザを背負い、四段重ねの重箱と水筒、目隠しのつもりか、茶室に置くような折り畳みの竹屏風《たけびょうぶ》まで担いでいる。ちょっとした引っ越しのようだが、そんな大荷物を背に括りつけて、スタスタ歩いていく。

さつきは相変わらず食い気ばかりで、花火を見ているよりもお重を突っついたり、堤防下に出ている屋台をのぞきに行ったりだった。その辺にいる中学生（この時代だから、丸刈り男子ばかりだ）が、さつきに話しかけられると、そろって顔を赤らめる。ナンパしようなどという不届き者はほとんどいない。純情なものだ。

秀樹はというと、こちらも花火そのものより興味を惹かれるものを見つけたようだった。花火の打ち上げ方法である。一尺玉（直径三〇センチ）の花火玉の重さが八キロと聞いて、それを三〇〇メートルの高さまで打ち上げるには、どのくらいエネルギーが必要か、包み紙の裏に計算を始めていた。重力加速度がどれだけで、当該の位置エネルギーを得るには、火薬の熱エネルギーがどれくらい……そんなことをつぶやいては、さつきに、何でいまそれをやるわけよ、とどやされている。

すっかり花火を満喫していい気持ちになったぼくは、最後の打ち上げ十連発が終わると、みんなとブラブラ帰り道をたどりだした。お熊どんが用意してくれたお重は、花見弁当くらいの豪華版だった。そこへ、さつきが玉蜀黍やら焼き鳥やらを屋台から持ってくる。

締めに冷やし瓜まで平らげていたので、お腹もいっぱいになっていた。

このまま帰る気になれないので、もう少し夜風に当たろうということになった。初めは渋っていたお熊どんも、荷物が軽くなっていたせいか、さつきが氷金時をおごると言うと、ようやく、遠まわりはあきまへんで、と言った。だいたい駅の方角をめざして散策しているうちに、気がつくと、住宅街を抜けて灯りの乏しい道路を歩いている。ポツンポツンと裸電球の街灯が立っているだけで、人家の明かりが遠い。

あれ、ここは……ぼくはふと足を止めた。なんと、このあいだふらりと通り過ぎた材木屋だ。

「なんや、あそこの家、鉄ちゃんのうちやないか」

秀樹が言った。

「鉄ちゃんって、こないだの試合で投げてた人？　ここに住んでるんだ」

「そうや。神社の手前の家や」

秀樹は、この道、ここへ出るんか、と周りを見まわしている。

ここまで来たのなら、もう一度、天心無円流翔志館道場を眺めてみようという気になった。何となく、あの辺りの雰囲気に身を浸してみたいような気分だった。遠く平安中期に起こり、室町、戦国時代を経て、第十八代宗家平泉春蔵がこの地に居を構えるまで、八百年の歴史を刻んだ神秘の武術。背景に古寂びた神社の森を背負った建物には、なぜかそんなイメージを掻き立てるものがある。

道場の前まで行ってみると、棟門は閉まっていたが、板壁の隙間から真っ暗な前庭が見える。わずかに母屋の窓に、ぼんやり蜜柑《みかん》色の灯りがともっていた。さすがに時刻を考えると、潜り戸を押してみるのは気が引ける。

黄楊《つげ》の生垣に沿って歩いていく先に、神社の鳥居が見えてきた。石造りの小さな鳥居だが、参道はかなり長い。石畳が暗い森の奥へと湾曲しながら延びている。どうやら翔志館道場の横手をまわり込んだ先に内鳥居があるようだ。

闇に閉ざされた石畳の道を歩くのは、ちょっと足がすくむ気がする。

「こないなとこに、こないな時刻に来るものやおまへんで」

お熊どんはあんがい迷信深いらしく、夜参りには夜参りの作法がおますのや、などと小声でグズグズ言っていたが、

「ああ、知ってる。丑《うし》の刻参りでしょ。呪い殺したい人の代わりに、藁人形に五寸釘刺

すんだよね」

とさつきが大きな声で答えたので、何を言うてますのん、めったなことを口にしたらあきまへん、とますます声を忍ばせた。

いつも三杉に鼻で笑われるのだが、ぼくもどちらかというと臆病なほうだ。暴力沙汰も苦手だが、ネズミ、ゴキブリの類いにも弱く、地震、雷はむろんのこと、幽霊やら怨霊やらもじつは怖い。首つり自殺があった場所などは、数年前の話でも怖気を震う。大学への行き帰りに最近事故のあった現場があったが、いつもそこは目を逸らして通っていた。お供えされたお菓子を勝手につまみ喰いしていた三杉などとは、そもそも人種が違うのだ。

低い叱責の声が聞こえたのは、そのときだった。

「いまのは、何やろ？」

秀樹がささやく。人の声やろか、と言う調子がふだんより少し低い。

無礼にもほどがあろう、というようにその声は聞こえた。こんな夜も遅い時間に、誰が境内にいるのだろうか。それとも、秀樹が疑うようにあれは人間の声ではなくて……ろくでもない妄想が浮かびかけるのを、ブルブル首を振って抑えつける。

恐るおそる参道を進む。後ろから袖をつかまれたので振り返ると、さつきの目を見張った顔がすぐ近くにあった。

もの寂びた社殿が見えた。簡素な神明造りが、半月ではあるが、月明かりの中にうっすらと夢幻のように浮かんでいる。社殿の左手に、ここも木陰に囲まれた草地が開けている。声はそこから聞こえてきたように思えたので、ぼくは身をかがめて、木立のあいだを左のほうへと移動した。

——ズサッ！

何か重いものが激しく地面をこするような音がした。椹や椿の茂みを掻き分けて、草地を見渡せるところまで近づく。

——何てことだ！

ちょうど柔道の試合場くらいの草地のほぼまんなかに、二つの黒い影が対峙《たいじ》している。木々の影がまだらに落ちているのでわかりにくいが、それは平泉春蔵老人と、あの船曳とかいう乱暴な巨漢のようだった。巨漢は柔道着らしいものを着込み、老人も濃紺の稽古着らしいものを着けていた。しかも二人ともに両手をゆるく前へ突き出し、いまにも取っ組み合いを始めそうな姿勢をとっている。決闘でもしようというのだろうか。ぼくは恐ろしさに背すじが凍りついた。

「まだわからんのか。他流試合に限らず、技比べはしないと言ったはずだ」

老人がきびしい口調で言う。

「だから試合でなくてもいい。喧嘩でいいじゃないか。喧嘩を売られたんだから、堂々と受けて立つか、それとも這いつくばって許しを乞うか。二つにひとつだ。さあ、どうするね」

嘲《あざけ》るような声は、間違いなく先日のあの無作法者のそれだった。

「あくまで無理押しするなら、巡査を呼ぶぞ」

ウワッハッハッハ、と船曳が哄笑《こうしょう》した。

「古武術の達人ともあろう者が、いざとなったら警察に頼ろうと言うのか。こいつは傑作だな。天心無円流の宗家は喧嘩を吹っかけられると、若い娘みたいに『おまわりさん、助けてぇ』と泣き叫ぶわけか。けッ、口ほどにもねえ」

船曳は懐から包帯のようなものを取り出すと、手早く拳に巻いていく。打撃系格闘技で使うバンデージだろうか。この男は空手の遣い手でもあるはずだ。あんな大男の馬鹿力で殴られたりしたら、大ケガするに決まっている。いや、へたをすると命にかかわることもある。

「もはや問答無用だッ！　手加減はしないから、死ぬ気で来いッ」

ザザッと砂地を蹴って、船曳は飛び退った。左腕はグイと前へ突き出し、右手は拳を腰に引きつけている。中段正拳突きの構えか。老人は逃げるわけでも、身構えるわけでもなく、ただ自然に立っている。

「ちょっと、放っておいて大丈夫なの？」

さつきがぼくの袖を強く引いて、ささやいた。ぼくは口の中が干上がって、ものが言えなかった。振り返ると、お熊どんでさえ顔を引き攣《つ》らせている。秀樹はぼくたちよりも二メートルほど右手の藪の中で、小さくかがんでいる。万が一にも、船曳の目に留まりたくないのだろう。

あれだけの巨漢に真正面から構えられると、向かい合った威圧感はすさまじいはずだ。神速の速さで突き出される拳は、まともに頭部に受ければ脳挫傷《のうざしょう》を起こすし、体幹を一撃されたら内臓破裂するかもしれない。

この構えに対する備えは、相手の右へ右へとまわりながら、身体の側面に入り込むしかない。左へまわろうとすると、前へ突き出した左手につかまれる危険がある。離れての打撃も怖いが、距離を潰されて抱きつかれるのも怖い。組み合ってしまえば、体格の違いがものを言うからだ。

だが船曳の爪先の動きは軽々としていて、容易にまわり込みを許しそうになかった。じりじりと間合いが詰まっていく。春蔵老人は少しずつ下がっていくだけだ。攻めに転ずる動きはまったく見えなかった。このままでは、じきに立ち木の群れが背に迫るところまで、追い込まれてしまうだろう。

これはもう飛び出していって、声をかけるしかないのだろうか。だが猛《たけ》り狂った野獣のまえに身をさらすような恐怖感が、体を縛りつけている。

むんッ、という気合とともに、船曳が一気に走った。瞬く暇もなく間合いに入ったかと思うと、容赦のない上段突きを繰り出す。ピュッと空気の鳴るのが聞こえるようだ。拳が春蔵老人の顔面を撃ち抜くかと思ったとき、老人の姿は鞠《まり》のようにまるくなり、伸びたときには船曳の間合いから半歩抜け出していた。

「ほう、さすがだな。まだ身体は動くじゃないか、春蔵先生」

にやりと笑った船曳の顔が、淡い月明かりに浮かんだ。ぼくは両手を握りしめたまま、固唾を呑んでいた。なぜすぐに飛び出さなかったのかと言われれば、返す言葉がないが、春蔵老人の動きを見たとき、あるときめくような空想に胸をつかまれていたのだ。傲岸無礼な巨漢の攻撃をらくらくと躱《かわ》した老人が、秘術一閃《いっせん》、あっという間に敵を投げ飛ばしているというイメージだった。

だが身を躱す老人の体捌《からださば》きを、巨漢の足運びがほんの少しずつ上まわっているようだった。第二撃、第三撃と上段から撃ち下ろしながら、巨漢は老人を鬱然と繁る木立の陰へと追い込んでいく。もう三、四歩で草地が尽きるところまで下がったとき、初めて老人の身体が遠目にもわかるほど前傾した。

ぼくのいた場所からは、船曳の右半身が見え、老人の姿は左半身だけが見えた。つまり船曳の背の右後ろから、対面する老人のやや横を向いた上半身が見える位置だった。前腕をゆるく突き出し、ぴたりと腰を据えた春蔵老人の構えは、さすがに隙のない、堅固なものに見えた。

「ようし、それでいい。勝負をつけようじゃないか」

言うなり、船曳はヒグマが仁王立ちしたように両腕を天に差し上げた。突きでは老人の動きをとらえ切れないと見たのか、強引に力技でつかまえにいく構えである。船曳の爪先が地面を探るようにジリジリとまえへ出る。

と、春蔵老人の身体がまえへのめるように低くなった。柔道の型でも見たことのない構えだった。なんだか危なっかしい姿勢だな、と思った瞬間、咆哮を上げて船曳がまえへ跳んだ。恐ろしい勢いで降り下ろされた腕が、老人の首の後ろ、奥襟をむんずとばかりつかみにかかる。

あの巨漢に奥襟を取られれば、老人の上体の動きは封じられる。力で押し潰されるのは目に見えていた。だが、次の瞬間、老人の身体がくるりと反転して後ろ向きになり、同時に船曳の巨体が逆さまに宙を舞った。

——あ、あれは袖釣り込み腰……か？

奥襟を取りに来た腕を逆につかみ、自分の腕を畳むと同時に、相手を腰に乗せて投げる。春蔵老人の、まさかの柔道技だった。だが敵もさるもの、まともに喰らえば地面に叩きつけられただろうが、投げられながらも身体をひねって、植込みの手前に右膝から着地する。投げた老人も膝付きの姿勢で、構えを崩さない。

悠然と立ち上がった船曳が、白い歯を見せていた。うれしそうだ。この男は以前、古武術の達人を自称する老師範を血まみれになるまで殴りつけたそうだが、こいつが求めるのは、たんに弱い者をいたぶることではないのだ。手応えのある強い敵をひねり潰して、這いつくばらせること。プライドを踏み砕いてやった敵に、唾を吐きかけることだ。

船曳がコキコキと首を左右に曲げながら、ずかずか近づいていく。今度は無造作に春蔵老人の袖をつかみにいく。さっきの瞬時の応酬で、老人の返し技に対応できると見切りをつけたのだろうか。もう片方の腕は手刀の形で老人の顔面に襲いかかる。老人は袖を引き、打ち下ろされる手刀に逆らわず斜め下に受け流す。瞬きする間に、くるりと体を入れ替えて、巧みに距離をとっている。目の覚めるような身のこなしだった。

三度船曳が踏み込み、三度春蔵老人がその攻めをしのいだとき、二人は草地のまんなか近くにもどっていた。さっきから照り曇りを繰り返していた月明かりが、二人の戦士をつかのま、ありありと浮かび上がらせた。

船曳の顔が凄《すご》みを増している。肩が荒々しく上下して、先ほどまで見せていた、小馬鹿にしたような嗤いは跡形もなく消えていた。怒りの形相にも似ているが、難敵をまえにした猛獣のような強い光が、目を燃え上がらせている。老人の捌きが予想を超えて軽快なことに驚嘆しているのかもしれなかった。

だが春蔵老人に目を移したぼくは、思わず口の中であッと叫んでいた。短い闘争の中で、老人は激しく憔悴《しょうすい》していた。柔道なら重量級の巨漢の、力まかせに打ち込んでくる拳や手刀を捌くのは、老人の体力では容易ではなかったのだろう。

まともに対抗したのでは、木の葉のように吹き飛ばされるか、その場に突き倒されてしまう。紙一重のところで相手の力を受け流し、払い、擦り上げるには、神経を研ぎ澄まさなければならない。

これはもう、限界だ。今度こそ、ぼくは身体を起こして、草地に飛び出そうと思った。ここまで戦えば十分だ。自分の実力によほど自信を持っているらしい船曳も、春蔵老人の技が並々ならぬものであることは、もうわかったはずだ。引き分けということで割って入っても、文句は言わないのではないか。

その刹那《せつな》だった。

再び両腕を高く突き上げた船曳が、野猿のような叫びを上げて踏み込んだ。ここが勝負の潮時と見たのか、これまでにない鋭い踏み込みだった。見ると、春蔵老人は躱そうとはせず、左手をまえに出した形で足を踏み出そうとする。

スッと月が翳った。薄闇の中で、まえのめりに突っ込んだ船曳の身体が、見えない壁に突き当たったかのように一瞬止まった。そのまま右へ傾く。そこへ踏み込んだ老人の身体が、船曳の懐に吸い込まれるように密着した。

あッ、まずい、とつい声が出る。力ずくの絞め技を使われたら、あれでは逃れようもない。目をつぶりかけたとき、春蔵老人の身体がくるりと回転するのが見えた。あとは目に映じていても、何がどうなったのか、わからない。気がついてみると、船曳の巨体がもんどり打って背から落ち、すさまじい地響きを立てていた。

――な、なんだ、いまのは？

あれが天心無円流の奥義だろうか。残心の構えを崩さない春蔵老人が、ひとつ大きく息を吐いた。尖った肩が荒海から浜へ上がったばかりのように、大きく上下している。

そしてその直後だった。春蔵老人はおどろくべき振舞いに出たのである。すでに仰向けに倒れて、ピクリとも動かない船曳の頭部に、トドメとばかりその拳を振り下ろしたのだ。

ぼくは石になったかのように、その場を動けなかった。夜気がそのまま凍りついたような数瞬が過ぎて、春蔵老人がつと身をかがめる。倒れた船曳の喉もとに手を差し伸べているのは、脈動を確かめているのか。姿勢をもどした老人はつかつかと社殿のほうへと歩みを返す。

そのときだった。遠ざかる春蔵老人の手に、何かが握られているのが見えた。細長い、板切れのようなものだ。何だろう、と瞬きを繰り返したが、目を凝らすまえに老人の姿は闇に没していた。


「……す、すごッ！　いまの、何か、すごくなかった？」

さつきが喉が詰まったみたいな声で言った。「死んじゃったのかな、あの大男」

「首でも折れていない限り、死んだりはしてないと思うけど」

「何を素人みたいなこと、言うてはりますのん。あんた、お医者の先生やおまへんか」

あ、そうだった。ぼくは頭をブルンとひとつ振るって、ようやく膝を伸ばした。いくら暴虐な無頼漢でも、ケガをしている限りあの大男は患者で、ぼくは医師なのだ。

仰向けに倒れている巨漢は、全身に水を浴びたように淡い月明かりに照らされていた。近づいてみると、微かに胸が上下している。失神しているが、今のところ、直ちに命に危険はなさそうだ。

「──キャッ！」

ぼくの肩越しにこわごわのぞき込んださつきが、背中にしがみつく。

「あらま、まるで歌舞伎の隈取《くまと》りやおまへんか」

お熊どんが言うのは、船曳の髪の生え際辺りから、赤黒い血が顔を染めているからだった。血の帯は額から鼻の両脇を流れて、頬の半分くらいを塗りつぶしていた。もともと山賊めいた顔だから、血染めのすさまじさと言ったらなかった。

しかし、この顔面の傷は投げられたせいではなかった。船曳は背中から地面に叩きつけられたのだから、後頭部を打ったとしても、顔をぶつけることはありえない。

鉄扇だ。突然降ってきたこのひらめきに、ぼくはゾッとした。春蔵老人が倒れた船曳の顔に、トドメの一撃を加える瞬間を、ぼくははっきり目にしていたのだ。そして、歩み去る老人の手に握られていた、あの細長い板状の武器。あのとき、春蔵老人の手がつかんでいたのは、このあいだ、翔志館の資料収蔵室で見た鉄扇に違いない。

諏訪頼忠公佩用の、別名〈妖変の鉄拵え〉。あの鉄扇には、これを用いるとき、必ずよくないことが起こるという言い伝えがあった。

5

「ナニ、大して時間は取らせませんよ」

警察署の取調室で向き合った刑事は、たしかにそう請け合ったはずだった。

なにしろぼくは、二十一世紀の世でも、刑事に尋問された経験などは一度もない。百年まえの警察署なんて、想像するだけでも怖そうではないか。おまけに明治十年に建ったという木造二階建ての警察署は、外壁のペンキがまだらに剝げ落ち、もとは白かった漆喰の壁も鼠《ねずみ》色になっていた。

玄関の受付でヒゲの巡査から、ここに氏名、住所、職業を書け、と紙を渡される。職業はどう書こうか、医師と書いたら身分証を出せと言われそうだし、と考えていたら、何をグズグズしておるか、とどやされた。しかたないから村岡医院雇人《やといにん》と書いた。長い廊下を歩いているとき、編み笠を被せられた青い獄衣を着た男とすれ違ってギョッとする。案内役の巡査が、あれは刑務所に移される未決囚だと威嚇《いかく》するように説明した。けれど福山《ふくやま》と名乗った刑事は、能楽の翁《おきな》の面（皺の深い年寄りで、目尻の下がった笑い顔）を想わせる、老いた農夫みたいな人だった。ひどく老けて見えるが現役の刑事課捜査官なのだから、まだ五十代なのだろう。

刑事の浪曲師みたいな声で語られる話は、わりと簡潔にして明瞭だった。

——二日まえ、隣り町の八幡社の境内で、男が重傷を負った傷害事件があった。被害者は船曳某という自称柔術家、加害者とされるのは天心無円流宗家、翔志館道場主の平泉春蔵である。二人は当夜、いわば決闘のような形で戦い、平泉が勝ちを収めたと思われた。ところが事件の実情はそうではなかったらしい。船曳が一方的に挑発し、平泉はやむなく正当防衛に及んだにすぎないという可能性が強い。

警察がそうした見方に傾いたのは、目撃者がいたからである。警察では現場で事件を見ていたという、小夜桜酒造会社の雇い人、石田《いしだ》くめを証人として取り調べた。石田くめの証言は、右の状況を裏付けるものだった。

お熊どんの本名が石田くめさんだというのは初耳だったが、警察がまずお熊どんを呼び出したのは理由がある。春蔵老人が姿を消し、ぼくが船曳をざっと診察したあと、道場のほうから人影がバラバラと駆けてきた。事情を聞いた平泉家の雇人たちだった。

ところが、やってきたのは中年の女性が二人と老爺《ろうや》だったから、うろうろするばかりで何もできない。そこでお熊どんが大活躍したというわけだ。

平泉家から雨戸を取り外してくると、老爺をいちばん近い外科医院へ走らせ、通りの材木屋から若い衆を借りてきた。水際立った手配りにぼくたちがぼんやりしているうちに、戸板に船曳を乗せて、さっさと医院へ運んでしまった。

平泉家からの知らせを受けた警察官が外科医院に着いてみると、そこにはお熊どんだけがいたのだった。

医師の診断によれば、船曳のケガは左肩が打撲と脱臼、左腕の骨折、変形性頸椎《けいつい》症。さらに頭部に挫傷と一部の陥没骨折があったという。お熊どんの証言は、それを矛盾なく裏書きしている。ただ刑事が疑問に思ったのは、船曳はなぜ受け身を取らなかったのかということだった。船曳は決して未熟な武術家ではない。

捜査員が平泉と親しい小野塚道場の館長に尋ねたところでは、「たぶん、平泉さんはあえて受け身の取れない必殺の投げを打ったのではないか」ということだった。柔術家である船曳でさえ受けを取れない技を放ったとすると、平泉の過剰防衛という疑いも出てくる。

「そのへんの事情を石田くめに問い質したんだが、これがもうひとつはっきりしない」

刑事は、いつも微笑を浮かべているような顔で、うなずきかける。

「……なにしろ暗かったですから。それにあっという間のことで」

いくらお熊どんでも、武術の達人が遣う必殺技が見切れるわけがない。

「平泉先生ご本人はどうおっしゃっているんですか」

「それが、何も特別な技は使っていない、と言うんだな」

「船曳には話を訊いたんですか」

「やつは頭を傷めているから、まだ面会禁止なんだ。だから、困っている」

福山は上着のポケットから煙草の箱を取り出した。どうだい一本、と紙箱をこちらに向けたが、丁重にお断りする。箱の表には、肉太な筆文字で〈敷島〉と印刷されていた。それにしても、大正時代の警官って一般人に対してホントにタメ口なんだな、と感心する。ドラマなんかに出てくる現代の刑事は、ふつうの聴取ならもう少し丁寧にしゃべるぞ。

「そこであんたに来てもらったわけだよ。石田くめの話によると、あのとき現場にいたのは、あの大女とあんただったそうだな」

お熊どんはさつきと秀樹の名前を伏せたんだな、と思ったからぼくはうなずいた。

「で、どうなんだ。あんたは平泉師範が船曳を投げた瞬間を、どう見た？」

「よくわかりません。ぼくは武術の経験が全然ないものですから」

ただ、船曳が壁にぶつかったみたいに動きを止めた瞬間があったように見えた、と思い出しながら言った。

「その隙を突いて、平泉師範が投げに入った。そう言うんだね」

福山は、ふーむ、と唸りながら煙を吐く。「すると、目撃者は二人とも詳細を弁ずること能《あた》わず、と。受け身の取れない秘術を使ったのではないかと言っているのは、小野塚師範のみ、ということになるな」

「でも、そんな技が本当にあるんですか」

「わからん。小野塚師範によると、天心無円流に伝えられる飛燕という技ならあるいは、と言うのだがね」

しかし、小野塚師範はなぜ、わざわざ旧友を窮地に追い込むようなことを言うのだろう。投げたらたまたま相手が受けそこなった、というのと、初めからそういう危険な技を掛けたというのでは、意味が違う。警察はどう見ているのだろう、とぼくが福山刑事の目の色をうかがうと、刑事は問わず語りに言った。

「そもそも、あの夜の対決が偶然の遭遇から起こったのか、二人が示し合わせた決闘だったのか、そこがあきらかになっていない。師範は毎晩、境内で型の稽古をするのを日課にしていたらしいから、それを聞きつけた船曳が押しかけてきたとも思えるがな」

「あれは偶然ですよ。春蔵師範は初めから、船曳の無理押しを受け流そうとしていたんです。でも、船曳はしつこくて、あきらめようとしなかった」

「それが平泉春蔵の芝居だったとしたら、どうだい。あんたらが藪に隠れているのに気づいて、芝居をしていたとしたら」

「まさか。あのときの師範にそこまでの余裕はありませんでしたよ」

「そいつはどうかな。なにせ、達人なのだからな」

というのも、と福山は思わせぶりに声をひそめる。「もうひとつ、奇妙な情報があってね。平泉春蔵が、倒れた船曳をさらに打ち据えた、と密告してきた者がある。それも特殊な武器を使ってだとね」

「誰ですか、そんなことを言っているのは」

刑事はぼくの目をのぞき込んで、ニヤリと笑った。

「心当たりがあるのかね」

あの場にいたのは、お熊どんとぼくを除けば、さっきと秀樹しかいない。けれど、あの二人がそんなことを警察に告げるはずがない。刑事は値踏みするような目でこちらを眺めていた。

「特殊な武器って……何を使ったと言うんです？」

「鉄扇のようだ。妖変の鉄拵えと呼ばれる、天心無円流宗家に伝わる秘蔵の武器がある」

「いや、それはおかしいですよ。ぼくも春蔵師範の手に何かが握られているのは見ましたが、それが何なのかはわからなかった」

「やはり、何か武器を使ったのは見たんだな」

ニヤニヤと人のわるい笑い顔に、しまった、鎌をかけられたかと唇を噛んだがもう遅い。

「まあ、そんな顔をしなくてもいい。じつは密告した者も、打ち据えたとは言っているが、何で打ったかまでは言っていないんだ」

あのとき、老人が素手の拳を打ち下ろしたのか、鉄扇を振り下ろしたのかは、見分けがつかなかった。周囲が暗いだけでなく、動きが速かったからだ。

「もし平泉春蔵が鉄扇を持っていたということになると、事件の性格が変わってくる」

福山が目を据えて言った。「つまりこの鉄扇は、妖異なことを起こすが必勝の武器だと伝えられていたわけだからな。あの場にそれを持っていったとなると、春蔵は初めから戦う意図があったと見なされる。偶然出会って挑まれた、というのと、武器を携帯して臨んだというのでは、犯意の有無がまるで違ってくる」

「それはわかりますが」

ぼくは早口になっていた。「だったら、その鉄扇ってやつを調べてみたらどうですか。

それで人を殴っていたらわかるんじゃないですか」

「ところが、その鉄扇が消えているのだよ」

消えている？　それは、あやしすぎるだろう。心証は限りなくクロに近いグレーと言ってもいい。

「平泉先生はどう言われているんですか」

「その点になると、いっさい無言の行なんだ。それ以外は、素直に話してくれたのだがね。だが小野塚師範の言うには、いまの平泉宗家の体力では、船曳のような現役の猛者《もさ》を倒すのはむずかしいだろう、ということだ。そこで鉄扇を用意したのではないかとも考えられる」

「え。じゃあ、鉄扇のことを告発してきたというのは、小野塚師範――？」

「いや、違う。小野塚師範はこちらから尋ねたら、そう答えただけでね。最初にそう言って電話してきたのは、若い女と少年の声だった」

「――若い女と少年の声？　どういう意味ですか、二人いたということですか」

「そのようだ。電話を受けた者によると、初めは女の声で掛けてきて、あとから少年に代わったそうだ。つまり現場には、石田くめとあんたのほかに、女と少年がいたと考えられる」

では、やっぱり、さつきか秀樹が？

ぼくはすっかり混乱していた。さつきと秀樹が春蔵老人を貶《おとし》めるようなことを、どうしてわざわざ警察に密告するのか。もしも老人が鉄扇を隠し持っていたとしても、争いをしかけたのは、あきらかに船曳ではないか。それは二人ともその目で見ていたはずなのに。

もっとわからないのは、小野塚師範の思惑だった。受け身の取れないという秘術〈飛燕〉を使ったのでは、とよけいな示唆をした上、鉄扇のことまでほのめかす。旧友を罪に落とそうとするような振舞いの意図は、いったい何なのか。

「さて、もう一度、最初から見た通りのことを話してもらおうか。一切を包み隠さずにな」

粗末な机の向こうで、福山刑事が少しも表情のない窪んだ目で、ぼくを見つめていた。

6

きょうはチームの紅白戦だというのに、明和学園グラウンドは、このあいだの壮行試合と同じくらいの観客でにぎわっていた。それだけ、地元の期待が高まっているのだろう。レギュラー組に下級生組が挑むのだが、戦力を近づけるために助っ人として三人だけ去年のメンバーがまじっていた。先発投手はレギュラーチームが君塚くん、下級生チームは旧メンバーの高校生だった。

全国大会は兵庫県（現在の西宮市《にしのみや》）の鳴尾球場で、来週から始まるという。明和学園の初戦の相手は、山陰地方代表の強豪、松江中学である。雰囲気はこのあいだより盛り上がっている。羽織袴の応援団も登場して、本番さながらの熱の入れようだった。

「ようよう、兄さんもえらい熱心やな」

まえと同じ一塁側の観客席に坐っていると、周旋屋の犬井がやってきた。軍隊用のごつい水筒をぶら下げているが、中身は冷酒らしい。来る途中、早くも引っかけてきたのか、ずいぶん上機嫌だ。

「なんや、きょうはお熊どん、おらんのかいな。そやったら、ツマミ買うて来なならんなあ。ところで、こないだの嬢《いと》はんと坊々《ぼんぼん》は、どないしたん？」

「二人でベンチ脇の席に行ってますよ」

警察の事情聴取からもどったあと、さつきと秀樹をつかまえて問い質そうとしたのだが、これがうまくいかない。秀樹はあれ以来寄り付かないし、さつきもふだんはうるさいくらいまとわりつくくせに、宛がわれた部屋に閉じこもっている。いくら親しい間柄とはいえ、年頃の娘の部屋に押し入るわけにはいかない。

二人がこうはっきり態度に表されれば、いつもは気のつかないぼくだってピンとくる。二人はぼくを避けたがっているのだ。理由は福山刑事の言っていた、密告電話だろう。ぼくが警察に呼ばれたと聞いた二人は、当然ぼくが二人に疑いを抱くと思ったのだろう。しかし、こうやって逃げているのが、二人が密告者だと証明しているようなものだ。

「そう言うたら、あんたが言うとった平泉先生なあ、あれからえらいことになっとるんやで。知ってまっか」

　ちびちび水筒の冷酒を口に運んでいた犬井が、ふいに振り向いた。知っているも何も、まさにその現場にいて警察に調書まで取られたわけだが、犬井の目に興味の色が強く動いているのを見て、黙っていることにした。ヘタにそんな話を聞かせたら、絶対に喰らいついてくるに違いない。

「とうとう、道場破りと対決したんですってねえ」

「そうでんがな。それがまあ、さすがやおまへんか、春蔵先生、みごとにあの大男を投げて気絶させたんでっせ。門人連中は、もうその噂で持ち切りですわ」

「そうらしいですね。相手は大ケガしたとかで。……でも、ちょっと妙な話を聞いたんですけど」

「あれやろ？　先生が鉄扇を使うたいう話やろ、あんなんデタラメに決まっとるやないか。小野塚師範の陰口を、アホな警察が真に受けとるだけや」

「でも、小野塚師範は春蔵先生の友だちなんですよね。どうして陰口なんか」

「ようわからんけど、妬みやないか言う者もおるわなあ」

「妬みって、春蔵先生の評判が上がるとか、そういうことですか」

「そら、あんた、相手が死にでもせん限り、大した罪にはならんやろ。向こうから無理に挑まれたんやさかいなあ。そしたらじきに先生、警察からもどって来はるわなあ、そらもう、えらい評判になるやないか」

それはどうかな、とぼくは思った。犬井もまえは平泉春蔵と小野塚くらいになれば、功名心みたいなものはないだろう、と言っていたではないか。だいいち、さつきと秀樹はその話にどうかかわってくるのか。二人とも小野塚とは面識もないはずだ。

「ああー、あかん。また四球や。きょうはコントロールがもうひとつやなあ」

突然、犬井が天を仰いで叫んだ。マウンドにはエースの君塚くんが、初回にもかかわらず顔から汗を滴らせて立っていた。塁上に、二人めのランナーが出たところだった。

「調子がよくないんでしょうか」

「外ばかり投げよる。速い球で内角を攻めるのがこの投手の身上《しんじょう》なんや。きょうは球が外へ逃げてまうから、ストライクがよう入らんのや」

そう言っているうちにも、左バッターに投げた外角寄りの球がシュートして、まんなかに入ってしまう。スピードもさほど乗っていないので、絶好球だ。アッと思う間に、打球は内野の頭を越えて、外野に飛んでいた。右中間を破る二塁打。ランナーがよく走って、レギュラーチームはたちまち二点を奪われた。

「あちゃー、言わんこっちゃないわ。こないな調子やったら、松江中には勝てへんで。向こうには足のごっつう速い打者がそろうとるいうのに、どないするねん」

球が自然に外側に逃げてしまうとしたら、イップスかもしれないな、とぼくは考えた。イップスというのは、スポーツに顕著なのだが、精神的な理由でふだんのプレーができなくなってしまう症状をいう。プレッシャーや不安によって、筋肉を支配する電子信号に乱れが生ずるためだ。

「やっぱり平泉先生の事件が、影響しているんだろうなあ」

ポツリとぼくがつぶやくのを待っていたように、犬井がしゃべりはじめた。

「それやがな。あの子は、春蔵先生のほんまの孫みたいに可愛がられとったさかいなあ。先生が警察に連れていかれた聞いたら、そら、心配しまっせ」

「しかし、事情が事情ですしね。捜査もそう長いことかからないでしょう。先生はケガもされなかったんだから、心配いりませんよ」

「まあ、そうでっしゃろ。君塚も本番までには調子もどるやろうしなあ」

どこからともなく、危ないッという声が重なった。ハッと顔を上げたとたん、目のまえに白い光が雹《ひょう》のように落ちかかった。思わず目をつむって、体をのけぞらせる。パシッという激しい音に、こわごわ目を開けてみると、犬井がしきりに右手を揉んでいる。

「ファウルボールや。危なかったのう」

バッターが打ちそこねた球にドライブがかかって、一塁側観客席に飛んできた。たまたま打球を見ていなかったぼくは、危うく直撃を喰らうところだったのだが、犬井がうまく右手で弾いてくれたのだった。

「いやあ、助かりました。反射神経、いいんですね」

「そら、だてに春蔵先生のとこで修業しておらんわな」

ワハハと笑った犬井は、まぐれや、まぐれ、と笑いを大きくした。危ない目に遭わんように、ちゃんとグラウンド見とらんと、と言われて目をもどしたぼくは、そのまま、もう一度ハッと息をつめて硬くなっていた。

事件の真相が——春蔵師範が使ったとされる秘技飛燕の謎が、鉄扇にまつわる謎が、雲間から射し込む月光に照らされた夜の薔薇のようにありありと見えてきたのだ。その花弁のひとひら、ひとひらまで。

ぼくは、さつきと秀樹の姿を一塁側ベンチ脇の観客席に捜した。さて、この共犯者コンビに、どんなお仕置きをしてやったらいいだろう。

ぼくは薬草の勉強もけっこうしていてね、植物にはちょっとうるさいんだよ、と切り出してみたが、秀樹はべつに興味を惹かれた様子もなかった。

「けさ散歩していたら、翔志館道場の隣りにある神社の境内で、野萱草《のかんぞう》の群落を見つけたんだよね。ユリ科のオレンジ色の花。つぼみは解熱剤になるし、葉と根は利尿作用があるんだ——」

ハア、と秀樹は怪訝そうに答える。この医者、何を言い出すつもりだ、と思っているのが顔に出ていた。

「本殿のそばに、開けた草地がある。もちろん、きみもよく知っているよね。こないだの晩は、そこで大変なことが起きて、ぼくたちはそれを見ていたんだから。——その本殿寄りの植込みに、野萱草がたくさん咲いているんだよ。黄色い花粉をいっぱい散らして」

　秀樹は返事をしないまま、ゆっくり足を運んでいた。小夜桜酒造から淀川沿いに少し歩くと、用水路の落ち口があった。その辺りは野草と蓮華《れんげ》が繁る草むらになっていて、用水路に沿って鈴懸《すずかけ》の並木道がある。その下を並んで歩くと、秀樹は頭半分、ぼくより背が低かった。

「その花粉が、植込みを囲っている石に一面に降りかかっているんだよ。だから石の列がその辺りだけ、黄色い石を並べたみたいに見えるんだ」

「……そうやったかな」

「ところが、ぼくは変なことが気になる癖があってさ。囲い石の列に一か所だけ、黒く土が見えてるところがあるのに気がついたんだよ。つまり、ひとつ分だけ、囲いの石が抜けてるんだろうね」

　秀樹はひとことも口を挟まない。

「それでさ、その辺りをうろうろ歩いていたら、開けた草地の向こう側に、妙なものが転がっていたんだ。黄色い花粉のついた、おとなの握り拳くらいの石が」

　たぶん、誰かが面白半分に石を投げたのかもしれないね、とぼくは秀樹の幼さの残る横顔を眺めた。ふっくらした頰に挟まれて、意志の強そうな唇がきゅっと堅く結ばれている。黙ったまま、十歩ほど歩いてから、ぼくは軽く息を吸った。それを吐き出す勢いでひと息にこう言った。

「君塚くんでしょう、その石を投げたのは？　あの夜だよね。平泉先生が船曳とかいう道場破りと戦った、あの夜だ」

草むらを行き尽くした道は、そのままヒマラヤスギの林の中へと続いている。ぼくがゆるゆると口にする話を、秀樹は返事もせずジッと聞いていた。

「あのとき、ぼくたちの反対側の木陰に、君塚くんがいたんだと思う。たぶん、練習熱心な彼は、ピッチングフォームをチェックでもしようと思って、あの境内に出かけたんじゃないかな。ところがそこで、春蔵先生が道場破りに捕まっているのを目撃してしまった」

秀樹はヒマラヤスギの梢《こずえ》を見上げている。

「その通りです。ただ君塚は、こっち側に人がおるのに気づかへんかった」

枯れかかった下枝を指で撫でている秀樹に、ぼくは語りかけた。

「で、そのあと何が起きたか、暇に飽かせてぼくは推理してみたわけだ。平泉先生は船曳の攻撃をよくかわしていたけれど、かなり追い詰められていた。ところが一瞬、船曳がバランスを崩した隙を突いて、技を掛けた。船曳は受け身も取れずに肩から落ちて大ケガをした。けれど、その瞬間に先生はなぜ船曳がいきなり隙を見せたのか、その理由に気がついたんだね。なぜなら倒れた船曳の額に、覚えのない打撃の跡があったからだ。そこで傷の本当の理由を隠すために、その上からさらに一撃を加えようと、そばに落ちていた石か何かで船曳を殴った」

おみごとです、井筒先生、と秀樹がつぶやく。

「春蔵先生はお年のせいや知らんけど、寝つきがわるいんやそうです。そやし毎晩おやすみになるまえ、境内で基本動作の稽古をしてはったん。ひと汗かくと眠りやすうなる、言やはって。それを船曳がどこかで聞き込んだんですやろな。あの晩は、待ち伏せしとったらしうて」

「先生は……その、こんなことを訊いたら気をわるくするかもしれないけど」

ぼくは秀樹の目を見つめて言った。「正直なところ、どうなのかな。身体のほうは？」

「武術家としてどうや言うたら、全盛期の半分も動けんやろ、小野塚師範《なご》がそう言うてはりました。脊椎狭窄症《せきついきようさく》たらの治療も受けとるくらいで。もう少し長う戦っとったら、船曳に倒されていたやろ思います」

やっぱり、そういうことか。ぼくはうなずいた。

「そうだろうね。いまにも先生が船曳に倒されそうなのを見て、君塚くんはつい石をつかんで投げてしまった。おそらく当てる気はなくて、船曳をおどろかすつもりだったんだろう。ところがたまたま眉間を一撃された船曳は目がくらんで、動けなくなった」

「そのタイミングで、先生が投げ技を仕掛けてしもうた……」

意識の飛んだ状態で、渾身《こんしん》の投げを喰らったからたまらない。船曳はまともに肩と首を打って気絶してしまった。それを小野塚師範は、秘術飛燕を使ったのではとこじつけたわけだ。

「先生はすぐに君塚くんが石を投げたことに気づいた。だが暗かったし、激しい動きの中だから、君塚くんには石が当たったかどうかわからなかっただろう。そこで先生は、すべては自分ひとりでやったことにしようと決めたんだ。世間から君塚くんを守るために」

「それだけやない思います。君塚は繊細なやつやから、自分が放った石がもとで人が大ケガした思うたら、きっと自由に球を投げられんようになる。そう考えはったんやないですか」

実際、君塚くんの投球は事件後、調子を乱していた。内角をズバッと攻めなくなったのは、デッドボールを恐れたからだ。石を当てたかもしれないという不安がトラウマになって、打者の近くに投げられなくなった。いまに警察に呼ばれるかもしれない、自分の投石のせいでケガ人が出たと知られたら大会に参加できなくなるのでは、そんな思いがイップスの原因となったのだろう。

「でも、よく真相を見抜けたね。ぼくは同じ場所にいたのに、まったく何も見えていなかった」

「それはたんに、視点の違いやさかい、ぼくが見抜いたわけやあらへん」

「そうか。あのとき、きみはぼくたちより右のほうに離れていたんだよね」

つまり秀樹の位置からは、船曳の横顔がほぼ正面に見えていたのだ。だから、投石が当たり、船曳が動きを止めた一瞬が見えたのだろう。

「じゃあ、春蔵先生がとっさに石を拾って、船曳の額を打った意味もすぐわかったんだ」

「ええ。わかりましてん。さつきに相談したら、お熊どんから小野塚先生のこと訊き出してくれたんで。そしたら小野塚先生に打ち明けたらどないや、いうことになりましてん」

なるほど。この件を相談するとしたら、小野塚先生よりも適した人はいない。

「小野塚先生、平泉先生のいまの力では船曳に勝ち目ないから秘術を使ったんだとか、鉄扇を使ったんじゃないかとか、警察に吹き込んでいたよね」

「そやし、それは君塚から目を逸らすためですやん。誰かがあの果たし合いに疑いを持ったときに、鉄扇を使ったんやないかいう説を流しとけば、目くらましになりますもん」

そういうことか。得意げに声を張った秀樹に、ちょっと坐らないか、とぼくは傍らを指してうながした。草むらに腰を下ろすと、秀樹も隣りで膝を抱える。焼玉エンジンの船が、ポンポンポンとのどかな音を立てて淀川を遡っていった。

「じゃあ、立ち去るとき、春蔵先生が鉄扇に見えるような物を持っていたのも、君塚くんにそう思い込ませるためだったのかな」

「先生はあいつがおることがわかってはったさかい、板切れか何か拾うたんやろ思います」

「そのことも、小野塚先生に話したんだね」

「はい。小野塚先生も、春蔵先生の考えはよう察してはったんですやろ」

それで、あえて憎まれ役を買って出たのか。翔志館道場を初めて訪れた日、街道から路地に入ってきた二人の老人の姿を、ぼくは懐かしく思い出した。痩身で気高い、鶴のような春蔵先生と、頑丈で実直そうな亀みたいな小野塚先生。鶴と亀か。おめでたいコンビだなと思って、ついおかしさがこみ上げて、クスクス笑っていると、

「何を笑うてますのん」

釣られて顔をほころばせた秀樹が、ふと思い出したようにポツリと言った。「井筒先生はいつまでこっちにいやはりますか」

そうだなあ、とぼくはカレンダーを思い浮かべて、残る日数を数えてみた。さいわい、さつきの姉、珠緒さんの容態は落ち着いてきている。不十分な検査だが、一応最初の診立て通り憩室炎がもっとも疑われる状態は変わらないし、汎用的な抗菌薬がまずまず効果を現わしているようだ。膿瘍《のうよう》などの合併症が起きない限り、このまま食事管理と点滴を続ければ治療できる見込みが高い。

「珠緒さんの経過が順調なら、来週のうちにはと思っているけど」

「ぼくもその頃、もういっぺん、東京へ行かなあきまへん。一高との対抗戦があるさかい」

「ああ、そうだったね。そういえば、声が嗄《か》れてるみたいだけど、応援団の練習で？」

「そうですねん。昨日はぎょうさん先輩方が来やはって、朝の七時から昼休み挟んで夕方の四時まで、みっちりしごかれましてん」

「そんなに、何を練習するんだい。ただの野球の応援だろう」

「そら、いろいろですねん。声掛けから、校歌、応援歌、集団動作……」

集団動作というのは、現代でいうマスゲームとかグループパフォーマンスみたいなものか、と考えていると、秀樹がめずらしく、歯を見せて笑った。

「初めは野球の応援みたいなもん、なんであないに夢中になれるんや思うとったけど、この頃は一生懸命になれるもんがあるんはええことや思うようになったんですわ。そやし、ぼくも大学では物理へ進もう思うてます。好きなもんに打ち込むんが、いちばんやさかいなあ」

ふだんになく饒舌《じょうぜつ》な秀樹の言うことを聞いてみると、彼の父親は大学で地質学を教えており、五人いる息子たちの誰かに研究を継いでもらいたいと念願していたらしい。あいにく息子のうち三人は文学や歴史を好み、長男は冶金《やきん》学に進んだ。父親は残る秀樹が理科志望と知って、期待をかけた。秀樹も何とか地質学に興味を起こそうと努力してみたものの、数学や物理のほうがおもしろいのはどうしようもない。

そうなんだ、この寡黙な少年も胸のうちでは、あれこれものを感じ、考えているんだなあ、そう思って秀樹を見ると、何となく幸福そうな微笑を浮かべて、淀川の落ち口を眺めている。ぼくは今さらながらふとあることに気がついて、不吉な予感に慄《おのの》いた。

「一高との対抗戦があるのは、いつなんだい」

「三十日ですねん。もし勝てば翌日、東京にいやはる先輩方が祝勝会を開いてくれはります。たぶん徹夜で騒いで、帰るのはそのまた翌日になるんやて、言うてます」

「だったら、負けた場合は？」

「そら、その晩の夜行で帰るに決まってますやん」

三十日の翌々日といえば、九月一日ではないか。関東大震災の当日だ。秀樹が無事に関西に帰れるためには、どうしても対抗戦に負けてもらうしかない。しかし、こればかりはぼくの力ではどうにもならないし、たとえ勝ってもすぐ帰るよう秀樹に言うわけにもいかない。

「なんだ、こんなところにいたのか。捜しちゃったじゃないの」

ふいに後ろから飛んできた声は、確かめるまでもなく、さつきのものだった。「井筒先生、きょうは病院に行くんでしょう？」

「そのつもりだよ。そろそろ東京へ帰らなくてはならないからね、珠緒さんの担当の先生と、これから先の相談をするんだ」

「じゃあ、いっしょに行くよ。いいよね」

ダメだと言ったって、聞きやしないくせに、と振り向くと、見慣れない白いワンピースを身に着けている。襟もとのゆるやかな、スカートにプリーツの入った薄地のせいか、

いつもよりおとなっぽく見える。似合うね、とお世辞でなしに褒めると、

「これ、珠緒姉ちゃんからもらったの。こないだお見舞いに行ったとき、夏の服が足りないから買わなくちゃって言ったら、白のジョーゼットがあるからあげようか、って」

「嘘やん。あの服気に入ったさかい、くれくれ言うてねだっとったやないか」

秀樹がツッコミを入れたとたん、さつきが牙《きば》をむいた野良猫の顔になった。

「何よ、困っているのを助けてあげたのに。裏切り者！」

「おいおい、助けたとか裏切り者とか、穏やかじゃないな。病院で何かあったの？」

「あったに決まってるじゃない」

目を尖らせてさつきが言うには、珠緒の入院している病院の院長には年頃の娘が三人いるが、息子はひとりもいない。そこで男の子の多い人がいると、ウチの婿にひとりくれないかと言うのが口癖なのだが、秀樹の小川家は男子が五人もいて、みな秀才である。そのためとりわけ院長も熱心で、口説き方が通り一遍ではない。秀樹はそんな院長が苦手で逃げまわっているのだが、先日いっしょに珠緒のお見舞いに行ったら、ちょうど院長の回診にぶつかってしまった。

しきりに裏手にある私宅に寄らないかと勧められて、ついていってみたら、奥さまばかりか娘たちまで出てきて大歓迎になった。娘はみな十代で、いずれも美しい。さつきはすぐに打ち解けておしゃべりに花を咲かせたが、秀樹は真っ赤になってうつむいているばかり。娘たちに何か尋ねられても、うなずくか首を振るかだけでろくに応えられな

い。それをまた、院長夫妻が花婿候補の品定めでもするようにうかがっている。

「うわあ、それはきついなあ。ぼくでも耐えられないよ」

つい口を挟むと、秀樹は肩を沈ませてため息を吐いた。

「そうですやろ。恥ずかしゅうて気が遠くなりましたわ」

「だから私が助けてあげたんじゃない。私がいっしょでなかったら、あんた、お漏らししてたよ、きっと」

「そないなこと、するかいな。子どもとちゃうで」

言い合いが猿の喧嘩じみてきたので、ぼくはまあまあ、と割って入った。

「まだ高校生なのにお婿さん候補にさせられるのは、それだけ秀樹くんが前途有望だということだからね」

そして、ぼくは何の気なしに訊いてみたのだった。「あの病院の院長先生、何といったっけね」

「湯川《ゆかわ》さんだよ。井筒先生、最初に病院に行ったとき、名刺もらっていたじゃないの」

「そうだったな。じゃあ、もしもお婿入りしたら、秀樹くんは小川秀樹から湯川秀樹になるんだね」

「湯川秀樹のほうが、何となくお似合いじゃない？」

「もう、おちょくらんといてや」

「あー、赤くなってる」

さつきが秀樹の頰を突っついて、パッと逃げ出した。鈴懸の木をめぐってウサギのように逃げるさつきを、ブツブツ言いながら秀樹がノロノロ追いかける。青春ラブコメみたいなシーンを見つめながら、けれどぼくの顔から微笑は消し飛んでいた。

いずれ京都帝国大学に進む、物理学志望の三高生。まさか。この少年が、後に日本人として初めてノーベル賞を受ける原子物理学者、湯川秀樹なのか。

ぼくはうろ覚えの湯川秀樹博士のポートレートを思い浮かべ、秀樹の面差しをそこに探そうとした。やや面長の輪郭、目尻の少し垂れ下がった温和そうな目、たしかに似ていると思えば似ている。

笑い声とともに二人が駆けもどってきた。ぼくは精一杯のんきそうな顔をして、秀樹に話しかけた。

「秀樹くん、きみ、朝永振一郎《ともながしんいちろう》という人を知っているかな」

え？　とつぶやいた秀樹の顔から表情が抜け落ちる。朝永振一郎は湯川秀樹に次いで、日本で二番めにノーベル賞を受けた物理学者だ。湯川と朝永が京都一中、第三高等学校、京都帝大物理学科を同じ年に卒業したことは、知る人ぞ知るノーベル賞エピソードだ。

「なんで、井筒先生が朝永くん知ってはるんですか。あいつとは中学も高校もいっしょなんやけど」

澄んだ青い空に、生まれたてのような真っ白い夏雲が立ち上がっていた。百年まえの少年と少女が聡明な瞳を輝かせ、夏の光をまとって、ぼくの言葉を待っていた。

エピローグ

大正十二年(一九二三年)、九月一日の午前十一時の時報を、ぼくは村岡医院の玄関で聴いた。土曜日だから、診察時間は十二時までだった。さいわい患者が少なかったので、前日から院長に頼んでおいたように、定刻より早く外へ出られた。

院長は嫁の陰口を繰り返している老婆の話に相づちを打ちながら、丁寧に触診を続けていたし、看護師の桜井さんは薬包を整理している。ごくさりげなく出ていったぼくが、このまま姿を消しても、運わるく震災の被害に巻き込まれたのだと思うだろう。そう思ってほしかった。

ここ数日、ぼくはこちらの世界で出会った人たちに、ひとりひとり、心の中でお別れを告げていた。手がけた患者さんへのアフターケアも、できるだけやったつもりだ。

特に、大阪で入院している珠緒さんの担当医には、残った抗生剤などの薬剤をすべて渡してきた。本来なら、合併症の可能性を考え合わせながら、嫌気性細菌などもカバーできる抗菌薬を選ぶのだけれど、残念ながらそれはできなかった。薬剤を補充するには、例のタイムトンネルを使って三杉に調達してもらうほかにないのだが、それが困難になっていたからだ。

東京にもどる道々、思っていたのは、まず何を置いてもあの地主屋敷の様子を見に行かなくてはということだった。中に入れなくなっていたり、あの池の辺りまで取り壊しが進んでいたりしたら、未来へもどるのが困難になる。

実際に行ってみると、留守をしているうちにやはり解体工事の準備はかなり進んだようだった。屋敷の塀に沿って、丸太柱が打ち込まれ、そのあいだに鉄条網が張りめぐらされている。四足門に板がぶっ違いに打ち付けられているのは、すでに知っていた通りだ。どこか入り込める隙間はないかと塀に沿って歩いていたら、裏手のほうに、鉄条網がぞんざいに巻かれた場所が見つかった。ここならくぐり抜けて塀に手が掛けられそうだった。

けれど、どうにか塀を乗り越えて、庭の池に行ってみると、例の岩壁はからみついていた蔓草が枯れて、滝つぼに細かい岩の破片がいっぱい散らばっていた。風化した表面が剝がれ落ちているのだ。微かに感じられた湿り気がすっかりなくなって、黒ずんだ染みも消えている。タイムトンネルに流れている（らしい）不思議な水煙が、干上がってしまったということだろうか。

ぼくはまず、これまでのように、細く切った紙に三杉宛てのメモを書いて岩肌の裂けめに差し込もうとした。大震災の発生が近づいているから、タイムトンネルをくぐるそのときについて打ち合わせをしたい、と記したメモと、憩室炎が疑われる患者がいるので、追加の広域抗菌薬とメトロニダゾールを送ってほしい、と書いたメモだった。

ところが、ここと思う辺りに紙を押し当ててもざらざらした手触りがあるだけで、以前のような吸い込まれる感触がまったくない。とうとうトンネルが完全に閉じてしまったのか。顔から血の気が引くのがわかった。

大阪の珠緒さんの病状は、予防的に追加の薬剤を手に入れようとしただけで、あとは自然治癒力に期待していい段階に達している。だが、ぼく自身がもとの世界に帰れるかどうかは、それとは次元が違う。大震災発生のそのときには、タイムトンネルの向こう側に、どうしても三杉にいてもらわなければならない。それには事前の細かい打ち合わせが必要だ。震災が起きてもトンネルが十分に開かないことだってありうる。その場合、二十一世紀側にいる三杉の協力は絶対に欠かせないのだ。ぼくが向こう側の情報を得る手段は、それ以外にないのだから。

このまま、何の準備もできずに、ぶっつけ本番で当日を迎えることになるのだろうか。そして、もし本当にトンネルが開かないなんてことになったら……そう思うと、情けないけれど涙が出そうになった。珠緒さんの胃腸の不調は心身症もあるかもしれない、などと医師マインドで診断していたが、これでは自分がそうなりそうな気がした。

だからといって、ぼくが自分のことばかりにかまけていたわけではない。それからの数日、ぼくはまもなく大震災に遭遇するこの時代の人々を、何とか被災から救おうと考えていた。もちろん、十万人に及ぶ全員を救うことはできないが、せめてかかわりのあった人たちだけでも助けたかった。

震災の被害が大きかったのは、地盤のゆるい下町だった。北豊島郡王子町は武蔵野台地と下町との境に位置している。さいわい、村岡医院のある辺りは舌のように延びた舌状台地の上で、平野部より地盤が固い。地震にも耐えやすい。医院の建物は木造だが、構造上、一般民家にくらべれば頑丈だ。倒壊の心配はなさそうだから、あと気をつけるべきは火事の類焼である。

当日は消防署も消防団も当てにならないので、ぼくは防火用の井戸が水涸れしていないか確かめ、ホースや龍吐水《りゅうどすい》（江戸時代から使われていたポンプ式放水器）がそろっているか、点検した。さらに防災訓練をしてはどうかと提案して、院長にかなり妙な目つきで見返された。変なことを言うやつだと思われたのだろう。東京は冬にからっ風が吹いて火事が多いから、寒風吹きすさぶ頃になると、火の用心の夜まわりが町内をめぐる。夏に防火訓練と言われても、院長にはピンとこなかったらしい。

そこで、ぼくは関西旅行のすばらしさをアピールして、院長に八月末から村岡医院あげて慰安旅行をしてはどうかと訴えた。みんなが九月一日に東京を留守にしていれば安心だからだ。これも、そんなに急に言われても患者さんが困るからね、と首を傾げられた。

最後の手段として、九月上旬は方位がわるいから南と東の方角には出かけないほうがいい、と柄にもなく易者の真似までしたのだった。南と東へ向かうと地盤のゆるい下町になるからだ。

さつきの家は王子よりも西、飛鳥山公園の北側にあるから、台地の上になる。女学校の始業は次の週からだというので、土曜日は決して家から出ないよう言い含めた。間違ってでも市内の友だちを訪ねたりしてはいけない、と釘を刺したかったが、そんな言い方をすると、かえって天邪鬼《あまのじゃく》を刺激しそうでもある。だから土曜日にデパートから輸入菓子の小包が届くはずだと、食い意地で釣ることにした。おかげで最後から二番めの日に、銀座《ぎんざ》まで買い物に行くはめになった。

もっともデパートに行く理由はそれだけではなかった。村岡医院での報酬や患者さんからの謝礼金（ぼくの時代では概ね禁止されているが）など、この時代で稼いだお金がかなり貯《た》まっていたのだ。そのお金で、お世話になった人たちに、ちょっとした贈り物をしたいとぼくは思っていた。

村岡院長には、すでに京都で西陣織《にしじんおり》ネクタイセットを求めておいた。桜井さんには同じくお財布と手提げ袋。いつの日にか、あれはぼくからのお別れの印だったのだ、と思ってもらえたらそれで満足だった。そしてさつきと秀樹にも記念品をプレゼントするために、ぼくはデパートに出かけたのだった。それがちょっとした騒ぎを引き起こしたのはご愛敬《あいきょう》だったのだが……。

地震が来るのは、午前十一時五十八分。

タイムトンネルと地震がどう関係しているのかはわからないが、大きなエネルギーが発散された直後に、時空間のゆがみが最大になると考えるのが自然だった。三杉が調べてくれた過去の例を見ても、大震災からあと、ゆがみはだんだん小さくなったと思われた。

つまり、地震発生のすぐあとが、タイムトリップの最大のチャンスなのだ。ぼくは小走りにあの地主屋敷に急いだ。

解体工事の進展具合はわかっているが、最後までどうなるかわからない問題がひとつある。あの池の傍らにある岩壁だ。滝の落ち口がタイムトンネルにつながっているわけだから、もし地震の衝撃で岩壁が壊されたとき、それも消えてしまうのではないか。

腕時計を確かめる。十一時三十一分。

地主屋敷のまえの通りは無人だった。民家のまえを通ると、炊飯の匂いがした、電気もガスも、まだ照明用を除くと普及していない。調理器具は木炭、練炭を使った七輪やコンロが多かった。

道を急ぐ、このときのぼくの気持ちは、濁流に流される小舟みたいに揺れていた。まもなく、未曾有の大地震がやってくる。関東一円で十万人超が死ぬ。震源地に近い神奈川、千葉ほどではなかったが、東京府内でも二万四千軒超が全壊し、約三万軒が半壊している。瓦礫となった家々に火がついて、東京市内だけで十六万戸超が全焼するのだ。

ぼくはなるべく顔を伏せて歩いた。遠くで通りを横切る子どもたち、民家の庭で竹ぼうきを使う老人、軒先の七輪で魚を焼く主婦、そうした人々の顔を見てしまったら、とても居たたまれないからだ。命を落とすかもしれない、家を焼かれるかもしれない人たちを、ぼくは見殺しにしようとしている。

けれど、もしかれらの肩を揺すって「大地震がもうすぐ来ます。逃げてください」と言ってまわったら、どうなるだろう。まず信じる者はいない。こっちの正気を疑われるだけならまだしも、警察を呼ばれるかもしれない。この時代、警察の権力は未来の世よりも遥かに強い。流言飛語に対する取り締まりもきびしい。もし通報されて身分、本籍などを照会されたら、たちまち身許《みもと》不明の不審者確定でジ・エンドだ。

だいいち、ここで死ぬはずだった人を助けるのは、歴史に介入することになりはしないか。いま目のまえの人を助けることが、結ばれるはずだった男女の組み合わせを変えてしまったら？　生まれる運命にあった人の存在を消してしまうかもしれない。それが百年後の数万、数十万の人々の人生を、初めからなかったものにしてしまうとしたら？　そのことで変わってしまう未来に責任を負えないのに、そんなことをしていいのだろうか。

すぐに、もうひとりのぼくがこう答える。おまえは、この時代では死ぬしかなかった人を、医師としてすでに何人か助けたじゃないか。まえに三杉から関東大震災の記録を教えてもらったとき、ぼくは本所区横網町《ほんじょよこあみ》（いまの墨田《すみだ》区横網二丁目）にあった陸軍省被服廠《ひふくしょう》跡の空き地で約三万八千人が死んだことを知った。ここなら安全だと集まってきた避難民に、四方から火が迫り、火炎の竜巻が襲ったのだ。焼け死んだ人、逃げ惑う群衆に踏み殺された人、飛んできた物に頭を砕かれた人……。

かれらに、ここにいては危ない、と教えてはいけないのだろうか？　いや、そんなことをしたところで、幾人が救える？　たんに自己満足、自分に対するエクスキューズでしかないのではないか。そうじゃない、たとえひとりでも助けられるなら――

自問自答を繰り返しているうちに、地主屋敷の門が見えてくる。十一時四十七分。残された時間はあと十一分しかなかった。

屋敷の封鎖された門を横目に、築地塀に沿って走っていると、行く手から郵便配達の自転車がやってきた。郵袋を積んだ赤い荷箱が目に入ったとたん、ぼくは今ごろお菓子の詰め合わせが届くのを首を長くして待っている、さつきのことを思い出した。

昨日の夕方、最後に会ったときのことだ。（予想通りにタイムトンネルが開けば）これが永遠の別れになるとぼくは知っていたから、つとめて気楽そうに振舞ったものだ。そう、まるで鼻歌でも歌い出しそうな調子で。だから輸入菓子を送ったと聞いたさつきも、顔の内側に灯りがともったような笑顔を浮かべたが、すぐに唇を尖らせた。

「どうせなら、きょうもらいたかったのに」

「まあまあ、そう言わないで。そのかわり、別のプレゼントがあるんだ」

さつきはうさんくさそうな目でぼくを眺めていたが、ジュエリーケースを取り出すと、目を輝かせた。

「こないだいっしょに関西旅行した記念に、これをあげようと思ってね。神戸の元町《もとまち》で買ってきたんだ」

ケースには、鈴蘭《すずらん》の花をリーフに組み合わせた清楚《せいそ》なブローチが、銀と純白の光を放っていた。うわあ、すてき、と女学生らしく歓声を上げるかと思っていたら、

「あのさあ。もしかして、私のこと、口説こうとか思ってる?」

とんでもないことを言い出した。上目遣いに、いたずらそうな笑みを浮かべている。

「おとなをからかうんじゃない。きみはまだ女学校の生徒じゃないか」

「私のお友だち、許婚《いいなずけ》のいる子が三人いるよ。卒業したらすぐ結婚するんだって」

そうか、とぼくはまた思う。ここは百年まえの大正時代だったんだ。二十一世紀の世界では、許婚なんて言葉を耳にすることはほとんどない。こういうとき、大正時代のおとなはどんなふうに振舞うのだろうか。すると、もうひとつ、ぼくが持っている包みに目ざとく目を留めたさつきが、そっちのは何なの、と首を伸ばす。

「これは秀樹くんへのプレゼントだよ。東京で会いそびれたから、郵便小包で送ってあげようと思ってね」

「えっ、何? 何をあげるの?」

「万年筆」

この先、大学で最先端の原子物理学を勉強する秀樹のためにと、高校生には上等すぎ

る輸入品を選んだのだったが、秀樹は三高の学生たちとひと足先に上京したし、対抗戦が終わるとその晩のうちに京都へ帰ってしまった。三高チームが負けたせいなのだが、おかげで秀樹が東京にいるうちに大震災に巻き込まれる心配はなくなったわけだ（まあ後年あれだけの大学者になるのだから、震災被害に遭うはずはなかったのだが）。

あの淀川べりで話をした日、別れ際にぼくは秀樹の手を取ってこう言った。

「きみたちといっしょに旅行できて、楽しかったよ。もう一度会えればいいけど、会えないかもしれないから言っておきたい。しっかり、勉強してくれよ」

「なんや、学校の先生みたいなこと言うてはるな」

秀樹は照れ笑いを浮かべ、さつきは、あんた、勉強しか取り柄ないもんね、とからかったが、ぼくは真剣だった。秀樹は戦争が広がっていく時代の中で、当時としては画期的な新理論を発表する。原子核を構成する陽子や中性子のほかに、それらを結びつける力を持つ中間子が存在するはずだという中間子理論だ。

戦後になって、イギリスの物理学者パウエルが実験でパイ中間子を発見したことにより、湯川理論の正しさが証明され、一九四九年（昭和二十四年）、ノーベル賞を授与される。この受賞が、敗戦で自信を失い、貧困に苦しんでいた日本国民を、どれほど勇気づけたことだろうか。湯川の発見は科学の枠を超えて、日本人全体にすばらしい影響を及ぼしたのだ。

苦しんでいる人々に生きる力を与えるのは、誰にでもできることではない。そう思うと、ぼくがお別れに秀樹に掛ける言葉は、それしかなかった。しっかり勉強してくれよ。

「私、そっちがいい。私に万年筆、ちょうだい」

そう言ったと思ったときには、もうさつきの指が万年筆の包みに伸びていた。

「ダメだよ。これ、さつきちゃんにあげちゃったら、秀樹くんに贈るものがなくなるじゃないか」

「ブローチ、あげればいいよ」

「そんなむちゃな」

力づくで指を引き剝がすと、さすがにそれ以上の抵抗はあきらめたが、

「私だって、上等な万年筆のほうがよかったのに」

と、わんぱくじみた怒り顔で、ちょっと目が潤んで見える。うっすら悔し涙を浮かべているのかと思って、ぼくはあわてた。この時代の娘だからアクセサリーを喜ぶだろうと考えたのは、安易だったかもしれない。だが幼いさつきは、きっとこんな顔をして、姉の珠緒や秀樹に喰ってかかっていたのだろうと想像すると、さつきをなだめながらもおかしくなってくるのだった。

ようやく屋敷の裏手に着いたぼくは、鉄条網の破れをさらに広げてから、築地塀に取りついた。ふだんなら人目を憚るところだが、もうそんなことは気にしていられない。十一時五十二分。あと六分で、この世の終わりかと思うような大災害がやってくる。

ぼくはあの池と滝つぼをめざして、藪の中を突っ切った。いつも表門の耳門を抜けて出入りしていたのにくらべて、裏からだとけっこう遠まわりになる。表門からは庭景色に目を遊ばせながら玄関に至るので、庭に入るのは距離的にも近い。

けれど裏手には道具小屋、炭小屋、馬小屋（もちろんもう馬はいない）などが並んでいて、そこをまわり込むと母屋の翼棟が立ち塞がるように延びていた。もともと使用人部屋に使われたらしく、表側にくらべて普請が安っぽい。すでに屋根板が浮いていたり、土壁がひび割れているのだから、地震が来たらすぐに倒壊しそうだった。そうなったら、道が塞がれてしまう。

やっと庭を見渡せる場所に出たときだった。後ろからまえへ、空をツーッとすべっていくものがある。一羽のカラスだった。ただ、飛び方がふつうではなかった。まるで鷹に追われているみたいに、頭を低く、せわしなく翼を羽ばたかせている。けさがたまで雨が降っていたので、空には薄暗い色をした雲が多かった。その雲の下を、また別の二羽、三羽が矢のように続く。天変地異のまえに、鳥や動物がいつもとは違う行動を見せるというのは、こういうことなのか。

庭がまえよりも広く感じられた。視線の先、庭の尽きる辺りが、ただの黒土となってそのまま塀まで広がっている。母屋の一部が、早くも取り壊されているのだ。

ひょっとして、あの岩壁も取り払われているのではないか。あちこちに水溜まりのできた庭園の跡を全速力で駆ける。どこかの家で飼われているらしい鶏が、けたたましく鳴いていた。鶏小屋に野犬でも押し入ってきたかのように、何羽もが喉が破れそうな声で叫んでいた。

突然、足もとを地下鉄が通り抜けているような、ゴーッという音が響いた。すぐあとを、何百万という大群衆が足を踏み鳴らすような地響きが襲った。反射的に腕時計を見る。午前十一時五十六分三十秒。地震発生は五十八分四十六秒だったはずだ。まだ二分と少しあるはずだった。

時計が遅れているのでは、という考えが不吉な予言めいて胸を刺す。予言は直ちに現実となった。エレベーターが自由落下すると、瞬間、無重力状態になる。それと似た衝撃が予告もなしにやってきたのだ。真下から突き上げる揺れが、体から重さを奪い、ぼくは宙に浮かんでいた。

靴底が大地を感じたとたん、今度は地面が狂ったようにうねりだした。トランポリンのマットの上に下りたみたいで——それも不規則に、複雑極まるうねり方をするトランポリンだ——とても立ってなどいられない。後ろでメリメリと木箱を押し潰す音がして、振り返ると、道具小屋や翼棟が土ぼこりを上げて倒れている。

屋根瓦が飛んでくる。松の木が巨人の手で引き抜かれたように、太い根っこをむき出しに倒れる。対面にある母屋の棟が、悲鳴じみた音を長く引いて、電車が脱線するみたいに横転した。屋根瓦が波となって地面になだれ落ちる。

これほどの激震にあの岩壁は耐えられるのか。焦りと恐怖のあまり、気分がわるくなりそうだった。早く行き着かないと、壁が瓦礫になってしまう。タイムトンネルを実体化していた岩壁が崩壊するとき、トンネルそのものも消え失せるだろう。苦い胃液がじわじわと口の中に溜まり、胃がうねりだした。

揺れは長かった。気は急いでも、足は泥酔者のようにおぼつかない。四つん這いになったり、転がったりしながら、ぼくは池のほうへとにじり寄った。バラ園のアーチや藤棚が、緑の海に漂流する溺死者《できししゃ》のように倒れていた。ようやく池と岩壁が見えたとき、ぼくは歓声を上げた。岩壁がまだ立っている。いくつか剝がれ落ちた岩の塊が散乱していたが、大部分は崩れ落ちずに残っていた。

横揺れが続いていたが、大波のような揺れから、ふるいにかけるみたいな細かい揺れに変わっている。どうにか歩ける。気がついてみると、左の肩の辺りが血に染まっていた。飛んできた瓦か何かで傷ついたのだろうが、痛みはほとんど感じない。

滝つぼに下りようとしたとき、轟音とともに母屋の中央棟が倒壊した。棟のまんなかにあった三層造りの時計台が、煮崩れるように沈んでいく。足もとにバラバラと拳くらいの石が降って来る。岩壁が崩れかけているのだ。

ぼくは岩壁のまえに膝を折って、割れめを捜した。地震の揺れで表面が剝がれたせいか、割れめが増えている。どれがタイムトンネルに通じている裂けめなのか、区別がつかない。

「三杉、そこにいるのか?」

岩に顔を押しつけて、叫んだ。二つの世界の時間差に変化がないとしたら、あちらの世界はいま六月のはずだ。時間は朝の七時くらいか。三杉ならこの日のこの時間を忘れるはずはない。

ドーンという地響きのあと、第二波がやってきた。それまで川船に揺られるくらいにまで鎮まっていた揺れが、いきなり嵐の海になる。目のまえの欅の古木が、箸でもへし折るように幹のまんなかから折れて、池の縁石を打ち砕いた。

「返事をしてくれ、三杉ッ」

岩肌に指を這わせるが、ざらついた感触が続くばかりであの水煙の気配もないし、指先がスッと吸い込まれる感覚もない。

体の底のほうからパニックがみるみる膨らんでくる。落ち着け、落ち着けと自分に言い聞かせる。震災発生の直後に時空のゆがみが最大値を取るというのは、磁場の変化から推論した仮説にすぎない。現に、二十一世紀の洞窟からこの世界に転移したのは、東日本大震災から十一年も経っていた時期じゃないか。地震エネルギーの放出と時空のゆがみとはもっと複雑な相関関係があるのかもしれない。

だとすると、チャンスは何も震災発生の当日ばかりにあるわけではないだろう。ここでタイムトンネルが開かないとしても、すべてをあきらめる必要はないのだ。

そう自分を説得する一方で、何を馬鹿な、と反論しようとする自分がいた。こんな極端に特異な事例にどんな法則性があるかなど、わかるわけがない。三杉の集めてくれた過去のタイムトリッパーの例だって、たんなる噂話のレベルかもしれない。どこまで信頼できるものか。これは、患者数が一しかない未確認症例に、無理やり確定診断を下そうというようなものだ。

塀の向こうで人々の騒ぐ声が聞こえる。地鳴りと建物が崩れ落ちる音がやや収まったせいで、ほかの音が耳に届くようになったらしい。さっきから倒木の軋《きし》みに紛れていた、生き物の呻きのようなものが聞こえたのは、そのときだった。か細いが、あきらかに苦悶の悲鳴に聞こえる。

目を周りに走らせると、さっき倒れて池に突っ込んだ欅の下で、何か動いている黒いものがある。割れ飛んでいた太枝を持ち上げてみたら、黒い毛の小さな後ろ足が見えた。

枝葉の下から現われたのは、生後二か月くらいの、たぶん中型日本犬の子犬だった。全身が黒毛で、虎柄みたいな黄褐色の帯がある。大地震にびっくりして逃げ惑っているうち、この敷地に迷い込んだのだろう。子犬はオスで、鼻と口から血を流していた。脳を損傷していたら助からないが、ぼくを見上げる黒い目はあどけないけれど、力があった。

肋骨《ろっこつ》を調べる。よし、折れていない。背骨、腹部、前足と触診しても異常はなかったが、左の後足を触るとキャンと鳴いて足を引っ込める。

後足に負荷がかからないように子犬を抱いて、ぼくは岩壁のまえへもどった。迷い犬にかまっている場合じゃないだろう、と鞭打《むちう》つ内心の声は聞こえていたけれど、子犬を抱いているぼくはむしろ、このチビに救われている思いだった。

もしこの子がいなかったら、ぼくは無慈悲に開くことを拒否する岩壁に取りすがって、泣き喚《わめ》いていたかもしれない。子犬の体を調べているあいだは、ほんの短い時間だが、医師の習性が壁のことから気を逸らしていたからだ。

灰色の雲が割れて、陽が射した。熱せられた蒸し暑い空気に、薄墨色の煙が流れ、叫びたてる人々のどよめきが遠く近く聞こえる。火事が起きたのだ。東京市内の四割強が焼失した大火災は、震災から二日過ぎた朝になってようやく鎮火したという。ここは郡部で、人家も市内ほど建て込んでいない。とはいえ、煙の柱はどんどん太くなり、増えていった。

塀の向こうを大勢が走り、ガラガラと荷車が行き来するざわめきが、しだいに近づいてきていた。すでに塀はあちこちで崩れたり、倒れたりしている。焼け出された避難民が地主屋敷跡に押し寄せてくるのは時間の問題だった。

子犬が甘え声で鳴きながら、滝つぼの底を嗅ぎまわっている。そうか、水がほしいのだな。かわいそうに。この滝も池も、干上がってから何年も経っているから、昨夜の雨が染みのような跡を残しているだけだ。

ますます近くなる騒音に、ぼくは絶望的な気持ちでこれが最後だとばかり、岩壁をまさぐった。避難民がここまで押し寄せてきたら、仮にタイムトンネルが開いたとしても、そこを抜けることはもうできない。

ピチャピチャと、さざ波が岸辺を洗うような音がする。ふと目を落とすと、子犬が岩壁と滝つぼが接する辺りを夢中で舐めていた。そんなところに雨の名残りでも溜まっていたのだろうかと思った瞬間、ぼくは信じがたい光景に息を呑んだ。水煙だ。

子犬の頭が消えていた。それればかりか、見えている首すじから背中の毛が濡れている。今や首なし犬になった子犬は、一秒かそこらそのままだったが、瞬きひとつのあいだにもう尻尾だけになっていた。尻尾の先が誘うようにクルッと動いたかと思うと、岩壁の中へ吸い込まれるように消えた。


三杉雄太郎は広い背中を見せて、片膝を突いていた。リュックが下ろされて、ポケットからミネラルウォーターのペットボトルを取り出している。

「おう、ちょっと待てや、こら」

どんだけ喉が渇いているんだ、おまえ、そう言いながら手のひらをお皿にして、子犬に水を飲ませはじめた。小さな尻尾がゆっくり左右に振られている。

「なあ、ほんと、うまそうに水飲むもんだなあ。こいつ」

横顔で笑いかける三杉を、ぼくは声も出せずに見つめることしかできなかった。百年まえの世界からたった今、もどってきた親友にかける言葉がそれか？　アスリートらしく、ものも言わず力いっぱい抱きすくめるでもいい。感激家らしく、肩に顔をうずめて大声で泣きわめくでもいい。

けれど、三杉はクールなままだった。いや、これはもうクールなんてもんじゃない。まったく感情のコミュニケーションが通じない宇宙人だ。三杉って、こういうやつだっけ？

いいや、絶対に違う。こいつはぼくの知っている三杉雄太郎じゃない。

「――きょうは、何月何日だったっけな」

やっと、ぼくはそれだけを言った。ぼくがあちらの世界に行ってから、二か月余りが過ぎていることを三杉に認めさせようと思ったからだった。けれど三杉の反応は、いたって平静というか、むしろ冷淡だった。

「ハア？　何を言っているんだ、おまえ。三月二十六日に決まってるだろう」

いや、それはぼくがこの洞窟からタイムワープした日じゃないか。言い返そうとしたが、ぼくは黙り込んでしまった。のぞき込んだ三杉の目が、ひどくまじめに見返してきたからである。三杉は他人を担ぐのが好きなやつだが、ここまでの演技力はない。いたずらを仕掛けるとき、目に笑いの滴《しずく》が揺らめくし、唇の端がうれしそうに持ち上がるのだ。

見ると、隅のほうに、あのときぼくが持っていたツーウェイバッグが放り出してある。中を探って、スマホを引っ張り出す。三か月近く経ったのに、電源が落ちていない。時刻を確認する。午後五時十七分。あの日、ぼくがタイムトンネルに吸い込まれた時間と、ほとんど変わっていない。

「あれ、おまえ、上着どうしたんだよ」

三杉が子犬を抱いて、こちらに向きなおった。言われてみれば、ぼくはシャツだけの夏の格好だが、三杉は春休み旅行に出たあのときのままだった。

「さっきまで着てたんじゃなかったっけ？　いつのまに脱いだんだ」

「いや、どこかで脱いだんだけどね」

われながら曖昧に答えるぼくに、三杉は、おまえ大丈夫か、と首を傾げた。

「さっきから、なんだか変だぞ」

さて、そろそろ温泉宿に移動するか、と三杉は外へ向かいかけて、いや、そのまえにおまえを獣医に連れていってやらないとな、と子犬に話しかけた。

ぼくは三杉のあとを追って、おぼつかない足どりで洞穴を出た。何がなんだか、わからなかった。初めは三杉がぼくをからかうために、わざと三月のあの日を再現したのかと考えた。あの日と同じ服装をして、ぼくのバッグをさもさっき置いたみたいに放り出して。

スマホだって、充電して時刻表示を変えておくくらいは、わけもないことだ。いまに三杉が振り返って、キョトンとしているぼくを思いきり笑い飛ばすのではないか。ほーら、まんまと引っかかったな、と手を打って喜びながら。

だが、洞穴から一歩外へ出たぼくは、その瞬間目を見張り、あとは何も言えなくなってしまった。

岩山の麓から見下ろした神社の境内は、何と言ったらいいのか、つまり春爛漫《はるらんまん》だったのだ。五、六本もある桃の花がみごとに咲きそろい、濃緑の榊《さかき》の森を背景に、つぼみを付けはじめた桜の大樹がうっすらと薄紅色のベールをまとっていた。

――あとは、後日談ということになる。

それから東京にもどってみると、当然のように世間は四月を迎えていて、ぼくは専門研修医として新しい職場で働くことになった。専門は消化器内科で、週に一日、総合内科の外来を担当して、もう一日は消化器内科の診察室に座る。さらに週末は胃カメラ検査の担当がある。そして病棟では主治医として、いつも十人前後の入院患者さんを預かっている。

そんな日常生活を送るうちに、ぼくはある事実に納得しないわけにはいかなかった。つまり、大正十二年の六月十九日から九月一日まで、ぼくが二十一世紀の世界を留守していた時間は、こちらの時間の流れではまったくカウントされていない、ということにだ。

それがどういう意味を持つのかは、未だにわからない。では、ぼくに協力してくれた、あの三杉雄太郎と現在ここにいる三杉雄太郎とは別人なのか。現在の三杉には、あの二か月余りの記憶がまったくないところからすると、ぼくがタイムトンネルを抜けたときから、タイムマシン論でいう時間の分岐が発生していたのかもしれない。

　ＳＦ小説などには、タイムマシンで過去に行った人が過去を変えてしまったらどうなるのか、という議論がある。有力な考え方のひとつが、その時点で、もとの歴史とは別の歴史が分かれて発生するというものだが、この場合、それと同じことが起こったのではないだろうか。

　だとすると、ぼくはこちらの川からあちらの川へ飛び移って、またもどってきたようなもので、ずっとこちらの流れにいたこちらの三杉には、あちらの世界とつながる記憶がないのも当然なのだった。

　もうひとつ、こんな考えが浮かぶこともあった。もしかして、あれはぼくが見ていた長い、長い白昼夢だったのではないか。しかし、その着想にはぼくのすべての感覚が強く異論を唱えていた。あんなに細部まではっきりした夢があるはずはないし、向こうで出会った多くの人々の声音といい、村岡院長の煙草の匂い、さつきにつかまれた二の腕の肌感覚といい、あれが現実ではなかったとはとても信じられない。

　何より反証となるのは、地主屋敷で助けてやった子犬の存在だ。あの子犬は目のまえであちらの世界から消え、いまはこちらの三杉の実家で暮らしている。あの子こそ、二つの世界が並行して存在する証拠ではないか。

　そして、自分が大正十二年という時代にたしかにいた確証は、やはりさつきと秀樹との三人で過ごした日々の記憶だった。東京から箱根、大阪でともにした二か月ばかりの思い出は、鮮明に頭に刻みつけられている。

もどってきてから少し落ち着くと、ぼくはむさぼるように湯川秀樹の著書を読み、映像を探した。一本だけ視聴できた湯川秀樹博士の講演録画があった。その中に、ぼくは間違いなく、あの人見知りで言葉を選びながら小声で話す秀樹少年の面影を見た。声のトーンを聴き取った。

村岡医院がその後どうなったのかは、しばらくわからなかった。東京の古地図を調べてみた結果、大震災のあとも村岡医院は存続していたが、戦争の時代のどこかで消滅したらしかった。戦災に遭ったのだろう。終戦は大正十二年から数えると二十二年後。村岡院長が辛い晩年を送ったのでなければいいのだが、とぼくは戦後最初に作られた東京都全図を見つめながら、心から願った。

さつきの消息は初めから半分あきらめていた。ひょっとして湯川秀樹に関連した写真にでも顔を出していないかと調べてみたが、これだ、というものは、どうしても見つからなかった。

ある日、めずらしくぼくは部屋の片付けをしていた。専門研修医になるまでに溜め込んだ医学書、医学雑誌、研究資料などを新しい住居に持ち込んだのだが、まだ整理できていなかった。これはもういらないかなと思ったのは、医療情報会社が発行している、研修医向けに医療機関を紹介する資料集だった。全国にある、研修医を募集している病院のデータが一覧できる本で、厚さが五センチほどもある。

何の気もなしに北海道から順にパラパラめくっていたら、埼玉県のあるページでふと手が止まった。初期研修が都心にある出身大学病院の系列だったから、ぼくは埼玉県の病院をチェックしたことはない。住まいからも遠かった。
ところが救生会衛生病院《きゅうせいかいえいせい》というその病院のページを開いたとき、病院の沿革を記した欄がなぜか目に飛び込んできた。
〈一九〇四年東京府北豊島郡王子に村岡医院として開業
一九四五年　戦災により焼失
一九四七年　埼玉県大宮《おおみや》市に移転、新病院開設
一九六四年名称を救生会衛生病院と改める
……………………〉
——こ、これは、あの村岡医院のことだよな
ぼくは床から立ち上がって、机のまえに座りなおした。資料集を置いて、そのページの隅から隅まで目を通した。
現在では三百床を超える地域医療中核病院になっている、その歴史の一コマを写した写真が掲載されていた。キャプションには、新病院開設のときの記念写真だと書いてある。中央に腰を下ろしているのが村岡院長だろうかと目を凝らしたが、四十人ほどが写った写真は小さすぎて、人物の顔までは判別できない。
思いついて、パソコンを立ち上げる。救生会病院のホームページを開くと、思った通

り、同じ写真がアップされていた。息をするのも忘れるような気持ちで、写真を拡大する。

けれど、中央で式服に身を固めている白髪の人物は、村岡院長ではなかった。知らない名前が写真の下に記されている。

全身から力が抜けた。大正十二年から二十四年が経っているのだから、院長は生きていたとしても八十歳近い。この時代の平均寿命を考えれば、生存を期待するほうが無理かもしれない。でも、村岡医院が戦争の時代をくぐり抜けて、りっぱに成長したことを知っただけでもよかった。あの院長の懐かしい温顔を思い浮かべながら、ぼくは献杯したいような気分になっていた。

肩の力を抜いて、ページを閉じようとした。

マウスをつかんだ手が止まった。

中央にいる代表者らしき人物から、左へ四番めに座っている中年女性。四十歳くらいだろうか、長い髪を後ろで留めて、秀でたおでこを潔く露《あら》わにしている。知的な美人だが、ちょっと挑戦するような目が輝き、いたずらっぽく唇を軽く尖らせている。

――さつき……ちゃん？　さつきちゃんじゃないか、この人？

キャプションに目を走らせる。〈芦川《あしかわ》さつき　産婦人科長〉

さつきちゃん、産婦人科のお医者さんになったのか。声がほとばしった。戦前だから女子医学専門学校を卒業して、医師免許を取って、芦川さんという人と結婚したんだね。

そして村岡医院の後継病院で、科長さんを務めていたのか。

激しい動悸《どうき》が収まらない。もっとよく顔を見たい。拡大率を上げて、無意識にカーソルをさつきの胸もとに下ろした。

息がつまった。声にならない、少し震える声が喉からすべり出していた。

さつきの黒っぽいスリーピースの襟もとに、見覚えのあるブローチが小さな光をとどめていた。鈴蘭の花をリーフに組み合わせた、純白と銀のブローチ。神戸元町のジュエリーショップで買ってきて、お別れのまえに手渡したあのブローチだ。

万年筆のほうがいいなんて、わがままを言っていたくせに、二十四年経っても忘れずにいてくれたんだね。四十歳の産婦人科長さんにはもうふさわしくない安物だったろうに、こんな晴れがましい日にわざわざ着けてくれて……。

目の奥が熱くなった。

よかったな、さつきちゃん。いや、もうさつき先生だ。とてもりっぱだよ。そして、ありがとう。

この一九四七年からでも、ぼくのいま生きている時代まで七十年以上が流れ去っている、でも、ぼくたちは、たしかに間違いなく、あの大正十二年で出会っていたんだ。

――しっかり勉強しよう
突然、そんな強い思いが突き上げてきた。あの時代でこそ、信じられないほどの新知識で村岡院長をおどろかせたけれど、この時代にもどれば、ぼくはまだまだ半人前のヒヨッコ医師だ。

勉強して、村岡院長やさつき先生の歩んだ道を、一歩でも先まで進まなくては。そうしなくてはいけない。そうしないと、医学の無力を嚙みしめながら、何百何千という患者さんを見送ったに違いない先輩たちに申しわけが立たない。

かつて秀樹少年に投げかけた言葉を、ぼくは自分に向かって何度も何度も繰り返していた。

そうだよ、井筒先生。じゃなくて井筒くん、しっかりやりなさいよ。画面の中のさつき先生がそう言ったような気がした。

本書は書き下ろしです。
この物語はフィクションです。作中に同一の名称があった場合でも、
実在する人物・団体等とは一切関係ありません。

宝島社
文庫

時空探偵　ドクター井筒の推理日記
(じくうたんてい　どくたーいづつのすいりにっき)

2023年11月21日　第1刷発行

著　者　平居紀一
発行人　蓮見清一
発行所　株式会社 宝島社
〒102-8388　東京都千代田区一番町25番地
電話：営業 03(3234)4621／編集 03(3239)0599
https://tkj.jp
印刷・製本　中央精版印刷株式会社

Printed in Japan
ISBN 978-4-299-04869-1